U0909360

2020年中国作家协会重点作品扶持项目

生命大决战

韩生学◎著

湘潭大学出版社

目　　录

引子：只为我在现场 / 1

第一章　战火——在这一刻骤燃 / 9

第一声警报，突然拉响 / 9
又一处告急 / 14
星夜追“凶” / 19
深居“虎穴”察“敌情” / 24
一场“世界大战” / 27

第二章　集结——在生命的召唤里 / 30

“1 号”集结令 / 30
1040 人的集体“年夜饭” / 34
57 个日夜的“忠”与“孝” / 39
797 份《请战书》的感动 / 45
149 人的 20 分钟 / 50

第三章　出征——逆行奔向生死战场 / 56

“妈妈，一定要去吗” / 56

“火尖兵”出征 / 63
这场送别，其实很美 / 67
比起英雄，我只希望你是妈妈 / 73

第四章　阻击——迎着亲人的泪水 / 77

我要找到“你” / 77
生死阻击在第一道“关口” / 83
有一种战术叫“口袋战术” / 87
有一种坚强叫国而忘家 / 92

第五章　决战——死神尖刀下摆渡生命 / 100

恶战到底——只为十八岁的生命 / 100
虎口夺命——“弋阳”在行动 / 110
挺身而出——因为我在和死神抢命 / 119
临危不惧——只想留住她鲜活的生命 / 125
赴汤蹈火——他们的名字叫“90 后” / 130
杀出重围——中西医结合“双剑”荡疠气 / 140
舍生忘死——拼杀在千里之外的另一战场 / 145

第六章　凯旋——回家路上的泪花与远方 / 171

感恩，在千里之外 / 171
此刻，我竟然哭了 / 174
有一种感动叫“清零” / 180
用一座城市的泪水来送你 / 183
这一幕“跪谢”，让人热泪盈眶 / 187
凝望远方：阳光总在风雨后 / 190

后记：从“小我”出发 / 196

引子：只为我在现场

2020年1月16日19点50分，正在家中看电视的我，突然接到朋友电话，急问："听说怀化出现了不明原因肺炎？"

不明原因肺炎?！怀化?！

我一激灵，立马从沙发上弹起。

武汉不正被这一"肺炎"闹得人心惶惶吗？

我抓起电话，打给怀化市疾控中心。值班人员说，不能确定，但怀化市第一人民医院和湖南省医药学院第一附属医院两所医院里确实住进了3例患者。他们派出的工作人员也正在赶往医院的途中。

我马上上网去查——

2019年12月27日，湖北省中西医结合医院向武汉市江汉区疾控中心报告不明原因肺炎病例。武汉市组织专家从病情、治疗转归、流行病学调查、实验室初步检测等方面情况分析，认为上述病例系病毒性肺炎。

12月30日，武汉市卫生健康委向辖区医疗机构发布《关于做好不明原因肺炎救治工作的紧急通知》。国家卫生健康委获悉有关信息后立即组织研究，迅速开展行动。

12月31日凌晨，国家卫生健康委作出安排部署，派出工作组、专家组赶赴武汉市，指导做好疫情处置工作，开展现场调查。武汉市卫生健康委在官方网站发布《关于当前我市肺炎疫情的情况通报》，发现病例27例。当日起，武汉市卫生健康委依法发布疫情信息。

2020年1月3日，武汉市卫生健康委在官方网站发布《关于不明原因的病毒性肺炎情况通报》，共发现44例“不明原因的病毒性肺炎”病例。

1月9日，国家卫生健康委专家评估组对外发布武汉市不明原因的病毒性肺炎，病原体初步判断为新型冠状病毒。

新型冠状病毒？

2003年春天那场肆虐中华大地、给整个中华民族留下刻骨伤痛的“非典”疫情，不就是冠状病毒惹的祸吗？

“新型”冠状病毒，难道它又有了新的变型？

一种不详的预感，瞬间笼罩在我心头。

但我还是天真地心存侥幸——不可能这么快就传到了怀化吧。怀化距武汉700多公里。中间还隔了多座高山、多条河流、多座城市。再说，中国已经有了2003年处理“非典”疫情的经验，这次定不会让这一病毒再像“非典”那样肆无忌惮。还有，2003年“非典”疫情肆虐时，怀化就十分安全，没有发现一例本土病例。

然而，侥幸永远也左右不了现实。

1月16日，怀化市疾控中心连夜提取病人咽拭子等有关标本检测，并急送湖南省疾控中心，湖南省疾控中心也急派专家驰援怀化。

1月22日17时41分，湖南省卫生健康委发布：“湖南省新增3例新型冠状病毒肺炎确诊病例，患者均为怀化市鹤城区人。”

一报3例，令人震惊。怀化，不但“中招”，还是全省之“最”。因为在这之前，湖南省还只有长沙报告1例新冠肺炎确诊病例。

腥风血雨，一场新冠肺炎疫情防控阻击战就此打响。

平静安详的世界，一时成为刀光剑影、烽火连天的战场。

我作为卫生健康系统的一名干部，迅速地，理所当然地投身到战疫第一线，与各级干部一起，监测疫情，测量体温，排查人员，轮班值守，宣传政策，防疫消杀，抢救生命……

然而，疫情仍在快速蔓延，确诊病例和死亡病例数字均不断上升。

全国病例，由40例到400例；湖南病例，由10例到100例；怀化病例，由 3 例到 10 例……

随即而起的“重视”和“响应”也一浪高过一浪。

1 月 20 日，习近平总书记作出重要指示，要把人民生命安全和身体健康放在第一位，坚决遏制疫情蔓延势头；李克强总理主持召开国务院常务会议，进一步部署疫情防控工作，并将新冠肺炎纳入乙类传染病，采取甲类传染病管理措施。

1 月 22 日，习近平总书记再次作出重要指示，要求立即对湖北省、武汉市人员流动和对外通道实行严格封闭的交通管控。

1 月 23 日 10 时，武汉对人员流动和对外通道实行严格封闭的交通管控；11 时，浙江启动重大突发公共卫生事件一级应急响应；20 时，广东启动重大突发公共卫生事件一级应急响应；23 时，湖南启动重大突发公共卫生事件一级应急响应。

1 月 25 日，农历正月初一，习近平总书记主持召开中共中央政治局常委会，专题研究疫情防控工作，提出了“集中患者、集中专家、集中资源、集中救治”的“四集中”原则，全力救治患者。20 时，全国除西藏、香港、澳门、台湾外的30 个省区市全部启动重大突发公共卫生事件一级应急响应。

……

中国政府在第一时间组织起庞大的国家力量，从国家主席到普通百姓，全民皆兵，不舍昼夜，迅速打响疫情防控人民战、总体战、阻击战。

一时间，中国抗疫，令全世界注目。

面对突然而起的这一切，那段日子，奔走在战疫第一线的我，几乎每天都有“无法忍住的泪水”。有时只是一段场景，有时只是一个瞬间，有时只是一个背影，有时只是一张泪脸，有时只是一个手势和眼神……遇到了，触动了，便会情不自禁。没有亲身经历，没有置身其中，根本无法理解。我，一个八尺男儿，一条铮铮汉子，历经过多种磨难，见证过无数生死，为何会在这场灾难面前流泪？这并不是因为我懦弱，也并不是因为我泪腺发达，而是因为我真的被一个又一个现场、一件又一件事、一个又一个人，一次又一次地打动。

我曾经读过法国作家阿尔贝·加缪的名著《鼠疫》，也曾读过美国历史学家威廉·麦克尼尔的史学佳作《瘟疫与人》，还曾看过美国大片《极度恐慌》，这些文学、历史、影视作品所描述的疫情灾难，给我最初阅读或观看时的心灵带来极大冲击。然而，那毕竟是文字、书本和银屏，灾难再大，死亡再多，也是间接的，遥远的，甚至是虚无的。而这一次，置身其中，在疫情笼罩下的一个个现场，我柔软的内心被真真切切的现实一次又一次彻底地击中。

翻开人类史，不难发现，人类历史上曾遭遇过多次传染病大流行事件，每一次都造成了惨绝人寰的死亡，给人类留下了难以抹去的记忆和伤疤。公元前430年到前427年，雅典发生大瘟疫，近1/2人口死亡；541年，世界第一次大规模鼠疫，大量尸体不论男女、长幼和贵贱，覆压了近百层，埋葬在一起；1347年，西西里群岛暴发“黑死病”，三年内横扫欧洲，这场被称为“上帝之鞭”的瘟疫不仅造成30%—60%欧洲人口的死亡，也横腰斩断了欧洲的整个发展史；1918年3月，“西班牙大流感”席卷全球，患病人数超过5亿，死亡人数近4000万，成为20世纪人类的噩梦……这一切，正如史学著作《瘟疫与人》里说的那样，“患者死亡时的情形格外触目惊心：身体衰亡的加剧和加快，就像一部慢摄快放的影片在提醒旁观者，死亡是多么的狰狞、恐怖和完全不可控制”。

2020年春天的这场疫情，在最初的日子里，也让我真切地触摸到了死亡的狰狞和恐怖。在每天的奔走里，我看到了太多的焦虑与恐慌，太多的泪水与诉说，太多的叹息与绝望，太多的挣扎与煎熬。让我真正懂得什么叫惶恐不安，什么叫胆战心惊，什么叫撕心裂肺。

一位老大爷对我说，活了七十多岁，也经历了很多的磨难，都平安度过。想不到，这一次，病毒这么凶，差一点就要了命。

一位女士对我说，知道确诊的那一刻，她快要疯了，真像是一个被命运判“死刑”的犯人，在一分一秒“等死”。她疯狂地陷入各种恐惧之中，不知道自己还能活多久。

一位黄冈的新冠肺炎患者对我说，住进病房，不时看到有尸体运出，他就想，这回肯定没救了，必须给妻儿一些交代啊，于是写下了遗书。

好在，局面很快就得到了控制。伟大的中国共产党带领中国人民，采取一系列果断措施，有效地阻止了疫情的疯狂蔓延。在全国，2月18日，确诊病例数开始下降；3月11日，新增本土确诊病例降至个位数；3月18日，新增本土确诊病例首次实现零报告；4月15日，无新增死亡病例；4月26日，武汉市所有住院病例“清零”；8月16日，无新增本土确诊病例。怀化也自2月14日最后一例确诊病例报告、累计确诊病例40例后，不再新增确诊病例；2月26日，最后一例住院患者治愈出院，病例“清零”。

纵观整个抗疫过程，14亿中国人，没有一个旁观者，都在各自岗位上为抗疫而不懈努力。一个个熟悉而又陌生的身影，活跃在我们身边，向我们证明，每一个平凡的人都是战士，都在不遗余力地拼杀，从未妥协。大家表现出来的精诚团结、奋不顾身、英勇顽强、志在必胜的精神，让我们看到了太多的坚韧与刚强，太多的大爱与大义，太多的善良与慈爱，太多的无私与无畏。

一疾控中心主任，妈妈病危他也回不了家。他哥哥打电话来，说：“妈妈可能不行了。”他悲痛万分，含泪说：“我马上赶回。”哥哥说：“自古忠孝难两全，你在为国尽忠，就让我来替你尽孝吧！”

一医院，选派医护人员支援湖北，通知一发出，“我带队”“我报名”“让我去”……仅仅20分钟，报名人数达149人。

一个九岁的孩子，面对即将出征的妈妈，有诸多不舍，抱着妈妈，问：“可以不去吗？”妈妈说：“不可以。”儿子说：“我不想没有妈妈。”妈妈说：“妈妈是医生，必须得去啊。”

一医生，看到一位患者在转运途中就要从担架车上滑下，他飞奔过去，一把抱住患者。患者一呛，喷了他一头一脸满带病毒的痰液，所有在场的人吓出一身冷汗。事后，有人问他为什么这样奋不顾身，他却轻描淡写地说：“是医生都热爱生命。”

一护士，在抢救一患者时，护目镜突然起雾，看不清血管，无法进针，做了多种努力都失败。情急之中，她果断地将护目镜往头顶上一推。

血管看清了，患者得救了。然而，她却感染了。她说：“那一刻，只想留住她鲜活的生命!”

记得小说《鼠疫》的主人公“里厄医生”曾经说过这样一句话：“我不知道等着我的是什么，也不知道这一切结束之后会发生什么事。就目前而言，有病人，必须治。”

一位医生朋友也曾对我说：“作为医护工作者，我们比谁都清楚，面对面地抢救这些患者意味着什么，那就是爆炸物上扑身子，魔鬼手中夺尖刀。但大家仍然选择心照不宣地站在属于自己的阵地上，也许身上每个细胞都透着紧张，但手脚没有丝毫慌乱。”

没有人生来英勇，只有人选择无畏。

这就是大疫中的中国医者的仁爱情怀，这就是大难中的中国人民的人性之美。我就是在这种大美中，不断地被感动，被激励，被鞭策。

有人说，疫情是人类的劫难，文字是历史的见证。

这场疫情源于病毒，总有一天，人类会战胜它，也总有一天，它将成为一粒尘埃遗落在历史的深处。而唯有文字，会成为永恒。为此，一些朋友在疫情发生之初便对我说，写写它吧，你不但是这场战争的亲历者，而且在一线，在现场，在事情发生的同时，有许多别人没有的遇见，有许多别人没有的听闻，有许多别人没有的震撼，有许多别人没有的触动，有许多别人没有的感受，更有许多别人没有的思考。你的在场，就是文学的价值所在。你完全应该认真地把这一切写下来，写下这个春天，写下这场劫难，写下这场劫难中的一系列壮举。对于你，对于经历了这场劫难的人们，对于每一个中国公民，对于全人类的生命，都很有意义。

是啊，在我大半生的业余写作中，不论是“失独调查”的家长里短，还是“大国养老”的宏大叙事，都是事后通过采访去寻找素材，去“还原”现场。唯有这次，我几乎与事件发生同时进入，我就在现场，甚至我就是现场。我不但是记录者、见证者，更是参与者。在这次怀化的抗疫过程中，我参与了制度的设计，参与了命令的下达，参与了工作的部署，参与了政策的实施，参与了工作的协调，参与了医院的救治，等等。我先后32次走进封闭社区、乡村田野、发热门诊、救治医院、隔离病房和ICU抢救室等第一现场，与近百位干部、群众、医生、护士、病人直接对话，记下了3大本笔记，拍下了1300多张照片，录下了1830多分钟的音频资料。这些资料，也都在不断地怂恿我，将它们变成一个个文字，让世人知道，在这个春天，我经历了什么，我所在的城市经历了什么，我们的国家经历了什么，这个世界经历了什么。

再说，疫情发生后，出现了很多声音，其中不乏批评、批判和指责。我也认为，反思灾难是灾难文学的重要伦理。在大疫面前，我们的确不应该把悲剧变成喜剧，把眼泪变成美酒，把死亡变成庆典，把医院变成秀场。但我们更不应该把谎言变成真理，把猜测变成真相，把个别变成全局，把泄愤变成潮流，并以此挑战在此次疫情中大量逆行者的集体尊严和境界。面对这一切，我，作为自始至终奔走在一线的亲历者，有责任用自己的文字为这个春天14亿人的伟大壮举提供最有力的证词，有责任告诉世界：这个春天，我们的人民表现出了怎样的坚韧奉献和守望相助；我们的医生呈现出了怎样的医者仁心和大爱无疆；我们的干部群众有着怎样的组织动员和奋不顾身；我们国家又是怎样将"人民至上"和"生命至上"演绎到了极致且无与伦比。

或许有人会说，你写的怀化，在这场排山倒海般的抗疫大战中，实在太小。

的确，这次抗疫，960万平方公里的每一寸土地都闻令而动，14亿中华儿女的每一分子都冲锋在前。怀化这片土地上的抗疫故事，相对于全省、全国而言确实很小。但是，一滴水可以折射太阳的光辉，窥一斑而可知全豹。更何况，怀化抗疫的每一个细节，都体现了"人民至上""生命至上"的价值理念，都彰显了"敢于斗争""敢于胜利"的大无畏气概，都显露了"风雨同舟、众志成城，从容应对各种复杂局面和风险挑战"的巨大能力，都展示了"生命至上、举国同心、舍生忘死、尊重科学、命运与共"的伟大抗疫精神……怀化抗疫，就是全国抗疫的一个缩影。从这里出发，我们完全可以看到在这场惊心动魄的抗疫大战中所表现出来的中国理念、中国主张、中国力量、中国速度和中国担当。

于是，我坚定地拿起了笔，不为其他，只为我的亲历，只为我在现场，只为我的感动，只为我的泪水，只为我在这次战疫中亲历的每一次行动，只为我在现场看到的每一个细节，只为我为之感动的每一件事，只为我为之落泪的每一个人。

第一章　战火——在这一刻骤燃

“这是一场全人类与病毒的战争。面对前所未知、突如其来、来势汹汹的疫情天灾，中国果断打响疫情防控阻击战。”

——《抗击新冠肺炎疫情的中国行动》白皮书

第一声警报，突然拉响

突如其来，横发逆起，晴天霹雳。

就在这猝不及防的惊愕和惶恐里，我和我脚下的这片土地永远记住了这一天：2020 年 1 月 16 日。

这一天，山城怀化出现了第一例“不明原因肺炎”患者！

这一天，湖南怀化拉响了第一声警报！

拉响警报的第一时间：1 月 16 日 19 时 30 分。

拉响警报的第一地点：怀化市第一人民医院。

拉响警报的第一人：周建亮。

我，作为怀化市卫生健康委协助委党委副书记分管宣传和舆情工作的工作人员，对于突然而起的疫情，有责任和义务在第一时间抵达事件现场，在第一时间掌握事件真相。

于是，我迫不及待地走进了警报发出地——怀化市第一人民医院，迫不及待地去找警报发出人——周建亮。

此时的怀化市第一人民医院，虽然还没有完全实行全院管控封闭，但早已剑拔弩张，昔日对外敞着大门的感染病中心，已经增加了围栏，留下的唯一出口，也早已戒备森严。从内而外透着的紧张气氛，令走近它的人无不胆战心惊。

我凭着卫生健康系统的有关证件，得以进入。早在院内等候我的医院感染病中心副主任、主任医师，也是此次怀化疫情第一个报警者周建亮，将我引领到病患救治的核心区域——他的办公室。在这里，我们聊起了他拉响的这第一声警报。

“瘟疫，战争，饥荒，被称为人类历史悲剧的‘三剑客’，它们时常并驾齐驱，肆虐人间，不仅带给人类痛苦与恐慌，有时还会导致整个社会的衰退，甚至国家的消亡。”

令我意想不到，青春帅气的周建亮，对我说的第一句话竟然如此“高大上”。

周副主任说，人类历史，就是一部与瘟疫的斗争史。历史上，瘟疫给人类带来的危害，甚至比战争的总和还大。

出生于二十世纪七十年代末、毕业于湘雅医学院感染科的硕士研究生周建亮，说起人类传染病的过去、现在和未来，总是感慨不已。

就是因为有渊博的传染病知识、扎实的专业功底、强烈的职业敏感，所以他才对怀化出现的第一例“不明原因肺炎”病例有高度的警觉。

2020 年 1 月 16 日上午，周建亮医生一参加完湖南省卫生健康委举办的“新型冠状病毒肺炎诊疗”视频培训会，就觉得事态紧急。虽然此时的怀化，甚至湖南，都还没有一例病例报告，但作为传染病医学专家的周建亮听完课后，心头还是不免一紧，忍不住倒吸一口凉气。他神情凝重地合上听课笔记本，便火急火燎地赶回医院，马上对全院医务人员进行培训。培训中，他以一个传染病医学专家的口吻，告诫和强调：疫情就是命令，抗疫就是战争，医院就是战场，医生就是战士，病毒就是敌人。从现在起，我们每一个医护工作者，要高度戒备，做好随时上阵杀敌的准备，要高度警惕，火眼金睛，不错过任何一位疑似者，救治好每一位感染者，保护好每一位工作者。首先要做的，就是将最近几天入院的病人，特别是呼吸道感染和发热的病人进行全面筛查，看 CT 片有无特殊病变，看是否有武汉的旅居史。

医院培训结束，早已过了下班时间，周建亮总觉得会有什么事发生，但又说不出是什么。他说，这是他的直觉，也就是第六感，或者说是预感。

有了第六感的周建亮，已经走到了下班路上，又折了回来，来到自己工作的感染病中心，他叮嘱正在上班的医务人员，大战当前，请大家做好迎战准备。晚上先对收入院的病人进行一次全面认真的筛查，看有无从湖北特别是武汉回来的病人，如果有，马上进行隔离治疗。叮嘱完后，他又在病房走了一遍，这才回家。

晚上七点许，晚饭吃到一半的他，突然接到电话，一看号码，是科室值班医生打来的。职业的敏感让他顿时一惊，扒进口里的半口饭，忘记了咀嚼，胡乱吞了下去，脸上的肌肉顿时僵住，一双眼睛瞪得老大。爱人见状，也吓住了，忙问，这是怎么了？他说，医院有事。医院有事也不至于这样啊。过去他经常会在吃着饭或干着别的事时，接到医院电话，但都没有这次反应如此强烈啊。

妻子隐约觉得，这次的事不是一般的事。

电话里值班医生报告说：“刚才我们按你的要求，对新近入院的病人做了一次全面的筛查，其中 45 床，不但是发热病人，而且几天前才从武汉回来。”

“发热，从武汉回来？”他双眉一锁，阴云立即罩住了整张脸，焦急地说，“知道了，我马上过来。”

他将吃到一半的饭撂在桌上，一边往门外走一边对妻子说：“我走了，医院遇到急事了。”

“再有急事你也得将饭吃完啊。”妻子没好气地说。

他丢下一句：“来不及了。”便大步跨出门去。

冬天的夜来得格外早，虽然还只是晚上七点多，却早已夜幕四合。这天刚好下着一点小雨，冰凉的雨丝裹挟着寒风，瑟瑟地从街道上吹过。各家的窗户紧紧实实地关着，街上空无一人，只有裹着雨的风在街上徘徊，这雨打在人脸上，一阵阵生痛。周建亮情不自禁地在心里骂了一句：“这鬼天气真冷!”

来到医生办公室，他调出45床的病历，并详细了解病人发病前后的具体情况。

45床病人，郑莹（化名）于2020年1月14日收住入院，她是国内某会所连锁店的职员，负责会所里某品牌服装的销售。2019年12月28日至30日，她与同事多人，参加总公司在武汉组织的集体学习，学员来自全国各地，有上千人之多。学习期间，她们接受了同行人员在武汉的朋友的宴请，并去了KTV唱歌，但没有吃海鲜、野生动物等食物，也没有当地农贸市场暴露史，更没有去过武汉聚集性病例暴发地武汉市华南海鲜批发市场。31日早上，郑莹与同事同乘火车返回怀化。

2020年1月8日，郑莹出现发热情形，最高体温39 ℃，有咳嗽、咳痰、咽痛等症状。当时，她自感症状不严重，便在小区诊所购药、打针，几天后，仍未见好转，遂于14日23点至怀化市第一人民医院急诊病中心就诊，急诊科收治后转诊至感染病中心住院治疗。入院后检测血小板为83 $\times10^9$ 个/L，中性粒细胞83.4%，CRP为15.2，血气分析正常，降钙素原正常，CT考虑感染性病变；入院后予以哌拉西林舒巴坦抗感染，奥司他韦抗病毒，16日加用多西环素抗感染，当时患者体温为38 ℃，无呼吸衰竭表现，生命体征平稳。

在向郑莹了解情况时，另一个名字跳了出来，他就是伊大海（化名）。伊大海是郑莹的同事，没有去过武汉，但在郑莹从武汉返回怀化时，一起用过餐。当时，伊大海也住进了医院，就住在怀化市第一人民医院呼吸科。

马上调阅伊大海病历。病历记载：伊大海1月13日开始出现感冒症状，自行购买“感康”服用。15日出现发热、寒战、咳嗽等症状，当晚就诊于怀化市第一人民医院急诊科，查体温39.6 ℃，予以布洛芬口服治疗，体温有所下降。16日，自觉症状有加重，遂又就诊于怀化市第一人民医院急诊科，肺部CT显示双肺多发斑片影，考虑感染，双侧胸膜略增厚。当晚收住呼吸科重症监护病房。

周建亮迅速综合两病例的病历及发病时间、病征、病程、旅居史、活动史等情况，顿时发现：其中一病例发病前两周内有外出旅居史，另一病例为密切接触人员，不排除存在经密切接触后传染的可能；两病例肺部 CT 检查均有肺炎的影像学特征；两病例血象白细胞正常或降低，淋巴细胞分类计数正常或减少；经抗炎治疗未见明显好转；两个病例呼吸道标本检测腺病毒、冠状病毒（HKU1、NL63、229E、OC43）、人类偏肺病毒、人鼻病毒（肠病毒）、甲型流感病毒（通用）、甲型 H1N1、新甲型 H1N1、甲型 H3N2、乙型流感病毒、副流感病毒 1－4 型、呼吸道合胞病毒等 17 种病毒及百日咳杆菌、肺炎衣原体、肺炎支原体等 3 种细菌的核酸均为阴性。综合这些情况判断，两病例均应为“不明原因肺炎”。

面对这一切，周医生倒吸了一口凉气。天啊，难道边远偏僻、远离武汉的怀化真的中招了？

他马上将情况向怀化市疾控中心急性传染病控制科科长何舰进行了电话报告。同时，向院长唐斌、院长助理胡文祥、感染病中心主任李勇忠等领导进行了汇报。唐斌院长当即决定，马上组织感染、重症医学、影像、检验等专家进行全院大会诊。

做完这一切，周建亮习惯性地看了一下手表，时间是 19 点 30 分。

夜色浓浓，感染病中心会议室灯火通明。一位位匆匆赶来的专家，脸色凝重。大家反复调看病人病历，反复观察 CT 影像，再根据病例流行病学史、临床表现、实验室检测结果等，得出一致意见：住在本院的两病例为社区获得性肺炎，病毒性肺炎可能性大，不排除其他感染，按发现“不明原因肺炎”病例的情况马上报告卫生健康委和疾控部门，并通过中国疾病预防信息系统向国家疾控中心报告。

2003 年“非典”疫情的暴发，暴露了我国传染病监测和报告存在的问题。在原卫生部的统一要求下，利用现代通信手段，我国建立起了统一、高效、快速、准确的疫情报告系统，形成纵横贯通的信息报告网络，使卫生信息网络与医疗机构信息网络互联互通，并制定出台了疫情和突发公共卫生信息发布制度，根据需要向社会及时发布，以增强人们的预防意识，督促各地区采取积极的应对措施。2003 年 11 月建成国家疾病监测数据中心机房。2004 年 1 月 1 日正式启动基础疫情报告系统，全国 93% 的县级及以上医院，43% 的乡镇卫生院可从网上直接报告疫情。

怀化市第一人民医院就是通过这一系统，将发现“不明原因肺炎”病例的情况向国家疾控中心进行了报告。

与此同时，收治另一病例——阳菲（化名）的湖南医药学院第一附属医院也组织专家进行了大会诊，得出了同样的诊断结果，也在第一时间进行了报告。

会诊会还决定了多个事项：马上将感染病中心四楼一层楼腾空作为专门隔离病房，马上将“不明原因肺炎”患者集中到隔离病房进行隔离治疗，马上加倍采购防护服、护目镜、N95 口罩等医用物资，所有医护人员按 SARS 防护标准做好防护。

周建亮凭着自己扎实的专业功底、良好的职业操守和敏锐的洞察能力，在第一时间将本地疫情信息向上进行了报告。

2020 年 1 月 16 日，离庚子鼠年春节还剩 9 天。当整个中国沉浸在春节前的热闹、喜庆、祥和的氛围之中时，当全省范围内还没有一例“确诊”或“疑似”病例报告时，怀化，这座美丽温馨的山区小城，率先拉响了第一声警报。

就是从这第一声警报开始，怀化史无前例地开启了一场生命大决战。

又一处告急

在第一例病人住进怀化市第一人民医院的第二天，也就是 1 月 15 日，15 点 22 分，又一名患者——阳菲，走进了湖南医药学院第一附属医院。

阳菲，湖南邵阳人，三十五岁，长期居住在怀化市鹤城区。1 月 7 日下午出现全身发软、乏力、酸痛等症状，后在家服用感冒冲剂治疗，并在多个诊所用药，均未见好。于是前来就诊，要求住院。

她被门诊医生收进了湖南医药学院第一附属医院呼吸与危重症医学科

一病区病房。接待她的护士长周牡丹，一边搬来凳子让她坐下歇口气，一边轻声地问："您哪里不舒服？"

"感冒了……咳嗽……出气不赢……还发烧……"短短一句话，歇了四口气，才说完整。

周护士长顿时警觉，不由得认真审视起患者来。看外表，患者不但年轻，而且身体壮硕，如果只是普通感冒，不会表现出如此严重的症状。目前，虽是呼吸道疾病高发期，但要求住院的多是些基础病多的老年人，像她这样的青壮年人几乎没有。

周牡丹，是一位有着二十多年护理经验，在重症医学科当过五年护士长、在呼吸内科当过八年护士长，经历过2003年"非典"疫情，参与抢救护理过多位手足口病、禽流感等传染病重症患者，如今已拥有副高职称的资深护理专家。在她看来，呼吸科不同于别的科，暗藏着诸多感染风险，因此她一直要求她的护理团队小心、小心再小心。新冠肺炎疫情在武汉暴发后，她告诫大家一定要特别谨慎。因此，当突然来了这么一位患者时，她立刻保持高度警惕。她当即嘱咐护士，在为患者做完常规的"四测"（呼吸、血压、体温、脉搏）后，"立即准确监测指脉氧"。

指脉氧，即在指尖上监测的血氧饱和度，用指脉氧仪轻夹指尖数秒即可得出，它反映了血液中血红蛋白氧合的情况，正常人通常为98%以上。患者阳菲指脉氧结果显示：93%。

严重缺氧。

它表明，患者肺部病情不轻。周护士长脑海里马上滚过两字——肺炎！

肺炎?！她得的该不是正在武汉流行的新冠肺炎吧？

想到这儿，瞬间紧张，于是问阳菲："最近去过外地没有？"

阳菲说："没有。"

她又反问一句："真没有？"

"真没有。"

阳菲如此肯定，她这才放下心来。也许是自己想多了。

据她所知，目前整个湖南省都还没有一例，应该不可能这么快就出现在边远偏僻的怀化，更不可能出现在自己的医院。

不过，因为曾经有过那么一闪念的想法，她还是谨小慎微，在为阳菲安排病房时，毫不犹豫地将走廊最尽头、病室最边上的一间安排给了她。这间病房相对独立，南北通透，光线充裕，通风良好，有利于患者治疗康复，更重要的是对别的患者构成不了威胁。

安顿好患者，周牡丹请来管床医生。阳菲的管床医生叫王治泓，当他看到患者的指脉氧只有93%时，吓了一跳。经过初步问诊、体查及查看CT影像，他马上作出判断：病毒性肺炎。

他也立刻想到了正在武汉流行的新冠肺炎，不禁一阵紧张。“不会这么快就来到了怀化吧？”他自言自语地说。

随即也问阳菲：“最近一个月内去过外地没有？”

阳菲与回答周牡丹一样，马上否认：“没有去过外地。”

他紧追不舍，继续问：“那武汉呢？”

“没有去过。”

他盯着她说话时的眼神，患者的眼睛里，好像只有痛苦，并没有慌张。他这才长舒了一口气，对患者进行吸氧、抗病毒、抗感染等治疗。

离开病房后，他总觉得该患者病情怪异，与过去经治过的诸多呼吸疾病有很大不同。他立即将这些情况上报给科主任周康仕主任医师，并且通知科室其他医生及周牡丹护士长的护士团队注意防护。当天晚上下班回家，佩戴口罩，并尽量避免与家人近距离接触。

冥冥之中总感觉到不对劲的他，第二天早上一上班，便迫不及待地来到阳菲的病床前，再次询问她是否去过外地，尤其是武汉，再一次得到患者否定的回答。

但是，敏感的他总觉得患者对他隐瞒了什么，快到中午时，他再一次来到阳菲病床前，再一次轻言细语地询问，并启发她：“你回忆一下，周围是否还有其他人也得了与你同样的病？”

此时的阳菲，也许是被王医生的执着打动了，迟疑了半响，终于说：“我的两个同事也已经发病。一个叫郑莹，一个叫伊大海。”

“啊?!”王医生顿时汗毛倒竖，“他们现在在哪儿?”

阳菲回答说："他们住进了市第一人民医院。"

王医生赶紧说："让你同事将他们肺部的 CT 片子马上拍照发过来，我想看看。"

阳菲通过微信联系，没一会，两同事就将他们肺部的 CT 片子照片发了过来。

一看，王医生更吓了一跳，他们的片子与阳菲的几乎一模一样。

无疑，他们患的是同一种病。

他进一步询问他们几个之间的关系，询问他们最近一起到了些什么地方，参加了些什么活动。

这时，阳菲才不得不说出真相。原来她也与郑莹一样，是某会所连锁店的职员，2019 年 12 月 28 日至 30 日，她们两人一起去武汉参加了公司的年会。她还告诉王医生，另一同事伊大海，没有去过武汉，而只是和她们一起吃过饭。

王医生顿时有些激动，说："为什么当初不告诉我们?"

阳菲委屈得哭了。原来，她们所在的会所连锁店，从事的是某品牌的直销工作。一直以来，外界对直销颇多非议，甚至认为直销就是传销，所以，她怕说出去对自己和公司都不好，一开始便选择隐瞒，想不到最终还是瞒不过去。平心而论，她根本不知道自己感染上的这病，会给别人、给社会带来什么样的危害。

王医生深深地吸了一口凉气："谢天谢地，你终于说出了实情。你知道吗？如果你今天还不说实话，将害更多的人。"

王医生立刻将这些情况向周康仕主任报告，并由周主任上报院医务科、院感科及院领导。院领导高度重视，立即组织专家会诊。

1 月 16 日 19 时 18 分，科室示教室灯火通明，一场"不明原因肺炎"病例会诊会紧急召开，参加会诊的专家有：呼吸与危重症医学科主任医师周康仕、感染科副主任医师杨君、院感科副主任医师杨泉波、重症医学科副主任医师杨宏亮、医务科副主任医师米晖、呼吸与危重症医学科副主任护师周牡丹、呼吸与危重症医学科主治医师王志泓等。

会诊会上，王治泓和周牡丹作了详细汇报。

大家屏住呼吸，认真细听，不想漏掉一个字，并调出病历、影像、辅助检查等各种资料，认真查看：患者阳菲，女，三十五岁，籍贯邵阳，现住鹤城区某市场三栋三单元。因咳嗽九天，气促三天，畏寒发热一天，于2020年1月15日15时22分入住呼吸与危重症医学科一病区42床。2019年12月28日至30日患者在武汉开会，同行多人，同行的一人已住怀化市第一人民医院感染科。体查：指脉氧93%，双下肺闻及少许湿啰音。辅助检查：2020年1月15日在怀化红雅医院咽拭子检查甲型流感病毒（阴性），乙型流感病毒（阴性）。入院后胸部CT诊断显示：1. 两肺多发炎性病变；2. 双侧胸腔积液。心脏彩超无明显异常。其他检查呼吸道病原体九项等检查无明显异常。

专家们讨论之后，作出会诊结论：患者为“不明原因肺炎”，具体病原体需进一步明确，立即向医院汇报，做好防护，密切接触人群需隔离观察。

“不明原因肺炎”病例！

会诊结果仿佛一枚重型炸弹，在医院上空轰然炸开。整个医院立马笼罩在剑拔弩张的氛围里。

医院领导坐镇指挥，医务人员立即行动，在极短的时间内，完成一系列措施：对患者采取单间隔离；对陪护进行居家隔离；全科医护人员“全副武装”；所有密切接触者隔离观察；紧急培训医护人员，恶补相关知识；病房物品专用；病房实施开窗通风，空气消毒……

与此同时，医院领导一边向上级卫生健康行政主管部门和属地疾控部门汇报，一边果断决定，将医院一栋三层楼的传染病房在一天内全部清空，作为隔离病区供救治肺炎患者专用；将医院ICU负压病房腾空作为肺炎危重症病房，以备收治重型及危重型患者；从全院各科室抽调精干力量，组成医护团队，急驰隔离病区开展紧急救治工作；动员各方力量做好统筹协调和防控供给工作；启动口罩、防护服、护目镜全球采购；紧急采购临床急需设备、防护用品；协调筹集省市调拨医用物资及社会捐赠物资。

一场紧急的战火，在湖南医药学院第一附属医院悄然燃起。

第一时间，曾与患者有密切接触的周牡丹护士长、王治泓医生成为隔离病区第一批医护人员。周牡丹担任隔离病房一病区护士长，王治泓成为隔离病房一病区的专管医生。

而此时的周牡丹，家里还有七十多岁的中风的老父亲等待她去照顾；此时的王治泓，刚为人父，年幼的孩子也正等他去喂养……但他们没有退缩，而是毅然放弃一切牵绊，冲进骤然而起的战火之中，那么义无反顾，那么从容不迫。

事后，我问周牡丹护士长："当时为何能这样？"

她毫不犹豫地说："因为医院已经告急，因为战火已经燃起。"

星夜追"凶"

接到怀化市第一人民医院感染病中心周建亮副主任的电话的时候，怀化市疾控中心急性传染病控制科科长何舰正半躺在沙发上看电视。

他从沙发上一跃而起："什么？你再说一遍，说清楚点。"

"我医院收治了一个从武汉回来的患者，是'不明原因肺炎'病例。"周建亮在电话里又大声地重复了一遍。

因工作需要，周医生与何科长之间早已建立了"紧密联盟"。

周建亮所在的医院作为怀化市区内的三级甲等医院，担负着怀化市公共卫生领域的诸多工作任务，它由此也成为国家多项法定传染病的"哨点医院"。"哨点医院"是国家为重点监测、控制和治疗流行病、传染性疾病而设置的医院。许多流行病、传染性疾病的初始信息，都在这里收集，又从这里发出。

周、何二人，不但是私下的好朋友，而且是工作上的好搭档。过去多年，两人有过多次亲密的合作。只要医院里发现有流行病的苗头，周建亮就会在第一时间向何舰报告。只要医院里有有关流行病的一丝风吹草动，何舰都会在第一时间掌握信息。

周建亮对患者作出"'不明原因肺炎'病例"判断后的第一反应，就是尽快告诉何舰。

作为急性传染病控制专门科室的负责人，何舰对于正在武汉蔓延的疫情，不但从内部通报和相关新闻中早已掌握，而且时时都在关注其动向。他在心里不止一次向上苍祈祷，希望其蔓延势头得到控制，更希望不要传到怀化。他曾想，怀化离武汉如此之远，而且在历次的传染病流行中，怀化情况都还比较好。怀化边远偏僻，城市不大，流动人口也不是很多，加上环境、气候都比较好，一直以来，都是一块比较安全的地方。这一次疫情，到目前为止，湖南全省还没有一例病例报告，也就是说，全省还都是安全的，怀化更不会“出头冒尖”。因此，当他接到周副主任的电话时，先是一惊，以为自己听错了。

当周副主任与他详细交流了患者的相关情况后，他的心顿时提到了嗓子眼上，自言自语地说：“真的来了？不会这么巧吧！”

就在这时，鹤城区疫控中心也接到了湖南医药学院第一附属医院的报告。

何舰一边向中心主任卿前云和分管他科室的副主任瞿中武汇报，一边通知科室及鹤城区相关人员紧急集合。

瞬间，整个疾控中心立马进入临战状态。

十多分钟后，市疾控中心的瞿中武、何舰、梁跃红、杨锐及鹤城区疾控中心的龙绪湘、粟昱源等人，汇集在市疾控中心的前坪里。他们将人员分成两组，每组三人，一组由中心副主任瞿中武带队，成员为杨锐、粟昱源，前往湖南医药学院第一附属医院；一组由何舰带队，成员有梁跃红、龙绪湘，前往怀化市第一人民医院。为做好个人防护，每人均穿上严密的防护服及鞋帽。

20 多分钟后，何舰、梁跃红、龙绪湘三人走进了怀化市第一人民医院感染病中心病房，来到 45 床郑莹的病床前。

郑莹看到身穿防护服的他们，很不高兴。当他们向她出示完证件并说明来意后，她一脸的不屑和怨怒，将头转向一边，很不配合。她反问他们：“你们这是什么意思？把我当成什么了？大麻风？瘟疫？万恶之人？坏分子？我生个病用得着这样吗？”

原来，她来就诊，本就不想住院，而只是想开点药、打点针就回去，谁知道，医生硬要收她住院。住院就住院吧，还把她转到感染病中心来，谁不知道感染病中心是专门收治传染病病人的地方？说起这地方都叫人心头发凉。转到感染病中心她也认了，可不知为什么，仿佛突然间，她成了洪水猛兽。一两个小时内，医生、护士、副主任、主任，甚至院长，一个接一个地来问，问这问那，问得她都要虚脱了。

何舰三人对于她发的这一通牢骚并不在意。他们理解她，但他们也需要她的理解。他们这也是工作需要，是法律规定的职责，所做的工作就是传染病防控的重要一环——流行病学调查。

流行病学调查，就是调查人员通过观察、询问、查阅资料等方式，与感染者本人，或者是诊治医生、家属等知情者进行接触，从被感染者的“蛛丝马迹”中追查病毒痕迹，寻找被感染者的“上家”和“下家”，把一例例病例之间的传播链展现出来。整个过程堪比公安破案。所以，有人将开展流行病学调查的人员，比作疾病防控领域的“福尔摩斯”。

《中华人民共和国传染病防治法》《突发公共卫生事件应急条例》等法律法规都对开展流行病调查做出具体规定，公民配合流行病学调查，不仅是应当履行的责任，也是法律规定的义务。公民必须按要求主动并如实报告个人健康状况和接触史，包括到过的地方、接触过的人员，不隐瞒、不谎报。

然而，郑莹一开始就如此不配合，这让何舰有些出乎意料。

何舰于2005年从贵阳医学院毕业，所学专业为疾病预防学。毕业后的他入职怀化市疾控中心，至今已经十五年，担任急性传染病控制科科长也已经六年，先后参与过埃博拉病毒病、人感染高致病性禽流感、朊毒体病、中东呼吸综合征、甲型H1N1流感等多种传染病的救治工作。在过去开展一系列流行病学调查时，经常会遇到患者不配合的情况，他本早已习以为常。只是这一次星夜追“凶”并不顺利，患者郑莹不但不配合，还一见面就大发一通牢骚，真让他始料未及。他十分清楚，在急性传染病暴发的疫情面前，时间就是生命，分分秒秒都十分珍贵。

他耐心地向郑莹解释：“我们也是按照法律法规的规定，来向您了解一些情况，希望您配合我们。首先告诉我们，您叫什么名字?”

她没好气地说:“我不知道。”

何舰一下笑了：“这您就是在跟我们开玩笑了，连自己的名字都不知道?”

也许是她猛然发现这一回答不妥，便很不耐烦地说：“名字在住院的牌子上不是写着吗? 你们不知道看?”

“那您的身份证呢? 身份证能给我看一下吗?”何舰继续耐心地说着，并用征求的眼光看着她。她看也不看何舰一眼，只回怼一句：“身份证没带。”

此后，便不再言语。

中等身材、一头短发、平常说话都很急的“80后”年轻人何舰，本来是一个急性子。搞急性传染病防治工作，性子不急不行啊，病毒的传播不等人。可今晚，现在，偏偏一个急性子在一件如此重大而紧急的事情面前，遇到了这么一个不配合的人。结实、精明、血气方刚的何舰，十分着急。如果是在平常，如果不是在医院，如果不是开展流行病学调查，如果不是面对病人，他早发了大火。但今晚，他得克制，再大的火也不能发出来，只能把一切的焦急压在心里。因为焦急，加上穿着不透气的防护服，身上早已大汗淋漓。但他的急又完全不能在病人面前表现出来。他只得咬牙忍着。眼睛左右顾盼，大脑高速运转：怎么样才能突破呢?

做流行病学调查，必须要有丰富的社会经验，必须讲究工作方法，还要懂一定的心理学。好在他有扎实的疾病预防学的知识储备，有多个岗位锻炼的经历，有多次流行病学调查的经验。因此，虽然心里急，但他还是对自己的调查充满信心。他相信，病人的不配合只是暂时的，他总有办法得到他想要的。

刚好，郑莹的丈夫在。此时的医院还允许亲属陪护。

何舰决定从她丈夫身上突破。他将她丈夫悄悄叫到一边，向他丈夫了解情况。她丈夫比较实在，也比较配合，将所知道的有关情况一一说了出来。何舰等如获至宝，马上用她丈夫提供的信息来“套取”郑莹的话语。

但郑莹，还是闪烁其词。

多年的经验告诉何舰，信任和诚挚才是开启心扉的钥匙。别人信任你，才对你诚实。何舰深深地感觉到，她对他们缺乏最基本的信任。信任不是说有就有的，必须建立在彼此相互尊重、相互理解的基础之上。他想，自己不妨先站到她的立场上去，尽可能地为她着想。她生病了，而且还不知道是什么病，不知道有什么样的结果，终日生活在担惊受怕中。她完全就是一个弱者，一个需要更多的人去关心，更多双手去抚慰和扶助的弱者。越是这种时候，越需要理解、同情和安慰。哪怕给她一个灿烂的笑容，一句激励的话语，一个信任的眼神，一次赞许的点头，她都会感觉到温暖、安全和尊严。为何不这样去做呢？于是，何舰等人不再急于说她病的情况，也不急于追问她的活动史，更不去问她的密切接触者，而是择机“转身”，朝另一个方向去走。他们开始“闲聊”，谈股票行情，谈服装生意，谈各自的生活压力，然后，再谈到她的困难、她的苦处以及目前的担忧，等等。就这样，豆棚瓜架，拉闲散闷，循序渐进，一个多小时过去，谈话的氛围顿时融洽许多，慢慢地，她放松了警惕，终于对他们抛来信任的目光。最后，在十分轻松的交流氛围里，郑莹将自己、家庭、朋友的基本情况及近 20 天来的活动轨迹，一五一十地倒了出来。

根据郑莹的讲述，何舰们马上理出了她自 2019 年 12 月 28 日至 2020 年 1 月 16 日的活动轨迹。并在第一时间整理出了密切接触人员名单，马上通过鹤城区疾控中心，将她的活动轨迹及这份名单下发给社区及相关人员，迅速寻找密切接触者，并采取措施。

当做完这一切时，已到了午夜。

走出病房的何舰，深深地吸了一口深夜里的凉气。

回到办公室，脱下防护服，便瘫倒在椅子上睡了过去。

而这仅仅只是其中的一例病例。在这次疫情中，怀化共报告确诊病例 40 例，开展流行病学调查 52 次，调查出密切接触者 1724 人。这 1724 人，就是何舰们，像在沙漠里找针尖，一个个，从茫茫人海里找出来的。

那“找”的过程，真的就是一部现代《福尔摩斯探案集》。

深居“虎穴”察“敌情”

警报已经拉响，但病例是不是新冠肺炎，还得权威认定——确诊。

新冠肺炎确诊，有一定的规范和流程。除了综合患者临床症状、CT 影像、流行病学史等因素外，还需最为关键的一环——病原学检查证据：病毒核酸检测为阳性。

病毒核酸检测，可以说是与病毒面对面。因此，有人将病毒核酸检测的实验室比喻为“虎穴”。

此时，能做病原学检测的“虎穴”，在怀化还只有一个，它就是怀化市疾控中心实验室。

于是，又一场硬仗在怀化市疾控中心实验室打响。

几乎与何舰他们进行流行病学调查同时，三位病人的咽拭子已经迅速从医院采集，并送进了怀化市疾控中心实验室。

实验室检测员朱奇轩和刘芳奉命连夜进入实验室，对所取咽拭子进行病毒检测筛查。

朱奇轩，怀化市疾控中心实验室病原生物专业检测员，2017 年从海南医学院病原生物学专业硕士研究生毕业。他本是江西九江人，2018 年怀化市人民政府通过人才引进政策，将他从他的家乡引进到怀化市疾控中心工作。

1 月 16 日这天，对于他来说，是他永远都不会忘记的日子。不仅仅是因为他要进入“虎穴”去察病毒，而是因为第二天——1 月 17 日，有他人生中最重要的一件要办——领结婚证。

他进入怀化疾控中心工作后，遇到了他的最爱——同在一个科室上班的女孩文雁宇。文雁宇大学学的是卫生检验与检疫，2017 年毕业后就进入怀化市疾控中心从事检验工作。在实验室里，朱奇轩、文雁宇两人经常搭班，一来二去，彼此心生爱慕，两颗年轻的心终于跳到了一起，并很快坠入爱河。经过一年多的相知，相恋，决定 1 月 17 日领取结婚证书。

领取结婚证书这件事，对于任何人来说，都是一件特别重大的事件，而这一天，也应该是人一生中非常神圣的一天。朱奇轩本来想，1 月 16 日早些下班，先为马上就要成为自己的妻子、就要将一生托付给自己的人做一顿好吃的，然后再去马上就将成为自己岳父、岳母的文雁宇的父母家，征得他们的同意和祝福，然后再给远在江西九江的自己的父母打个电话，向他们报告明天领证的喜讯。

然而，计划永远跑不赢变化。当他完成当天实验室最后一项工作任务、收拾好办公室准备回家时，突然接到中心分管领导罗宽能副主任和科长张洪刚的电话："有紧急任务，暂不下班，你与刘芳一起，马上进入实验室，连夜检测。"

这时，他才知道，刚刚从怀化市第一人民医院和湖南医药学院附属第一医院送来了三份"不明原因肺炎"的咽拭子样本，要他们在最快的时间内做好筛查，查出结果。

对事业有一份执着、对工作有一股拼劲的朱奇轩，听说有紧急任务，顿时将自己的"大事"忘得一干二净，与搭档刘芳一起，穿上工作服，戴上 N95 口罩，冲进实验室，全身心地投入到检测工作之中。那时的他们也与很多人一样，并不知道这一病毒的传染性和危害性。因此，他们此时并没有穿严密的防护服。后来，每当回想起当时的情景，无不后怕。那无异于在病毒面前裸奔啊！好在他们有专业的设备，有严格的操作规程。比如最有可能被传染、也最危险的，是打开咽拭子样本那一刻，而打开样本，都是在专门的、防止样本外泄、防护非常严密的、对工作人员起到极好保护的生物安全柜里进行。

当进入实验室进行检测时，他们才被告知，这三份咽拭子的提取患者，有可能与正在武汉流行的新冠肺炎相关联。他们傻眼了，新冠肺炎？目前我们实验室里没有这种病毒的核酸检测试剂啊！

1 月上旬，当新冠肺炎疫情在武汉暴发时，有着职业敏感的中心领导就意识到问题的严重性，第一时间向外采购了专门用来检测此病毒的核酸检测试剂，可目前尚未到货。

怎么办？他们只得先运用现有的试剂对冬季频发的常见呼吸道疾病进

行一一筛查检测。

一个通宵，在两人紧张而繁忙的工作中悄悄过去。

凌晨5点，实验室能做的检测，全部做完。筛查结果显示，标本腺病毒、冠状病毒（HKU1、NL63、229E、OC43）、季节性流感病毒、呼吸道合胞病毒等23种病毒及百日咳杆菌、肺炎衣原体、肺炎支原体等3种细菌的核酸，均为阴性。

均为阴性！

这一结果，让所有人愈发紧张。因为，它坚定地告诉大家，患者感染的很可能就是目前本实验室尚无能力检测出的新冠肺炎。中心领导做出果断决定：马上送省检测！

1月17日凌晨，专用冷链车，专人护送，飞速急驶，将样本送到湖南省疾控中心实验室。

就在样本送省检测的间隙，暂时“闲”下来的朱奇轩，才想起自己今天的“大事”。他脱下工作服，走出实验室，邀上文雁宇，带上各自的资料，匆匆来到婚姻登记处。填了表格，拍了照片，按下了红指印。就这样,以最快的速度，以最简单的方式，办完了人生中最重要的一件大事。

当拿着红艳艳的结婚证走出婚姻登记处时，他们才想起连早餐都还没有吃。于是，两人来到一家馄饨馆，一人要了一碗馄饨，边吃，边给崭新的结婚证拍照，发朋友圈。

就这样，一碗馄饨，成为了两人的结婚大餐。一个朋友圈消息，向外宣告了两人的终身大事。

事后，朱奇轩每想起这事，眼中总有泪意。他说，挺对不起自己老婆的，至少也该很正式地吃一餐。而文雁宇却说，领证只是履行法律程序，更重要的是过日子。再说，大家不是都在忙吗？国家都遇上了这么大的事，还有什么事比国家的事更大？

是啊，还有什么事比国家的事更大？

正是有这样一种认识，有这样一种境界，有这样一种情怀，此后的他们，没有休一天婚假，而是投入到紧张的工作之中。

在专人护送、飞速急驶将病人咽拭子样本送到湖南省疾控中心后，湖南省卫生健康委也派出湖南省疾控中心三人专家组，带着核酸检测设备，赶赴怀化，参与实验室监测和流行病学调查处置，并对三个样本用不同试剂同步进行实验室检测。

通过反复检测和反复核查，结果终于得出：新冠肺炎核酸检测阳性。三位病人确诊！

2020 年 1 月 22 日 17 时 41 分，湖南省卫生健康委将确诊情况及时对外发布："湖南省新增 3 例新型冠状病毒肺炎确诊病例，患者均为怀化市鹤城区人。"

突然之间，烽火燃起，怀化，立时进入紧张的战备状态！

一场"世界大战"

病毒是人类的大敌，病毒带给人类的危害，绝不亚于任何人类内部的战争，无论是第一次世界大战还是第二次世界大战。

第一次世界大战大约有 6500 万人参战，1000 多万人丧生，2000 多万人受伤。第二次世界大战先后有 61 个国家和地区、20 亿以上的人口被卷入战争，战争中共有 9000 余万军民伤亡，5 万多亿美元付诸东流。

而病毒导致人类大规模死亡绝不亚于战争。翻开世界史，我们不难发现——

公元前 430 年暴发的雅典大瘟疫，直接导致了近 1/2 的居民死亡。

2 世纪中期，伤寒、天花、麻疹以及中毒性休克综合征等多种瘟疫，一起袭击了安东尼统治下的罗马帝国，导致罗马本土 1/3 人口死亡。

开始于 541 年的世界第一次大规模鼠疫，肆虐了半个世纪，造成 1/4 的东罗马帝国人口死亡。

1347 年在西西里群岛暴发的"黑死病"，在三年内横扫欧洲，并在二十年间导致 2500 万欧洲人死亡，此后三百年间多次在欧洲卷土重来，后世学者估计，共有多达 2 亿人死于这场瘟疫。

15 世纪末，被史学家称为“人类史上最大的种族屠杀”的天花，使美洲大陆的约 3000 万原住民剩下不到 100 万人。

始于 1817 年的霍乱共造成 7 次世界性大流行，导致的死亡人数无法估量，仅仅印度，在 100 年间就死亡 3800 万人，欧洲则仅在 1831 年就死亡 90 万人。

1918 年，由禽流感病毒变异引起的“西班牙大流感”，一年之内席卷全球，患病人数超过 5 亿，死亡人数近 4000 万，相当于第一次世界大战死亡人数的四倍。

其他如 HIV（艾滋病）、狂犬病毒、埃博拉病毒、“非典”病毒、甲型 H1N1 流感病毒、登革热病毒等，给人类带来的生命和财产的损失，就更加无法估量了。

所以，从某种意义上说，人类与病毒的斗争，就是一场在全球范围内全面开战的“世界大战”。只不过，我们在此之前，从来没有把它当作世界大战来对待而已。而如今，面对在全球大流行的新冠肺炎，越来越多的国家已经意识到，这本质上就是一场全世界人民共同参与的“人民战争”。

中国是第一个宣布进入“战时状态”的国家。早在 1 月 25 日，即中国的农历正月初一就宣布，此次中国抗击新冠肺炎疫情是一场“阻击战”，全国 30 个省区市相继启动重大突发公共卫生事件一级应急响应机制，率先打响了人类与病毒战争的第一枪。

紧接着，意大利、捷克、西班牙、匈牙利、葡萄牙、斯洛伐克、奥地利、罗马尼亚、保加利亚、拉脱维亚、爱沙尼亚、塞尔维亚、黎巴嫩、哈萨克斯坦、巴勒斯坦、菲律宾、萨尔瓦多、美国、阿根廷、波兰、南非、秘鲁、利比亚、巴拿马、哥伦比亚、委内瑞拉、危地马拉、瑞士、亚美尼亚、苏丹等宣布进入“紧急状态”。此后，到 3 月中旬，就有 50 多个国家和地区宣布进入“战争状态”。此后，不断增多。

所以，有人要说，这次疫情是人类与病毒的“第三次世界大战”。

当然，我们姑且不去讨论它是不是“第三次世界大战”，但它无疑已是一次人类与病毒的“世界大战”。

世界大战，大战世界。

熊熊战火已经燃起，等待我们的，唯有迅速集结，唯有英勇出征，唯有赴汤蹈火，唯有冲锋陷阵。

第二章　集结——在生命的召唤里

“疫情发生后，全国上下紧急行动，依托强大综合国力，开展全方位的人力组织战、物资保障战、科技突击战、资源运动战……在最短时间集中最大力量阻断疫情传播。‘中方行动速度之快、规模之大，世所罕见，展现出中国速度、中国规模、中国效率’。”

——《抗击新冠肺炎疫情的中国行动》白皮书

“1 号”集结令

2020 年 6 月 7 日，国务院新闻办公室向全世界发布了《抗击新冠肺炎疫情的中国行动》白皮书。

翻开《抗击新冠肺炎疫情的中国行动》白皮书，我们可以清晰地看到——

面对前所未知、突如其来、来势汹汹的疫情天灾，中国果断打响疫情防控阻击战。中国把人民生命安全和身体健康放在第一位，以坚定果敢的勇气和决心，采取最全面最严格最彻底的防控措施，有效阻断病毒传播链条。14 亿中国人民坚韧奉献、团结协作，构筑起同心战疫的坚固防线，彰显了人民的伟大力量。

早在 1 月 7 日，习近平总书记在主持召开中共中央政治局常务委员会会议时，就对做好不明原因肺炎疫情防控工作提出要求。

1 月 13 日，李克强总理在主持召开国务院全体会议时，也对做好疫情防控提出要求。

1 月 15 日，国家卫生健康委发布新型冠状病毒感染的肺炎第一版诊疗方案、防控方案。

1 月 17 日，国家卫生健康委派出 7 个督导组赴地方指导疫情防控工作。

1 月 18 日，国家卫生健康委发布新型冠状病毒感染的肺炎第二版诊疗方案。

1 月 18 日至 19 日，国家卫生健康委组织国家医疗与防控高级别专家组赶赴武汉市实地考察疫情防控工作。19 日深夜，高级别专家组经认真研判，明确新冠肺炎出现人传人现象。

1 月 20 日，习近平总书记对新型冠状病毒感染的肺炎疫情作出重要指示，指出要把人民生命安全和身体健康放在第一位，坚决遏制疫情蔓延势头；强调要及时发布疫情信息，深化国际合作。

1 月 20 日，李克强总理主持召开国务院常务会议，进一步部署疫情防控工作，并根据《中华人民共和国传染病防治法》将新冠肺炎纳入乙类传染病，采取甲类传染病管理措施。

1 月 20 日，国务院联防联控机制召开电视电话会议，部署全国疫情防控工作。

1 月 22 日，习近平总书记作出重要指示，要求立即对湖北省、武汉市人员流动和对外通道实行严格封闭的交通管控。

1 月 23 日凌晨 2 时许，武汉市疫情防控指挥部发布 1 号通告，23 日 10 时起机场、火车站离汉通道暂时关闭。

1 月 23 日至 29 日，全国各省份陆续启动重大突发公共卫生事件省级一级应急响应。

1 月 25 日，农历正月初一，习近平总书记主持召开中共中央政治局常务委员会会议。习近平总书记发表了重要讲话，他说，生命重于泰山，疫情就是命令，防控就是责任。各级党委和政府必须按照党中央决策部署，全面动员，全面部署，全面加强工作，把人民群众生命安全和身体健康放在第一位，把疫情防控工作作为当前最重要的工作来抓。明确提出“坚定信心、同舟共济、科学防治、精准施策”总要求，强调坚决打赢疫情防控阻击战；指出湖北省要把疫情防控工作作为当前头等大事，采取更严格的措施，内防扩散、外防输出；强调要按照集中患者、集中专家、集中资源、集中救治“四集中”原则，将重症病例集中到综合力量强的定点医疗机构进行救治，及时收治所有确诊病人。会议决定，中共中央成立应对疫情工作领导小组，在中央政治局常务委员会领导下开展工作；中共中央向湖北等疫情严重地区派出指导组，推动有关地方全面加强防控一线工作。

……

正月初一，岁之朝，月之朝，日之朝，全球华人最隆重的节日。中共中央在如此不同寻常的日子召开政治局常委会，专门听取新型冠状病毒肺炎疫情防控工作汇报，对疫情防控特别是患者治疗工作进行再研究、再部署、再动员。这，在中国历史上史无前例。

会议发出了“生命重于泰山，疫情就是命令，防控就是责任”“把人民群众生命安全和身体健康放在第一位”“集中患者、集中专家、集中资源、集中救治”“早发现、早报告、早隔离、早治疗”的伟大号召。

无须再多罗列，从以上部署和动员中，我们完全可以看出一个国家奉行“人民至上，生命至上”的价值理念，严防死守“人民群众生命线”的坚定决心和伟大毅力。

尊重人，保护人民，呵护生命，已经不再只是一句口号，而是一种激情的驱使，一种本能的捍卫，一种执着的行动。它让我们看到，生命权，这一人类最基本的权利，在这里得到了最光彩夺目的尊重。让我们感觉到，无论在哪里，无论遭遇怎样的灾难，中华人民共和国永远是我们最坚强的后盾，永远无所不在地给我们庇佑，完全可以放心地将自己的生命交付于她。

人民至上，生命至上。

举起的是“把人民群众生命安全和身体健康放在第一位”的伟大旗帜，发出的是“生命重于泰山，疫情就是命令，防控就是责任”的强大号令。

各级党委、政府闻令而动，迅速集结在中国共产党的伟大旗帜之下，争分夺秒抢救生命，竭尽全力遏制疫情。

怀化市委、市政府于 1 月 21 日成立疫情防控指挥部，由市委书记任第一指挥长，市长任指挥长，其他多位市级领导任副指挥长，市直 47 个部门“一把手”和 13 个县市区委书记、县市区长共 73 人为成员。指挥部下设 12 个工作组，每个工作组逐一明确负责人、工作人员、工作内容和工作方案。

自此，全市进入战时紧急状态。

21 日至 25 日，连续 6 次召开指挥部会议，传达中央、省委指示精神，研判形势，分析“敌情”，部署“兵力”，以“实行最严的责任指挥体系”“实行最严的精准隔离治疗”“实行最严的联防联控”“实行最严的信息精准发布”“实行最严的值班值守”“实行最严的督办问责追责”等“六个最严”确保工作落实。

特别是农历大年三十和正月初一，在这两个对于每一个中国家庭都十分特殊的日子，指挥部会议照开不误。而且这两天会议开得更密集，工作部署更严密。比如大年三十，从上午 9 点到 23 点 12 分，先后开了三个会议，先是指挥部会议，再是会商会，最后是隐患排查会。正月初一上午，开完指挥部第五次会议，晚上又紧急召开指挥部第六次会议。

记得在大年三十晚上的会议上，当万家灯火次第点燃、灿烂烟花当空绽放时，主持会议的指挥部领导动情地说：“一年最美是除夕，家家户户话团圆，在这万家欢乐的时刻，我们远离家人，在这里战病毒，抗疫情，保护千家万户平安幸福，很有意义。”

正月初一晚上，在指挥部第六次会议上，主持会议的第一指挥长说：“今天是正月初一，习近平总书记主持召开中央政治局常委会，对疫情防控特别是患者治疗工作进行再研究、再部署、再动员，充分体现了总书记深厚的为民情怀，令我们特别感动、深受教育。全市各级各有关部门和广大党员干部特别是领导干部要向总书记致敬、向总书记看齐，牢记总书记的殷殷嘱托，坚持在防控一线用身影指挥、用行动说话，及时发声指导，及时掌握疫情，及时采取行动，做到守土有责、守土尽责。把确保老百姓生命安全和身体健康摆在第一位，以最快速度按疾控规律坚决彻底围剿病毒，把病毒控制、消除在最小范围。”接着，他提出了“六个坚决”的要求：要坚决实现最广泛深入的防疫动员；要坚决落实最严密的疫情排查；要坚决执行最有力的隔离阻断；要坚决实施最及时的医疗救助；要坚决确保最严格的责任落实；要坚决做好春节期间安全生产和社会稳定工作，确保人民群众度过一个安定祥和的新春佳节。

……

有人说，短时间内如此密集地召开如此高规格的会议，提出如此坚定、有力、严格的要求，这在怀化市的会议史上史无前例。

的确史无前例，只有战时状态才有。

人民至上，生命至上。

当事情过去几个月后，我再次翻开当时的会议记录时，指尖抚过，那一行行光辉灿烂的文字，仍有一种铿锵的声音在耳边回响。

这是时代的声音，这是党的声音，这是国家的声音，这是民族的声音，这是人民的声音。

这是中华“1号”集结令！

就在这一集结令里，多少慷慨激昂的战士，闻令而动，众志成城，以最快的速度，以最强大的阵容，向最危险的方向——集结。

1040人的集体“年夜饭”

打一千，骂一万，三十晚上吃顿饭。

在中国，有一顿饭最为重要——年夜饭。

年夜饭，又称团年饭、团圆饭。大年三十晚上，一家老小围坐一起，摆上平日里舍不得吃的，或是寓意吉祥的各种美味，欢聚酣饮，熬年守岁，互敬互爱，共叙天伦。吃的是喜悦，品的是亲情，缕缕饭香中，闻到的是家的味道，倍感幸福。即使常年在外工作的人们，哪怕千里迢迢，也一定要赶回家，与亲友团聚，为的就是这顿非同寻常的年夜饭。

然而，2020 年 1 月 24 日，也就是大年三十这天，因为紧急集结，成千上万的人不得不放弃与家人团聚的这顿年夜饭，而不得不在疫情防控的特别岗位上，吃特别的“年夜饭”。

已经是晚上 8 点。一位风风火火的男子跨进怀化市疫情防控指挥部办公室，对办公室工作人员刘勇说：“这是你的年夜饭。”

刘勇，怀化市卫生健康委疾控科科长。疫情来袭后，作为疾病预防控制科的科长，他理所当然需在第一时间冲进一线，负责综合工作。

本来，与他住在一起的父母早几天就回到十多里外的乡下老家过年去了，并约好，大年三十他回去吃年夜饭。

谁知，疫情突然袭来。

但是，三十晚上抽空回家吃个年夜饭应该没问题。他这样答应母亲。

母亲做了一桌子菜，从下午 4 点等到晚上 6 点，站在屋前望了又望，菜热了又热，最后等来的是“回不来”的电话。

母亲顿时火了：“叫花子也有个年头年尾，你这是没得名堂。”说完生气地挂了电话。

这边的刘勇突然愣住了，贴在耳边的电话，半天没有拿下来。正张开着还想给母亲进一步解释的嘴，许久没有合拢。

母亲一般是不会轻意发火的，这回发这么大火，定是等得心烦气燥了。是啊，自古以来，叫花子也有个年头年尾。即便是外出的游子，再远的路，也要在这一天赶回来与一家人吃餐团圆饭，何况自己与父母就在同一地。

这样想时，他顿感愧对父母，泪水情不自禁地流了出来。

可是，这又有什么办法呢？

母亲哪里知道，湖南已经于昨天晚上启动公共卫生事件一级应急响应，疫情防控升级，一场更大的硬战在即！作为疫情防控指挥部办公室，更加忙碌而紧张，而负责综合工作的刘勇，更是忙上加忙，连喝口水的时间都没有，哪还有时间回家吃年夜饭？

不想，两个多小时后，母亲将他那一份“年夜饭”打包，托人带到了指挥部。可是，因为路途遥远，天寒地冻，送到办公室的“年夜饭”早已经饭冷、菜凉。

等手边的事情全部处理完后，他才有时间吃妈妈送来的“年夜饭”。虽然饭更冷、菜更凉，但他仍然吃得津津有味且非常认真。每吃一口，都要反复地咀嚼。因为他懂得，这碗饭里，盛满了妈妈的爱和牵挂。

我被这一幕深深打动，半开玩笑地说：“这一定是你这一生中吃得最特别的年夜饭吧。”

顿时，他埋下头去……

许久后，当他再抬起头时，两行泪水早已流在了脸上。

但只一会，当有人向他咨询工作时，那双泪眼，迅即放出光芒。

从这光芒里，我读到了一个年轻人的责任担当和无怨无悔。

因为紧急集结，而吃着不一样的“年夜饭”的，还有怀化日报社记者李青青。

大年三十下午3点，大雨滂沱，李青青一家子正热热闹闹忙着准备年夜饭。

突然，手机响了，是报社要闻中心主任打来的。

主任急促地问：“青青，市里督查疫情防控工作，你能去吗？”

“什么时候？”

“马上。”

“马上？”

“马上。”

语气不容迟缓。她是专题新闻中心记者，要闻中心打电话要人，肯定情况紧急而特殊，一般不会跨部门用人。凭多年记者的职业敏感，这次肯定有重大采访任务。

她干脆利落地说：“行，我去。”

她放下手里的活，对丈夫说：“能理解吗？”

丈夫点点头。

她告别家人，带上“老三样”——录音笔、相机、记录本，一步跨出大门。

除夕夜，雨越下越大。

李青青跟着督查组一个高速路口一个高速路口地督查，一边记录文字，一边拍照，冰冷的雨水慢慢透湿鞋子浸入脚底……

督查工作结束后，她又立即赶到疫情防控指挥部会商会现场，参加晚上的会商会议。此时已到晚上 7 点多，先前一直在忙碌，不觉得，等坐下来后，李青青才感到又饿又冷。但这个时间点又没有吃饭的地，只得忍着。实在忍不住了，就咽咽口水。

晚上 8 点半，她突然收到丈夫的微信：“出来，我给你送年夜饭来了。”

看到微信的瞬间，李青青眼眶湿润了。一股暖流从心中流过，倍感温暖和幸福。

的确，此时的她太饥饿了。肚子内仿佛有一只手在抓，在挠，抓挠得连肠子都隐隐作痛。她紧紧地将手握成拳头，按压在肚子上，使那隐隐的痛不至于蔓延到全身。想不到丈夫送饭来了，真是雪中送炭啊！

她迫不及待地跑到会议室外，接过丈夫手中的年夜饭，一顿狼吞虎咽。丈夫看着昔日温柔可爱的妻子那种吃相，心里很不是滋味。

吃完饭的她将碗筷递给丈夫，打趣地说：“谢谢老公。吃了这餐饭，我们也算团圆了。”

说完，又走进了会场……

冯元中的年夜饭也是在指挥部办公室里吃的。

冯元中，怀化市卫生健康委信息中心主任，指挥部办公室组建时，他被临时“抓”去负责指挥部的会务工作。

年前，他本已与恋人商量好回乡下老家过年。因为恋人是头一次去他家过年，所以他特意买了几大包东西，都已经装上车了。1 月 22 日，回家前，他再到办公室打个转，看还有没有什么事情没处理完。谁知，这一“打转”，就回不去了。才组建的指挥部办公室会务工作还没有人负责，领导说：“就你了。”

于是，他留了下来。

他原来以为会务工作没多少事，谁知，非常时期，会务工作不但事多，而且都是大事。诸多政策要通过会议研究出台，诸多任务要通过会议下达，诸多指令要通过会议发出，诸多情况要通过会议收集，而且大多数会议是开到县市区的视频会，不但要进行主会场的布置、管理，还要与分会场进行设备连通、调试。通知所有参会人员准时参会也是会务组的重要任务。而开的会往往都是紧急会，时间紧，有时，连下发通知、布置会场、准时开会，只有半小时。

他接手会务工作后的1月23日，一天就开了三场会，第三场会开到深夜12点。1月24日，即大年三十这天，开了两场会，第一场会从上午开到下午，晚上又接着开会。

如此高密度的紧张的工作，哪还有时间回家吃年夜饭？

他只得草草地在指挥部办公室吃了个盒饭。

恋人、爸妈等都打来电话问："年夜饭吃的什么？"

为了安慰他们，他故意说："大家一起吃，可热闹了。"

会议开到深夜12点才散，当他收拾完毕，满身疲惫走出会议室时，中央电视台的春节联欢晚会刚好唱起那首《难忘今宵》。

难忘今宵。他当即发出一条朋友圈："为了全市人民的健康和平安，市委、市政府领导，各相关单位负责人和所有工作人员共同度过了一个特殊而有意义的除夕之夜。"

而怀化市林业局干部彭茂全的年夜饭又是另一番情景。

彭茂全有姊妹三人，母亲过世早，父亲与两个妹妹生活在乡下。年前，一家人商量好，今年父亲来怀化过年。于是，几天前他就将父亲从乡下接到了怀化。

彭茂全心里盘算，往年因为工作忙，没有好好陪老爷子过个好年，今年，他提前几天把要做的事情全做完，到时就可以好好陪陪父亲，让父亲过上一个幸福美满的团圆年了。

然而，就在过年的前两天，彭茂全接到局里通知，说疫情当前，要求他大年夜值班。林业部门是这次疫情防控指挥部的重要成员单位，野生动物监管是重点中的重点。虽然自己接来了父亲，也打算陪父亲过一个好年，但关键时期，不能讨价还价，他十分爽快地接受了任务。

大年三十这天，雨越下越大，天空变得潮湿而阴冷，彭茂全对 80 多岁的老父亲不放心，于是提议父亲与他一起去单位值班。父亲欣然接受。

父子俩，从吃过中餐来接班，一直到晚上，没敢离开办公室。

晚饭怎么办？今天可是大过年的啊，年夜饭怎么办？父亲来跟自己过年，年夜饭还不知在哪。他本来想叫个外卖，可是大过年的哪儿有外卖叫啊。他一脸愧疚地跟父亲商量："我们吃点方便面和饼干算了？"

父亲一个劲地点头说："要得，要得。"

于是，他烧了壶开水，为父亲和自己各泡了一包方便面。

父亲肯定是饿极了，又因没几颗牙齿了，就连汤带面一起"喝"，"喝"得面条"溜溜"直响。

听着这响声，彭茂全流泪了。

……

那一夜，还有多少人集结在工作岗位上吃着特殊"年夜饭"？我无法全面统计，但当晚我通过电话和微信，联系市、县两级防控指挥部办公室有关人员，他们纷纷给我发来统计数字。据初步统计，在指挥部办公室吃集体"年夜饭"的人就有 1040 人。

看着这个数字，我心里不禁一动。

万家团圆的日子，却有众多的人，为阻击疫情，集结在一起，哪怕吃一口简易的冷盒饭，哪怕泡一包干冷的方便面，也无怨无悔。

这就是疫情下的怀化，这就是灾难面前的中国，这就是国难当头无所畏惧、方寸不乱的中国人。

57 个日夜的"忠"与"孝"

正在乡下老家母亲床头服侍的陈琳突然接到分管副县长的电话："形势不对，赶快回来！"

陈琳，麻阳苗族自治县疾控中心主任。因 87 岁的老母亲病危，于两天前赶回乡下服侍母亲。

接到副县长电话之前，经历过“非典”疫情、有着多年疾控工作经验的他，就感觉到形势不妙，但他怎么也想不到，来得如此之快。

一边是躺在床上生命垂危的母亲，一边是疫情突发国家的召唤，该怎么办？

对于母亲，他是儿子，奄奄一息的她离不开他的照顾，因为他们三兄弟中，他学过医，更懂得如何给母亲打针、喂药，如何给母亲揉捏、擦洗；对于国家，他是疾控人，疫情袭来，防控是关键，而防控的主要职能就在疾控，他有义不容辞的职责。

他来到病床前，看着已经说不出话的母亲，泪水顿时漫上双眼，他不知道怎么开口。母亲都成这样了，他作为儿子怎么忍心离去？但，事情紧急且重大，重大到事关全县的疫情防控，事关几十万人民的安康，他必须去。他也相信母亲一定会支持他。几十年来，只要说是工作上的事，母亲一直都支持他。

他迟疑了许久，终于鼓足勇气，抓着母亲的手，说：“妈，这次我本来是专门请了假回来服侍您的，谁知道，突然出现了一种传染病，这种传染病过去从来没看到过，很严重，外地已经死了好些人，如果防控得不好，全县人民都得遭殃。刚才县领导打电话，要我马上赶回县里，我不回去，肯定不行，全县的防控任务都在我头上。我回去把工作先忙一阵，等忙完了，再来看您，服侍您。如果妈您同意，就捏一下我的手。”

母亲虽然说不出话，但耳朵还能听见，眼睛也还睁得开，手也还能动。他分明感觉到母亲的手轻轻捏了一下他的手。他知道，那是母亲“同意”了。他轻轻地俯下身去，给床上的母亲一个深情的拥抱，说：“妈，您一定要等着我，等我回来……”

说完，起身离开。当他走到门边回过头来再看一眼母亲时，母亲的头偏向了他离开的方向，想说什么，又说不出，只拿一双干涩而混浊的眼睛望着他，那眼神，是挂念，是留恋，是不舍，是悲凉，是无限惆怅。他在与她对视的一刹那，心被深深蜇痛。他又快步走回去，再次握住母亲的手。母亲的手在他的手里轻轻地捏了捏，然后松开。他知道，那是母亲终于“放下了”他，并催他快走。

他这才走出大门。一出大门，泪水像决堤的水，止都止不住。

县委、政府做出决定，全县各级各部门取消春节休假，机关、单位和乡镇、村的工作人员全部返岗，已经离开麻阳的，迅速通知返回。所有人员，均回岗候命。

集结，近几十年来最大规模的一次集结行动在麻阳展开。

1 月 24 日凌晨 2 点，陈琳突然接到县人民医院的“告急”电话：“刚刚收治一发热病人，症状与新冠肺炎疑似。”

他一个激灵，从床上一跃而起，难道真的说曹操曹操就到了？本来这些天里绷得紧紧的神经，突然间绷得更紧。

他马上指导医院进一步确诊：一是加强体温监测，二是取咽拭子化验，三是进行肺部 CT 扫描，四是进一步了解病人是否有武汉或湖北其他地区的旅居史。

人民医院回复：体温监测正在进行，高烧 38.8℃；咽拭子已经送检，等待结果；CT 扫描已经完成，两肺出现炎性病变；病人近 20 天内没有外出旅居史，更没有到过武汉或湖北其他地区。

没有外出旅居史？更没有到过武汉或湖北其他地区？难道是虚惊一场？非常时期，不论是否是新冠肺炎，都必须高度警觉。他马上按照“预案”迅速作出部署安排。凌晨 2 点 50 分，他通知办公室发出紧急集结令：县疾控中心所有工作人员在疾控中心集合，准备战斗。

安排完后，他感觉到十分疲惫。自从三天前从乡里离开母亲回到单位，一直就像陀螺样高速运转，每天都是晚上 12 点后才能上床。今天晚上，上床刚刚睡着，又被人民医院的电话叫醒。待他一切安排妥当后，已经到了凌晨 4 点。虽然十分疲惫，但再也睡不着。他只靠在床头眯着眼。这时，他想到了母亲，想到自己离开那一瞬母亲看着自己的那种眼神，泪水不自觉地流了出来：妈妈，孩儿对不住您！

早上 6 点，全中心 64 位工作人员全部到齐。会议室里，空气凝滞，气氛紧张。虽然是大年三十，但疫情就是命令，防控就是责任，作为疾控人，义不容辞。一张张脸紧绷着，一双双眼睛圆鼓着，大家什么也没说，但都知道，一场恶战已经打响。

陈琳作了简单的战前动员。他首先祝大家新春快乐，并对大家在这样特殊的一天，这样特殊的时候，这么大清早的时间，召之即来，表示感谢。他说，这一场战争，更是政治任务，是事关人民群众性命安全的重大国事，我们要站在国家安全、生命优先的高度来认识这一场战争。我们必须做到，召之即来，来之能战，战之能胜。

接着，将 64 人分成若干行动小组，迅速出发。

通过深入细致的调查，这名病人虽然没有外出旅居史，但他在县城附近的一高铁线路建设工地开洒水车，而在修建这一高铁线路的人中有一名来自武汉的民工，这名民工在 14 天内回去过武汉，县人民医院收治的这位病人接触过他。

马上找人。可这名民工已经回了武汉。马上调查与这人密切接触过的人。初步排查，与他在一起工作过、吃过饭等密切接触的人共有 24 人。再查 24 人的密切接触者，达 71 人；再查 71 人的密切接触者，达 158 人；再进一步深挖 158 人的密切接触者，最后挖出了 531 人。

修建高铁线路的人员来自全国各地，这 531 人中，就涉及山东、福建、云南、四川、贵州、湖南等 10 多个省。而他们所在工地已经放假，除了几个留守人员外，全都回家了。通过县疫情防控指挥部，陈琳他们将相关信息发往各相关省进行排查。

在县内，一一找到了这名病人的妻子、儿子及他们的密切接触者。特别是他妻子，在他住院的前一天晚上还去了楼下的超市，在超市里呆了十几分钟。调取超市监控发现，十几分钟里，与她密切接触的人员达 11 人。陈琳组织工作人员迅速将病人的妻子、儿子送往县人民医院隔离观察，将与他妻子接触的 11 人全部找到，采取居家隔离措施，并对他们夫妻俩居住地及去过的地方进行全面消杀。

1 月 25 日，这名男性病人的检测结果出来了：阳性。

1 月 26 日，病人的妻子的检测结果也出来了：阳性。

好险啊。

事后，全县人民都在议论，如果不是及早发现，如果不是及时处置，后果定不堪设想。正因为有了这么多的如果，才使得麻阳县的疫情得到有效防控，在发现这两例病例后，没再增加一例病例。

1 月 26 日晚上 10 点多，陈琳将一天的工作忙完后，又想起了病危中的妈妈。他将电话打给家里的二哥。陈琳共有三兄弟，大哥陈仄文，在乡镇工作，二哥陈仄武，在农村。妈妈一直跟农村的二哥住在一起。接通电话后，他只听到二哥哽咽着说："妈妈可能不行了。"

啊！这怎么办？陈琳顿时急得像热锅上的蚂蚁，焦急、难过交织在一起，他流着泪说："那我马上赶回来。"

二哥说："不行，现在正是国家需要你的时候，你怎么能离开？你如果为了回家尽孝而耽误了国家的事，妈也不会原谅你的。自古忠孝难两全，你就安心干好你的工作，你在为国家尽忠，就让我来替你在妈面前尽孝吧。"

听后，陈琳号啕大哭。哭过后，他无限愧疚地对二哥说："那就拜托哥了，一定告诉妈，等着我，等我忙完这一段，等疫情稍微平息，我就马上回家来看她，来服侍她，让她一定要等着我。"

一忙，就是近两个月。

直到 3 月 15 日，也就是陈琳离开病危的妈妈 54 天之后的一个星期天，县委书记看到陈琳，问到他母亲的情况。他告诉书记，母亲一直处于昏迷的病危状态。

书记说："今天是星期天，全县的疫情防控也处于暂时的平稳阶段，你回家去看一下你母亲吧。"

这么久以来，他虽然天天忙得像陀螺一样，但每到晚上一个人静下来时，他就想到母亲，就给两个哥哥，特别是二哥打电话，询问母亲病情，并一再托付兄长，服侍好母亲，等他回来。明大理、懂大义的兄长也总是劝他、安慰他，要他只管做好自己的工作，不要挂念家里，不要分心。他每天只能通过电话得到母亲的一些小情况，母亲到底变成了什么样，他一概不知。

如今，书记特批他回家探母，他很高兴，稍稍打点行装，便上路了。

一进门，陈琳一把将母亲抱起。当抱起母亲时，发现昔日壮实的母亲，只剩了一把骨头。母亲虽然还有些意识，但也仅仅只是一息尚存。他顿时感觉到心被人撕扯般的疼痛，再也无法克制自己的情感，泪水倾泻而出。他将母亲紧紧抱在怀里，扑通一声跪倒在地，号啕大哭：“妈妈，儿子对不住您……”这一跪，一哭，惊天，动地。那一刻，整个世界的所有表情都停止了，只留下了哭，天在哭，地在哭，屋在哭，物在哭，人在哭，连时间都在哭。哭了20多分钟，有人说，陈琳，你放下你妈吧，这样抱着，她会不舒服的。他这才将母亲重放到床上。

他打来水，为母亲洗头，为母亲擦身。洗完、擦完后，给母亲做保健按摩。顿时，母亲深陷的眼眶里，两颗混浊的泪珠顺着眼角滚了出来，迟迟疑疑地，流过脸颊，留下两道泪痕。

时间过得很快，几个小时一晃就过去了。已经到了下午，他得回县城参加晚上的碰头会商会。自从疫情发生以来，疾控中心形成了不成文的规矩，每天下午5点召开碰头会商会，总结当天的工作，部署安排明天的工作。所以，他回家的时间，尽管有县委书记特批，满打满算也只能半天。眼看返回的时间到了，他又不得不与母亲告别。

他对母亲说：“妈，孩儿只能陪您这么久了，情况紧急，我又得马上赶回去，今天来看您还是县委书记特批的。你一定要好起来，一定要等着我，等疫情结束，我就回来，再好好陪您。”

他一边说，一边去握母亲的手，母亲抓了一会，便松开了。他知道，那是母亲放他走的暗示。

他离开母亲，不敢再回头看。

后来，二哥告诉他，在他离开的时候，妈妈一直看着他，直到他的身影消失在门外。

谁知，这一次分别，竟成母子之间的永别。

三天后的3月18日凌晨5点过2分，陈琳接到二哥的电话，说：“妈妈走了。”

“啊?!”

五雷轰顶!

悲痛的泪水顿时喷涌而出。妈妈还是没有等到疫情结束，还是没有等到他。想到这些天来，他一直忙于疫情，没能尽孝，心里愈加难受。他对二哥说：“我对不起妈妈。”

二哥安慰他：“你没有对不起妈妈，你在为国家尽忠，妈已经很满意了。再说，你前几天回家看了她。也就是因为你回来看了她，她也终于看到你了，这才放心地走了。要不她肯定拖不了这么久。”

他当即向县领导请假。回到家里，跪倒在母亲的灵前，久久不起。

县委书记来了，县长也来了。他们为老人送来花圈，在老人的灵前鞠躬，把最崇高的敬意献给老人。他们说：“因为疫情的影响，作为县疾控中心主任的您的儿子，一直战斗在疫情防控第一线，没有回家来尽孝，今天，我们代表全县人民来看您老人家。”

书记、县长的来到，令陈琳一家十分感动。

陈琳将领导对自己的关心化作更大的动力。因是疫情期间，丧事简办，简简单单将母亲送上山后，他立即返回单位，又投入到紧张的防控工作之中。

从领导将他召回，到母亲离世，他计算了一下，共 57 个日夜。在 57 个日夜里，他将“孝”转变成对事业的“忠”，演绎出了一种时代的精神和风貌。

797 份《请战书》的感动

“守护生命、舍我其谁，时刻准备、遵纪守规，服从命令、冲锋在前，不辱使命、兑现誓言。”

1 月 22 日，怀化市第一人民医院党委和团委，向全院共产党员和共青团员发出了这样的集结令。

这一天，离春节只有两天时间，大街小巷呈现在一派热闹祥和之中，贴春联，挂灯笼，家家张灯结彩，处处火树银花，人们穿着节日的盛装，走进各大商场置办年货，脸上洋溢着快乐的笑容。

“守护生命，舍我其谁！”最强“集结令”如一声尖厉的冲锋号，穿越喜庆，划过时空，响彻云霄。顿时，整个医院沸腾了。每一个医务工作者，闻令而动，迅速，马上，及时，向医院请战，向一线集结。医院党支部成了“请战”重地，医院微信群成了“集结”平台。

门诊第一党支部抗击新冠肺炎疫情请战人员集结而出，他们是：黄渊旭、曾静、江涛、乐铁、郑隽、刘菲、刘琳、王晓斌、王喆珺、明蓉蓉、黄云湘、邓阳欢、鲍建（非党员）、张秋华、李尧（入党积极分子）……

内科第一党支部抗击新冠肺炎疫情请战人员集结而出，他们是：肖满仙、何锦松、胡秋莲、杨雨琪、刘春梅、杨小霞、王露、曾宪蓉、黄开进、李文军、夏敏、杨艳霞、余巧、王志娣……

外科第二党支部抗击新冠肺炎疫情请战人员集结而出，他们是：宋秋月、吴海涵、向辉飞、邬江华、龙恒、向叶寰、舒健、张宏、彭秀萍、蔡林、莫晓晶、熊梦蝶、何自然、蔡慧……

影像中心党支部抗击新冠肺炎疫情请战人员集结而出，他们是：张豹、付仁生、刘祚国、杜红梅、李文斌、田坤、曾小红、赵文翼、黄敏、李佳鑫、杨异、田利、易文中……

……

在“集结”的同时，每个人都递交了一份充满着激情的《请战书》。一个个铿锵的名字，写满坚毅；一枚枚血红的指印，透着力量。

一段时间后，我走进医院，走进院党委办公室，看着这一大摞《请战书》，我被深深地震撼了。

在这一大摞《请战书》里，我的目光停留在了一份手写稿上。这份《请战书》就写在一张A4打印纸上，字体苍劲有力，语言简明扼要，但激情澎湃，一气呵成。

打听才知，这份《请战书》是一位年过七旬的老党员写的，她叫符政远，同事们都尊称她为战斗在感染病一线的“铁娘子”。

“铁娘子”在这份特殊的《请战书》里用饱含真情的笔墨写道：

我是一名感染科主任医师，是一个有着40多年工作经历和21年党龄的老党员，经历过“非典”疫情防治工作。为了起到一个党员的模范带头作用，尽到一个医务工作者治病救人的应有职责，现在病毒肆虐，我自愿报名申请加入医院抗击疫情的各项工作。不计报酬，不论生死！

“不计报酬，不论生死”，看到这沉甸甸的八个字和那一枚鲜红的指印，我心头一热，顿时泪目。一个老战士的舍生取义、一个老党员的初心情怀、一个老医务工作者的责任担当，尽收眼底。

符政远，1950 年出生于怀化市芷江县一个农民家庭，27 岁从湖南医学院毕业之后便被分配到怀化市防疫站从事流行病学工作。7 年后，调入怀化市第一人民医院感染科。在那个谈传染病色变，见到感染科医生唯恐避之不及的年代，她毅然走进了感染科，一干就是一辈子。2000 年，她担任了感染科主任。当上主任的她，语重心长地对科室人员说：“要想做一位好的感染科大夫，必须要具备两个根本条件：一是优秀过硬的医疗水平，二是良好的医德。”为了达到这两个“必备条件”，她经常组织科室人员学习医疗核心技术及核心制度，做到熟记于心；同时经常组织大家学习医学先辈们的奉献精神。在她的带动和影响下，科室医护人员，精诚协作，努力拼搏，并积极引进新技术、新项目，科室医疗条件不断改善，科室医护人员医疗技术不断提高。2003 年，符政远迎来了职业生涯中的大考。一场突如其来的“非典”疫情肆虐祖国大地。医院感染科被怀化市政府指定为“非典”病例收治定点医院，科室收治了一例在广州发病后转入的“非典”确诊病例以及 32 例医学观察病例。经此一役，医院感染科团队积累了丰富的救治经验，也为日后成功应对禽流感、手足口病及甲型 H1N1 流感等各类突发公共卫生事件打下坚实基础，在全市重大传染病流行及突发公共卫生事件的防控救治中，均起着关键的作用，全力保障了人民群众的健康安全。她，因为成绩突出，被中组部评为“全国防治非典型肺炎工作优秀共产党员”，被卫生部、人事部评为“全国卫生系统抗击非典先进个人”，并被授予“湖南省劳动模范”荣誉称号。

如此德高望重的一位老前辈，在院党委“集结令”发出的当天，马上向院党委递交《请战书》，而且以“不计报酬，不论生死”为诺，令院领导感动不已。接过《请战书》的院领导劝她：“您这么大年龄了，保重好身体，就让年轻人上吧。”她坚定地说：“我学的就是这个专业，几十年从事的也是这个专业。如今，虽然年龄大了，但国家有灾难，群众有需求，我再大的年龄也必须站出来。不计报酬，不论生死。我这样写了，我必定要这样做。”

老人的坚毅、果敢、真情与决心，深深打动了院领导。领导含着泪水接过了老人的《请战书》，也接受了一位钢铁战士的“请战”。

看着符政远老师的《请战书》，我想起了被医学界尊称行业道德圣典、每一个医学生步入医师行列必宣的誓言——《希波克拉底誓言》，想起了《希波克拉底誓言》里的开篇第一句话——“我要遵守誓约，矢忠不渝”。我想，符政远就是这样一位为医学献身、遵守誓约、矢忠不渝的勇敢医者。

与符政远一样勇敢的还大有人在。我在那一大摞《请战书》里，还看到了一个个闪光的名字和一句句铿锵的誓言。

感染病中心主任、党支部书记李勇忠，自从科室接收第一例疑似患者后，就一直带着医护团队工作在第一线。他在《请战书》中说：“我们虽然每天和患者高频次密切接触，工作强度大，风险高。但我作为感染病中心主任，也是党支部书记，关键时刻我必须冲锋在前。”

科室救治小组成员、感染病中心副主任医师杨利兵，疫情一开始，便进入隔离病房救治患者。他在《请战书》中也说：“我是一名共产党员，关键时候要带头发挥先锋模范作用。我参加过手足口病、甲流的救治任务，有充足的传染病救治经验。这次我也一定会完成好救治任务。”

大内科护士长黄湘玲在《请战书》中说：“隔离病房对我来说并不陌生。17 年前抗击‘非典’疫情的时候，我和我的同事就一直在隔离病房护理患者。作为科护士长，也是一名共产党员，此刻我必须与我的一线护士姐妹们在一起。”

呼吸与危重症医学慢病科副主任何微在《请战书》中说：“生死就在一呼一吸之间，这对于我们的患者来说毫不夸张，作为医护人员，我们随时都要准备投入战斗，多坚守一分钟，就多增加了一份希望。”

中心实验室主管技师王三虎在《请战书》中说：“我自愿参与新型冠

状病毒肺炎的核酸检测，发挥我的专业特长，保证每个结果准确无误。”

医院药房主管药师邓紫薇在《请战书》中说：“临床药学研究室负责将患者身上收集到的血液标本进行化验、监测血药浓度，助力个体化精准用药。我们在幕后直接与病毒作战，打破陈规按需‘开方’，让患者的用药方案更加精准。”

还有医务部的唐川、李永祝、刘军、邓君杰等 17 人在递交的《请战书》上说：“我们都是医院的一员，对医院饱含深深的感情，甚至代表着行政人员的形象。目前，疫情防控形势十分严峻，我们保证绝对服从组织，服从医院安排，在疫情防控指挥部调度下，优先投身到本院和其他地区疫情防控各个岗位，为疫情防控贡献自己的力量。在此，我们自愿请战!”

还有医学装备部的李文杰、周倩倩、曾诚、刘毅等 21 人在递交的《请战书》上说：“现在正处于疫情防控的关键时期，医院正处于紧急用人之际，在此我们自愿申请加入抗击疫情的队伍中，积极地全身心地投入于疫情防控工作，保证无条件服从组织和医院安排，为赢得抗击疫情的胜利，奉献自己的一份力量。”

还有总务科的彭勇、王杰等 13 人在递交的《请战书》上说：“目前，疫情防控形势严峻，作为怀化市第一人民医院的一员，我们自愿投身到疫情防控工作中。在疫情防控指挥部的调度下，我们保证服从组织安排，愿意冲锋在前，想尽一切办法完成各项任务，为疫情防控攻坚战贡献自己的一份力量。在此，我们自愿请战。”

还有重症医学科护理团队的尹芳、曹红、文丹丹等 18 人在递交的《请战书》上说：“我们是来自重症医学科的护理团队，我们参与过禽流感、甲流、重症手足口病等患者的护理和抢救，对急危重症患者的护理有着丰富的临床经验，如有需要，我们自愿加入我院感染科或者武汉的新冠肺炎患者的救治工作，服从安排，听从指挥，不怕苦，不怕累，在这场与病毒的战役中贡献自己的一份力量。”

……

一位位勇敢的战士，一份份铿锵的请战书，一个个鲜红的手指印，大义凛然，果敢坚定，表达了一位位医务工作者对党的忠诚、对人民的热爱、对自己初心使命的坚守。

面对这一份份《请战书》，我在激动之余，利用了很长时间，一份一份地将它们认真地数了一遍。向医院请战的，共有中共党员 441 人，入党积极分子 17 人，共青团员 339 人，合计 797 人。

一个小小医院就有如此多人请战，一个小小医院就有如此强的集结，这令我惊愕莫名，激动莫名，崇敬莫名。

那么，全省呢？全国呢？

149 人的 20 分钟

“天使心雨”。

如此诗意、唯美的名字。

它是怀化市第二人民医院护理部工作群群名。这个群有“群员”421 人，可谓一个微信大群。

遇见“天使心雨”，完全是因为这场疫情。

1 月 27 日上午，怀化市卫生健康委接省里通知，组建“危重症患者救治医疗队”支援湖北。怀化市卫生健康委迅速向辖区内的部分医院下发选派医护人员通知。

10 点 58 分，“天使心雨”在第一时间转发了通知。转发通知的护理部佘洁琼副主任在群里说：“同志们，大家主动报名，关键时刻体现我们的大爱！”

虽然我不在第一现场，不能真真切切地看到佘副主任在下发通知那一刻的急迫心情，但我可以从她的留言里，看到她的“坐立不安”，听到她的“大声疾呼”，感受到她的“迫不及待”。

在通知发出几秒钟后，第一个报名者“窜”了出来，她叫瞿满妹，胸部肿瘤内科护士长。她恳切地说：“佘主任，我报名参加医疗队支援湖北。”

瞿满妹，出生于医生之家，她的爸爸妈妈以及大多数亲属都是医务工作者。成长在这样的环境里，耳濡目染父辈们对事业的那份认真、那份坚持、那份不改的痴心，她也日渐懂得医者这两个字的高洁与神圣。高中毕业，她毅然选择学医，进入原湖南医科大学（现中南大学湘雅医学院）护理学院，一毕业便来到了怀化市第二人民医院工作，至今已近 20 个年头，从一名普通护士成长为一名护士长。

瞿满妹不但是一名极具责任心的护士长，还是一名极有爱心的志愿者，经常利用休息时间参加医院或怀化市志愿者协会组织的志愿服务活动。比如她积极参加医院组织成立的“爱心粥吧”——为癌症病人提供“免费爱心营养粥”的志愿服务活动。肿瘤患者大都需要实施放疗和化疗，放化疗后容易出现纳差、恶心、呕吐等不良反应而导致营养不良。为了解决这一问题，2017 年 4 月，怀化市第二人民医院志愿者通过医院职工、爱心人士、爱心网友捐款捐物，组织成立了“爱心粥吧”，每天免费为放化疗患者提供白米粥、蔬菜粥、瘦肉粥、八宝粥等营养粥，以促进他们恢复健康。为病人熬粥，志愿者是利用业余时间。瞿满妹的很多休息时间，就用在这上面。比如在 2017 年的五一国际劳动节这天，一大早，她就带上儿子来到这里，为病人熬制红枣粥。淘米、洗枣、加水、熬煮、搅拌，每一个步骤都十分熟练，每一个细节都特别认真仔细，就像在为自己的家人做饭。十一点左右，粥熬好了，晶莹如玉的粥面上氤氲着热气，阵阵香味扑鼻而来。特别是当看到病人喝得津津有味时，她觉得特别有成就感，特别有意义。

这一次疫情暴发后，她从电视里看到湖北的医护人员告急，特别是武汉的医护人员告急。作为医务工作者，她恨不得挺身而出。

终于，1 月 27 日这一天，选派医护人员支援湖北的通知在医院护理工作群里发了出来，她在通知发出的第一秒便看到了，马上报名。

她说：“当时什么也没有想，只觉得自己该去，必须去。”

该去，必须去。这不但是一种态度，更是一种勇气，一种责任，一种担当。这种态度、勇气、责任与担当，需要一颗爱心来支持，需要一种修为来支撑。

为了能争取去湖北，她又给护理部领导打电话，说：“我的身体素质好，每天都在跑步锻炼，就让我去吧。”

报名后，院里要求所有报名者都与家人通气商量，她这才将电话打给家人。当电话打到公公处时，身为老党员、退休老医生的公公坚定地说：“全力支持，去！”并说：“如果可以，我也跟你去。”

家人的支持更给了她莫大的鼓舞。让她更觉得，自己在看到通知的第一秒，没有任何迟疑、义无反顾地报名，是完全正确的。

紧跟瞿满妹之后，是满秀清、张春兰、马亚红、杨丽华、许霞美、饶晓华。

饶晓华在报名时，果断地说：“我带队！”

短短三字，通大义，见担当，显无畏，掷地有声，成为群里最响亮的声音。这一声音，迅速掀起一股报名狂潮。

马上，田中华、欧阳文南、龚法清、张圆、唐渊、李凌、蒲愉蝉、黄淑芳、杨晶、许霞美、谢亚平、王菲菲、伍沐岚、戴怡勰、沈美华、许娅鹂、谢丽芬……纷纷报上了自己的名字。

饶晓华为何有如此大的影响力和号召力？

因为她是医院护理部的主任，是医院数百护理人员的“老大”，是一位有着20多年护理经验，经历过“非典”、埃博拉病毒、人感染高致病性禽流感、甲型H1N1流感等多种传染病磨砺的老护理人，尤其在肿瘤护理领域有着突出的护理业绩，头上顶着“湖南省健康管理协会肿瘤护理全程管理副主任委员”“湖南省护理学会肿瘤护理专业委员会副主任委员”“怀化市肿瘤护理专业委员会主任委员”“怀化市护理质量控制中心副主任”“怀化市抗癌协会乳腺健康俱乐部主任”“怀化市PICC培训基地主任”等一系列光环，发表论文多篇，多次在省级学术会议上做专题报告、学术讲座等，多次被评为“先进个人”“优秀共产党员”“优秀护理管理干部”。

饶晓华不但是一位优秀的护理人才，更是一位心存爱心的美丽天使。在她的护理生涯中，爱无处不在。她爱她的医院，爱她的团队，爱每一个护理人员，爱每一名病人。他说，医院是医生、护理、病人共同组成的一个特殊的“家”，这个“家”，不仅仅是那扇开关闭合的大门，而是内心的一种感受。对医护人员而言，大家在这个大家庭里工作、学习、成长，必须让他们感受到上级的关心、关爱，感受到同事之间的温馨。因此，作为护理部门的“家长”，必须为他们营造出良好的、有爱的、“家”的环境。而对于病人而言，因为各种原因，在这个临时的“家”里，有太多的伤痛，有太多的无奈，有太多的离别，必须给他们以爱的呵护，让他们在感受温暖的同时，树立勇气和信心，战胜病魔。二医院是肿瘤专科医院，癌症病人较多。在护理癌症病人的过程中，她深深感受到乳腺癌病人的痛苦。乳腺癌病人不同其他癌症病人，她们不仅要面对生命的威胁，还要承受失去女性特征的恐慌。过去，大多数人都只关心她们的生命，而忽略了她们的心灵创伤。

饶晓华清楚地记得，2010 年，一名 27 岁的姓钟的女士被确诊乳腺癌中晚期，丈夫因此与其离婚，加之家境艰难，多重的打击让她的心情降至冰点。时任普外科护士长的饶晓华，来到她身边，握着她的手，听她轻轻倾诉。饶晓华像一个大姐姐般，为她擦去眼角的泪水，再慢慢给她讲人生的道理，还为她向抗癌协会申请到救助金，并号召更多的人去关心她、温暖她。渐渐地，钟女士的心结被解开，一日日走出低谷。通过钟女士这一病例，饶晓华更深刻理解了“有时是治愈，常常在帮助，总是去安慰”这句话的深刻含义，也让她萌生了建立一个乳腺癌患者俱乐部的想法。2012 年，她经过多方联系，筹措资金，一个专门关爱乳腺癌患者的俱乐部——“粉红丝带俱乐部”宣告成立，发展会员 200 余人。在这里，患者们交流养病心得，开展活动，相互帮助，相互扶持，不断传递希望传递爱心，促进健康。还先后多次开展大型义诊、患友走访慰问、交流座谈，并组织参加了广场舞大赛、合唱比赛等系列活动。她们用优美的舞姿和歌喉展现出傲立独芳的特有魅力和涅槃重生的自信。当年对生活失去信心的钟女士，成为了俱乐部的第一批会员。通过俱乐部活动，她不断提升信心，重燃生活希望，重新组建家庭，并诞下一个可爱的儿子。钟女士说：“只有历经生死的人，才能真正懂得生命的意义。无情的病痛虽然让我失去了女性骄傲的特征，但医院里的温情让我依然活得健康、美丽、快乐，面对生活充满着信心和希望。”

如此一个有着爱心和责任心的“头”在群里发出“我带队”的铿锵之音，护士们怎不一呼百应？

顿时，“天使心雨”群，成了“一线请战”群。“我报名”“我参加”“让我去”“我上”。大家摩拳擦掌，争先恐后。

这让我很自然地想到，小学课本里读到的“黄继光跃身堵枪眼”“董存瑞舍身炸碉堡”“王成高喊‘向我开炮’”等精彩故事，这一位又一位战斗英雄，都是在战争处于最为紧急关头，大声地喊出了感动天地、响彻云霄、至今仍余音袅袅的两个字：我去！

今天的“我去”与昔日的“我去”，没有什么区别，他们面对的都是一场战争。如果硬要找出它的区别，那只是“有硝烟”和“没有硝烟”的区别，面对的敌人和发生的年代的区别。昔日的“我去”，面对的敌人是人，发生的时间是烽火连天的战争年代；今天的“我去”，面对的敌人是病毒，发生的时间是风平浪静的和平年代。但是，他们挺身而出的毅力没有区别，他们大义凛然的决心没有区别，他们舍生忘死的精神没有区别。他们都是英雄，都是人们应该永远铭记的英雄。

因为需要铭记，所以我想尽一切办法去搜寻他们的名字。

我曾多次前往医院补充采访，一次又一次翻看“天使心雨”报名当日的聊天记录，每一次翻看，那氛围、那气场、那紧急度，都令我顷刻间置身第一现场，一声高似一声的“我去”，不断在耳边回响。

我去！那是王菲菲、沈美华、谢丽芬三位家有幼儿的宝妈的声音，她们说：“这对孩子的确残忍了些，但国有召，召必出。”

我去！那是刚刚进行无偿献血的伍沐岚的声音，她说：“作为战士，时刻都应冲锋。”

我去！那是2013年曾主动请缨支援禽流感防治一年多、此次又再三请求出征的张圆的声音，她说：“我有经验，我必须去。”

我去！那是爱发如命、秒变短发的许霞美的声音，她说：“为了这场战争，我无悔！”

我去！那是两位90后女孩戴怡葱、许娅鹂的声音，她们说：“怕远在外地的父母担心，还没告诉爸妈，到了再说吧。”

……

我特意计算了时间，从 10 点 58 分第一个报名，到 11 点 18 分最后一个请战，仅仅用时 20 分钟，报名人数达 149 人。

20 分钟，149 人。

这是怎样的一种速度？

这又是怎样的一种集结？

“天使心雨”，你创造了奇迹！

第三章　出征——逆行奔向生死战场

“医务工作者白衣执甲、逆行出征。从年逾古稀的院士专家，到90后、00后的年轻医护人员，面对疫情义无反顾、坚定前行……”

——《抗击新冠肺炎疫情的中国行动》白皮书

“妈妈，一定要去吗”

1月28日，清晨。

凛冽的北风夹杂着冰冷的雨滴，怒号着，如一头发疯的公牛，冲撞着紧闭的门窗，哐当——哐当——。一股寒风，透过窗户缝隙钻进来，打在张田慧睡眼惺忪的脸上，将她“吵”醒。

张田慧自言自语，几点了？顺手去摸枕头底下的手机，啊，六点了。一骨碌爬起。穿衣，洗漱。

听到动静的九岁的儿子，猛然警醒，从床上翻身而起，揉揉没有睁开的双眼：“妈，你这就要走吗？”

看着儿子疲惫的脸和那双还带着泪痕的眼睛，张田慧再也无法忍住泪水：“是的，妈等一会就走。”

刚刚过去的这一夜，对于张田慧和她儿子来说都是难以忘怀的一夜。

张田慧，湖南省怀化市第二人民医院呼吸内科医生。昨天，1月27

日，上午10点40分许，查完房，正在书写医嘱的她，听一同事说："又在选派医疗队支援湖北了。"她一边埋头写字，一边说："国家医疗队早组建过了，早去了湖北了，我们湖南的也早去了。"

同事马上说："那是第一批，现在在组建第二批呢。"

她说："不管组建第几批，又没有我们的份。"

在她心里，这样的国家医疗队，至少都是省城里的专家。不是吗？湖南第一个去的，就是中南大学湘雅医院吴安华教授。吴教授是湖南医界响当当的"大咖"，他不但是中南大学湘雅医院感染控制中心主任、教授、博士生导师，而且兼任着中华预防医学会医院感染控制分会主任委员、湖南省医院感染管理质控中心主任等多个职务。而自己只是一个市级医院的主治医师，哪有那样的资历和资格？不过，当看到新闻里一批又一批国家医疗队挺进湖北，特别是挺进武汉时，她还是忍不住自言自语，如果我能有机会去该多好。

同事见她一副心不在焉的样子，十分认真地说："没有呢，是我们医院要选派人去呢!"

顿时，她像过电一般，立马停止了手中的书写，很夸张地抬起头，盯着同事，足有几秒钟，同事被她的愕然表情吓住了："你这是怎么了？有这么夸张吗？不信，你看。"

说着，递过手机，在怀化市第二人民医院的"医生之家"微信群里，医务科发出了选派医疗队的通知。通知说，根据怀化市卫生健康委《关于组派救治医疗队援助湖北的紧急通知》要求，指派怀化市第二人民医院选派医师2名，护理人员11名，上午10点50分前上报名单。

张田慧一看时间，离怀化市卫生健康委要求的上报时间只有不到10分钟。她毫不犹豫，在报名群里果断写下"我报名"三字。

许多天后，当我去医院采访，医院领导为我点开"医生之家"群，翻到1月27日的聊天记录时，张田慧写下的"我报名"三字依然在。

医院领导指着这三字，说："除护士外，她是医院里第一个报名的医生，离医院发出通知仅仅一分多钟。"

张田慧说："如果不是因为忙于查房，忙于书写病历，我可能还会更早一点看到通知，也会更早一些报名。”

事后，我问她：“你是上有老，下有小的，当时为什么就那么果断？难道就没有为他们想想？还有，作为一名呼吸内科的专科医生，你对这次疫情的危险性和不确定性应该了如指掌，这一去，不知会发生什么情况呢。”

她说：“当时没想太多，只觉得我应该去。至于父母、丈夫、孩子，按理说，应该先与他们商量，得到他们的理解和支持，这也是对他们的尊重。但要一个一个地去征求意见，时间来不及。只得先报名，事后再慢慢给他们解释。而对于这一去将要面对怎样的险境，我也十分清楚。我每天都要对父母、丈夫和孩子叮嘱说，这场疫情传染性强，来势很猛，要特别注意，最好不要出去，就在家里呆着。”

“此次疫情本来就是一种呼吸系统的传染病，湖北最急需的就是呼吸专科医生，作为从事多年呼吸内科诊疗工作并有一定工作经验的专科医生，我不去，谁去？再说，救死扶伤，回馈社会，感恩时代，也是我当年选择学医的初衷啊。”

说起当年学医，还真有故事。

1994 年夏天，九岁的她，突然得了一场大病——肝脓肿，住进了县中心医院。肝脓肿，最典型的症状就是恶心、呕吐、寒战、高热、食欲缺乏和周身乏力，肝区持续性胀痛，才九岁的她，常常被折磨得痛苦不堪。医院里一名叫王福新的医生（她至今都记得他的名字），让她特别感动。她在医院里住了一个多月。王医生每天上班第一件事，就是到病房来看望她，安慰她，鼓励她，并给她讲各种战胜疾病的励志故事。不但减轻了她的痛苦，还使她坚定了战胜疾病的决心。当年，她家里本来就很穷，她生病之前，姐姐生了一场大病，使家里债台高筑。不成想，她又生了如此重的病，让贫穷的家更是雪上加霜。王医生看在眼里，记在心里，总是默默地帮助她。她的肝脓肿造成胸腔积液十分严重，每隔一两天就需要做穿刺抽积液。每次做穿刺，王医生都亲自带着她去，并悄悄地跟医生打招呼：“别收她的钱了。”然后又转过头来对她说：“就打麻药痛一下，别怕。”就这么简单的一个行动，简短的几句话，让被病魔折腾得死去活来的她倍感幸福和温暖，她深深地感受到被人关爱的力量。

爱，是世界上最美丽的字眼，它可以抚慰一切灾难、疾病与死亡；爱，又是全世界最伟大的力量，它可以创造奇迹，拯救生命，照亮灵魂。因为王医生的关怀和帮助，张田慧幼小的心灵从此照进了温暖的光，埋进了爱、善良和感恩的种子。她在每一次接受王医生的帮助后，总在心里发誓，长大了一定也要当一名医生，当一名像王福新医生一样的医生，不但去治病救人，而且要去关怀别人，帮助别人，感恩生活，回馈社会。

十年后的2004年，她参加高考考得了650分（高出重本线30多分）的高分，很多好学校和好专业向她敞开了怀抱。然而，在填报志愿时，五个一本志愿，她全部填写了医学院校。最后被广西医科大学录取。

大学毕业后，爸妈都希望她回到山东菏泽老家。菏泽地处华北平原中心地带，历史悠久，文化底蕴浓厚。特别是她家所在的单县，是国家商品粮棉基地县、油料基地县、平原绿化标准县，是武术之乡、楹联之乡、中国西红柿之乡、中国青山羊之乡和中国长寿之乡。一个如此美丽、富饶的地方，是所有求职者安居乐业的理想所在。

然而，张田慧却并不这样想。她认为，贫困山区更缺医少药，更需要她，而与广西接壤的怀化，就是典型的贫困山区之一。于是，她毅然放弃家乡的优厚条件，说服爸妈，走进怀化，来到怀化市第二人民医院，成为呼吸内科的一名医生。

新冠肺炎疫情暴发后，作为呼吸专业的医生，她格外关注，每天再晚也都要看看新闻，翻翻公众号。当看到湖北，特别是武汉每天确诊病例的数字都在不断地往上翻时，她恨不得马上飞到湖北特别是武汉，投身到抗疫一线。因此，当看到医院的选派通知时，她果断地在第一时间报名“应征”。

半个多小时后，出征名单确定，张田慧在列。她压制住内心的激动，给丈夫打电话，丈夫只问了一句：“是你自己报名的还是单位安排的？”她说：“是我自己报名的。”丈夫便没再说什么。

院里通知，随时做好出发准备，也许是今天下午，也许是明天。后来又说，下午2点在院里集中召开誓师大会。她一看时间，已经到了中午12

点。她加快进度将手中的事做完。回到家里已经下午1点30分，用10分钟时间吃了碗面条。

老公带着九岁的儿子去了乡下婆婆家，只有她爸妈带着四岁的女儿在家里。她边吃面条边对爸妈说："爸妈，跟你们说个事，我报了名去湖北抗疫。"

妈听她这一说，先是一愣，继而愕然，许久，才说出一句话来："一定要去吗?"

"是啊，一定要去，我都报名了。"

妈没再说什么，而只将头转向了一边。爸本来话就不多，见她这一说，只是长叹一声。

她心里清楚，爸妈是在为她担心。但她没有更多的时间给爸妈解释，因为2点整要开誓师大会，她得马上赶回医院。

三下五除二将面条吃完，连碗都没来得及洗，只对爸妈说了声"我去了"，便跑向了医院。

除了她外，医院还在主动请缨出征的120多人中，挑选了1名重症医学科副主任医师和11名护理人员，共13人。

为了给大家践行，更为了鼓舞大家的士气，医院决定召开誓师大会。医院党委成员、行政后勤所有人员、临床医技科室主任与护士长，以及全院党员及入党积极分子、共青团员共200多人参会。13名"入选"者在会上宣誓并递交了盖有鲜红手印的请战书。

院党委书记刘瑛，党委副书记、院长谭力铭作了温暖人心的出征发言："真的勇士，敢于直面惨淡的人生，敢于正视淋漓的鲜血，我们的医护人员就是这样的勇士。13名'战士'不忘医者初心、牢记健康使命、勇担社会责任、不负人民重托、全力阻击病魔的大爱精神值得我们所有医务工作者学习。英雄凯旋归来日，正是神州无疫时！期待着大家战胜疫情，安全归来!"

党办主任李欢莲发言，几度哽咽，泣不成声。她说："明知山有虎，偏向虎山行。不知道前路有什么样的凶险等着你们，也不知道你们这一去是否能平安回来，但你们依然不谓生死，勇敢请命，毅然出征，我为你们感动。你们是和平年代的战士，是新时代最可爱的人。”

还有很多人都发了言，或代表医院，或代表科室，或代表个人，或称颂，或赞美，或感叹，均情真意切，感人至深。

随后，医院领导为他们准备了一顿特殊的晚餐——食堂师傅特意为他们炒来几个菜。虽然没有酒，虽然各吃各的，但大家都吃得十分用心、用情，都吃得心情沉重、泪眼婆娑。大家都明白，吃了这一顿，13 人就将奔赴生死战场，等待他们的不知道是什么结果。

晚餐后，进行穿脱防护服训练。在这之前，张田慧从来没有见过防护服。于是，学穿，学脱，格外认真和细心。通过反复地练习，终于过关。这时已是晚上 10 点。

拖着一副疲惫的身体回到家里，丈夫与儿子已经从乡下赶了回来，一家人都还没有睡，还在等着她。丈夫说：“我妈找你。”原来，一直忙于开会、培训，而手机又调到了静音状态，婆婆打电话她没接到。她将电话打过去，婆婆在电话那头焦急地说：“都急死我了，听说你报名要去湖北?”她回答说：“是的，可能明天就走。”婆婆马上哀求道：“不能不去吗?”她说：“不能不去啊。”婆婆说：“那么危险的地方，你也敢去? 她说：“再危险也得有人去啊。”她理解，一家人都是出于对她的关心。他们都不是学医的，对这场突如其来的疫情更觉恐惧。

自她一回到家里，儿子梁恩沛就哭个不停。儿子已经九岁，懂得了一些道理。疫情发生后，她经常与儿子讨论疫情的进展和必须注意的事项。她总是在儿子面前特别强调，这次疫情很严重，不要去人员密集等存在风险的地方。

儿子抱着她，说：“妈妈，可以不去吗?”

“不可以。”

“你总是要我不要去有风险的地方，你自己却往最危险的地方跑。”

“妈妈与你不同，妈妈是医生啊。”

“是医生，也还有那么多人，为什么偏偏你去?”

“妈妈学的、干的都是呼吸内科的事，而这次疫情就是我们科的事啊，妈妈专业对口啊，宝贝。”

“专业对口我也不想你去。”

“为什么不想妈妈去？”

“我不想没有妈妈。”

越说，儿子哭声越大。见儿子哭得如此伤心，她也忍不住流出泪来。她拿来纸巾，轻轻地为儿子擦拭着眼泪，说：“儿子，妈妈谢谢你！妈妈知道你担心妈妈，才舍不得妈妈去。可是，妈妈真的必须去啊，因为妈妈是医生！”

也许是哭累了，儿子眼带泪花睡了过去。

半夜12点，医院打来电话，要她连夜做好一切准备，明天上午八点在医院集中。接过电话后，想到时间的紧迫，想到前方的凶险，想到一家人的担心，想到儿子的不舍，虽然很累，但她没有半点睡意。加上担心睡过头，怕明早起晚了耽误集合，她几乎一夜没怎么合眼，只听着窗外的寒风呼呼地刮，撞击着窗户玻璃，一会儿“哐当”一声，一会儿“哐当”一声。总算熬到了早上六点，她一骨碌爬起。

醒来的儿子，看着马上要走的妈妈，一个人躲到阳台上偷偷地抹泪。张田慧知道儿子还是没有被说服。她走到儿子面前，默默地为儿子擦着眼泪。儿子再一次问：“妈妈，一定要去吗？”

张田慧蹲下来，轻轻地说：“宝宝，妈妈知道你舍不得妈妈去。可不舍得，妈妈也得去啊。妈妈这次去，是为了让更多小朋友的爸爸妈妈尽快康复，尽快回家陪他们的宝宝呀！”

过了许久，儿子总算抬起头来。他一边轻轻地擦净自己的眼泪，一边若有所思地望着墙上两幅画。这两幅画是医院工会举办儿童画展时儿子画的。儿子喜欢画画，医院工会举行画展时，她告诉了儿子，让他画一幅。儿子画了，画的是妈妈在国旗下举手宣誓，画的旁边写着“爱国爱院”。可是，在送展过程中被水渍浸染了。做事一向认真的儿子又另画了一幅，画的是妈妈正给群众看病，上面写着“志愿服务暖人心”。这幅画在画展中获了奖。画展结束后，儿子将两幅画都贴在了阳台的墙上。

看着自己画的画，再看看马上就要坚定逆行的妈妈，他慢慢停止了哭泣。

出门那会儿，张田慧与家里每个人拥抱。

她首先去拥抱女儿，女儿还小，不太懂事。在她去拥抱时，女儿撒起娇来。她抚摸着女儿的脸蛋，说："小宝宝要乖乖的哦，在家听姥姥、爸爸和哥哥的话，尽量不要出去，如果出去呢要洗手，要戴口罩！"女儿以为妈妈就像往常一样去医院上班，连声应道："好！好！"开心地鼓起了掌。

接着去拥抱儿子，儿子已经停止了哭泣。儿子紧紧地拥抱着妈妈，好久都舍不得松开，说："妈妈，我会很想你。""妈知道，好宝贝，乖！""我在家等你！""好的，等妈回来！"

拥抱爸妈时，爸妈只叮嘱了她一句话："照顾好自己。"

最后拥抱着依依不舍的丈夫，她说道："家就交给你了，好好照顾家人，我自己知道怎么做，放心吧！"丈夫眼里顿时噙满了泪水，说："你一定要平平安安去，健健康康回。相信党，相信国家，相信现在的医学技术！"

她坚定地"嗯"了一声，接过丈夫手中的行李箱，跨出门去。

"火尖兵"出征

"火尖兵"是他名字的谐音，他的名字叫"贺兼斌"。

在湖南怀化地方口音里，"贺兼斌""火尖兵"几乎同音，所以很多人都将"贺兼斌"叫成了"火尖兵"。

我在第一次听他同事说起这名字时，也听成了"火尖兵"。不过，还真不假，他还真是怀化市第一人民医院呼吸与危重症医学综合科的一名"火尖兵"。

他不但拥有硕士学位，是主任医师和硕士研究生导师，还被选为湖南省病理生理学会理事、湖南省病理生理学会危重病专业委员会委员、怀化市呼吸专业委员会委员，在国家级核心期刊发表学术论文70余篇，获怀化市科技进步奖四项。

贺兼斌的老家在湖南绥宁，大学毕业后，他被分在基层医院工作。2003年“非典”疫情肆虐时，他参加了乡镇的防控和筛查工作。通过这次防控和筛查，他知道了严重急性呼吸综合征的厉害性，知道了全球性传染病疫潮的破坏性。也就在这一年，他决定考研，专门研修与“非典”有关的呼吸专科。

毕业后，他应聘进入怀化市，从此，成为怀化市第一人民医院的“火尖兵”，并当上了呼吸与危重症医学综合科主任。正如他的同事说的那样，呼吸与危重症医学综合科成立以来，他总是冲在最前线。只要哪里有需要，他总是挺身而出，从不迟疑。因为他是“火尖兵”。

这次出征抗疫也是。

大年初三，下午2点40分，贺兼斌正在门诊上班，突然接到院领导的电话：“刚刚接到市卫生健康委通知，要求医院选派一名呼吸与危重症医学科的医生参加支援湖北医疗队。医院研究决定，在你科室选派一名医生，必须在半小时内上报名单，明天就走。”

“半小时内上报名单？这么急？就像打仗一样。”贺兼斌反问道。

“是啊，这次还真是打仗！”院领导强调说。

贺兼斌的神经突然绷紧，谁去呢？他陷入了深深的沉思。

此时，正值呼吸道病高发期，科室住满了病人，还加了床。每一位医生都管了十几个病人，都在满负荷运转，十分辛苦。前几天，医院开办发热门诊和隔离病房，已经抽去了三名医生。科室再也抽不出人了啊。再说，如此危险的出征，总叫下面的人去也不妥。思来想去，最后，“火尖兵”的劲上来了，果断决定：自己去。

院领导听到他上报的名字，停顿了好几秒钟，怀疑听错了：“谁去？你再说一遍。”

他果断地说：“我，贺兼斌去。”

“你去？你想好了吗？”

“想好了。”他怕院领导不同意，停了停，又说，“虽然在科室里，我完全可以安排别人去，但是在如此特殊的时期、如此特殊的工作任务面前，我作为一个科主任，不能老是把下面的医生推到风口浪尖，而我自己却躲得远远的。”

“你去了，那么大一个科室、那么大一摊子事交给谁?”

“我上面不还有一位管我们的大科室主任吗？交给他完全没问题。”贺兼斌解释道。

“好吧。”院领导勉强答应，算是批准。

从医院打电话通知，到最后确定他去，只用了十几分钟。

火尖兵，名副其实。

他有所不知，原来，医院给他半个小时的上报时间，主要考虑到他要在科室里动员，还要做医生的工作。他们原本担心他半个小时内可能确定不下来，没想到，如此之快。

确定下来后，贺兼斌继续将他的门诊班上完。下班后，来到科室，科室里已经传开了他报名去支援湖北的事。护士长姚娟及其他人员都围了过来，大家你一言我一语地数说起他来。

“您上有老，下有小，不应该去冒这个险。”

“科室里您年龄最大，怎么排也排不到您啊。”

“您这一去，万一有个什么，叫我们怎么办?”

“重新报名单吧，我比您年轻，让我替您去吧。”

……

贺兼斌被大家的一片真情深深打动，他说：“谢谢大家！越是这种时候，越应该是我去。我不但是你们的主任，而且是党员。不论哪一条，我都应该走在你们的前头。”“火尖兵”的“脾性”显露无遗。

姚娟护士长也很担心他的安危。

他对护士长说：“放心吧，我心里有数。作为医生，我只能这么选择。‘非典’疫情肆虐时，那么多医生往前冲，难道他们都不知道前面有死亡危险吗？他们知道。但他们是医生，医生在疾病前面，必须向前冲，就像战争年代，一个士兵在战场上，向前冲不但应该，而且是他唯一的选择。”

虽然大家为“火尖兵”捏着一把汗，但在他的坚强和坚持面前，大家将一切担心和忧虑化成了一声声温暖的鼓励：“加油！”

明天就出发，他必须将科室里的事处理完。回到家里时，已经是晚上七点多。见到妻子，他第一时间将自己报名去湖北抗疫的事告诉了妻子。

妻子与贺兼斌结婚多年，对他的性格很了解，只要他想干的事，十头牛都拉不回。因此没多说什么，只说："这个病毒太厉害，你要多加小心。你还有孩子，还有母亲需要你。"

说完，妻子将电话打给贺兼斌的老母亲。老母亲70多岁，没和他们住在一起。母亲总是为没日没夜工作的贺兼斌担心，每天都要打电话过来叮嘱"注意休息"。如今马上要上战场，并且这一去有太多的凶险和不确定性，因此应先告诉母亲。

母亲问了一些情况后，只是说："我也不知说什么好。既然已经报名，就去吧。不管有没有危险，保护好自己，去把该做的事情做好。"

他原本还担心母亲反对。因为中午在回到母亲家里与母亲吃中饭时，母子俩还谈到疫情。母亲一再叮嘱他，说他的科室是专门收治呼吸道疾病病人的科室，风险性很大，千万要小心。想不到母亲此刻心胸如此之开阔，如此之深明大义。我在听贺兼斌说起这些时，无不为他母亲有如此境界而惊叹，忍不住问他："母亲是共产党员吗？"贺兼斌说："不是，只是一个普通老百姓。"

这就是中国力量，这就是中国精神。不论地位高低，不论身份贵贱，只要事关国家利益，事关民族大局，事关人民福祉，都会发出同一种声音，伸出同一双援手，哪怕她是一个驼背的七旬老人。

母亲的理解和支持给了贺兼斌莫大的鼓舞。

第二天早上，他特意与妻子、女儿吃了一顿早餐。早餐的氛围十分凝重，谁也不先说话，谁也不想打破那种宁静。只默默地喝着牛奶，吃着面食。以至于牙齿咬嚼食物的声音都听得一清二楚。

妻子、女儿都知道，吃了这顿早餐，贺兼斌就将奔赴前线，奔赴战场，去打一场危机四伏的战争。

最后，还是贺兼斌打破了沉默，他觉得他有些话必须对女儿说，如果不说，他怕后悔。因为在一家人中，其他人他不担心，最担心的是女儿。她虽然考取了湖南大学，但他总觉得她在很多方面还不够坚强，还应该更优秀。于是，他说："人生有很多的选择，作为医生，如果认定了自己的选择，就应该毫不犹豫地去做。爸爸作出这一选择，是勇敢前行的一个选择，是爸爸愿意的。爸爸去了，有可能回得来，也有可能回不来。如果回不来，希望你能从爸爸这一选择上学会坚强。”

听他这一说，泪水顿时在女儿的眼眶里打转。女儿当然也明白，爸爸这一去的意义和处境，意义固然重大，处境却是凶多吉少。但她最后只对爸爸说：“你是一个非常敬业的人，只要有需要，困难再大，你也会去，我从小就知道你是这样的。注意安全，保护好自己，我们在家里等你平安归来。”

告别家人，带着家人的牵挂，来到科室等待“出征”。

下午 1 点 45 分，院领导打来电话：下午 2 点在市政府集合，2 点半准时出发。并叮嘱，那边天气状况不好，多准备两双雨靴。

2 点集合？现在离集合时间只剩 15 分钟。

15 分钟，他离集合地少说也有 4 公里，15 分钟如何赶到？为了节省时间，雨靴就算了吧，到了那边再说。他拖上行李箱，跑到大街上拦的士，大过年的，加上如此严重的疫情，街上哪来的的士啊。他将电话打给同事：“马上要集合出发了，拦不到的士，开车送送我吧。”他本来是不想惊动任何人的，只想一个人默默地走。谁知道，拦不到的士，不得不打扰同事。

姚娟护士长听说贺主任马上要走，匆匆叫上护士唐宏兰，开车跟了过来。她们在经过医院门口的鲜花店时，见鲜花店门开着，匆匆买了一捧鲜花。到达集合地点，她们将鲜花捧到贺主任面前。

贺兼斌感动得泪水横流，他说：“谢谢同事们的厚爱，此去定不辱使命，坚定前行，坚决完成各项任务。”

说完，他毅然而然走向出征车队，连头都没有回。

这场送别，其实很美

又送王孙去，萋萋满别情。这一生，我看过太多的送别与离情，唯有这次，我感动得一塌糊涂。

1 月 28 日，下午 2 点 21 分。

怀化 61 名抗疫战士，起程前往湖北，全市人民为他们送行。

在送行人员中，有一位母亲，头发花白，身材佝偻，躲在送行队伍的人群里。她就是逆行战士杨晶的妈妈，叫郭华。“躲”，是因为不想让女儿杨晶发现，因为她向女儿提出来送送她时，被女儿拒绝。

杨晶，湖南怀化市第二人民医院副主任护师、乳腺科护士长，一位有着 17 年党龄的 80 后护理人员。1 月 27 日上午 11 点 8 分，在医院护理微信群看到“招募”消息，她不假思索，马上报名：“我是共产党员，有重症监护室工作经验，且乳腺科暂无住院患者，符合报名要求，请组织考虑。”

态度鲜明，理由充分，言辞恳切。

乳腺科主要是针对女性乳腺疾病而开设的一个科室。每到春节等重大节日，乳腺科病人基本都会回家，等过完节再回来。今年春节也是如此，从大年三十到正月初三，杨晶所在的乳腺科已经没有一个病人。当新一波疫情来临时，作为护士长的杨晶，正在发愁怎么利用自己的所学参与到这场疫情阻击战中，不想，怀化市卫生健康委将组织援鄂医疗队。看到医院里的“招募”消息，她心情异常激动，马上报名，并写下一长串“不容质疑”的理由。

很快，护理部佘副主任打来电话：“你确定你报名吗？”

她坚定地回答：“我确定。”

佘副主任又问：“你跟你妈商量了吗？”

她心里明白，佘副主任特意问她，是有特指的，因为医院里的人都知道，她是独生女，父亲去世后，母女相依为命，很不容易。如今，杨晶主动请缨奔赴生死战场，前路未卜，作为护理部的领导，作为同是孩子母亲的佘副主任，当然会问到这个问题。

她又坚定地回答佘副主任：“我妈会支持我的。”

佘副主任“嗯”了一下，又问：“你知道这一去，意味着什么吗？”

“知道。是去死神手里抢夺生命。”

佘副主任不再言语。

11 点 50 分，确定名单出炉，杨晶的名字排在护理人员的最前面。因她是副主任护师，而且担任着护士长，医院决定，任命她为本院队员的副领队，与领队一起，率本院 13 名医护人员出征。

名单确定后，杨晶心里一阵激动，但同时，她又开始忧虑，怎么对母亲开口。此次疫情发生后，母女俩天天看电视，天天讨论疫情，特别是当看到大年三十晚上开始，一队又一队国家医疗队驰援武汉后，杨晶对母亲说，我也想去。知女莫若母，母亲当然知道女儿的心思。2003 年，杨晶大学毕业，进入位于重庆的陆军军医大学第一附属医院工作时，正值“非典”疫情肆虐，医院接上级指令，抽调医护人员驰援北京小汤山，杨晶当时就报了名，只因为才参加工作资历太浅，最后没有被选派。2008 年汶川大地震，她又递交了请战书，最后又因需要的人员少而错过了机会。后来，她多次在母亲面前说，她医院里参加抗震救灾的一位叫鲜继淑的护士长，在废墟下救活了一个叫“小冬梅”的女孩，由于在灾区的突出贡献，这位护士长获得了当年护理领域的最高奖——南丁格尔奖。从那时起，杨晶就坚定地认为，自己所从事的护士职业，不止有大爱，更能救生命。后来，因为生病的父亲需要照顾，她忍痛辞掉陆军军医大学第一附属医院的工作，回到怀化，考入怀化市第二人民医院。在这里，她完全凭借自己的努力，一步一步，通过多个科室的历练，从一名普通护士，干到了副主任护师、护士长。这次疫情暴发后，母亲就知道女儿的心思，每当看到驰援武汉的新闻时，她总是跃跃欲试。而母亲总是泼她的冷水，说：“别作梦了，你看，派去的都是解放军和全国各大医院的医生，轮不到我们这些小地方，你安心上好你的班、做好你的事就行了。”不能去湖北，那就在家门口抗疫吧。医院开办发热门诊，她第一个报名参加。大年三十夜，她在发热门诊值夜班，为了向母亲报平安，在微信里发了一张值班的照片，母亲马上点赞，并发出了情真意切的留言：“向我们家战斗在一线的白衣天使致敬!”俏皮的杨晶马上回复：“瞬间挺直了腰杆，感觉自己好神圣，仿佛拯救了银河系。”字里行间凸显出母女亲密无间和彼此相互鼓励、相互依赖的特殊情谊。此后，杨晶多次表达想去湖北特别是武汉参加真刀实枪的抗疫，但每次提起，都让母亲泼出的“不可能在我们这小地方抽人”的冷水挡了回去。如今，不但在她们这“小地方”抽了人，组建了医疗队，而且她杨晶还获准参加。如此突然，如此意外，母亲会同意她去吗？她又该怎么向母亲去说？

中午，她回到家里。一进门，她调整好心态，一副笑嘻嘻的脸面对母亲：“妈，给你说个事。”

母亲看她那副讨好的模样，马上说：“肯定没什么好事。你说吧。”

“假如我们医院派我去武汉，你会同意吗？”她试探式地问。

“别作梦了，轮不到我们这，更轮不到你。”母亲心里还是认定怀化派医疗队是子虚乌有的事。

“我就知道，你不会同意的。”杨晶先发制人，大声说。

“我什么时候拖过你后腿了？”母亲一下急了，忙追问。

“那我就告诉你，我们医院选了 13 人参加医疗队驰援湖北，我被选上了。”杨晶一下放松开来，用自豪的口吻对母亲说。

“你不是在开玩笑吧。”

“我说的是真的，你给我准备一口装衣服的箱子吧。”

至此，母亲才相信，女儿说的是真的。

吃过中饭，杨晶又返回医院上班，到晚上近 10 点才回家。说是开了一下午的会，还培训了一晚上，主要是学穿脱防护服。一回来，就嚷着要母亲将她齐腰的头发剪掉。母亲从来没有剪过头发，自己的头发都是在理发店里打理，更不要说给别人剪齐腰的长发了。杨晶说：“晚上在训练穿脱防护服时，总感觉到头发长麻烦，必须剪掉。”而这时理发店基本都已关门，只有求母亲了。母亲说：“我剪不好。”杨晶说：“没关系，只要剪短就行。”在她的一再坚持下，母亲鼓足勇气，拿起剪刀，几剪下去，留了多年、齐腰长的飘逸美发，变成了一头参差不齐、不成发型的“小短发”。

通过看电视知道，穿上防护服，进入隔离病房，吃饭、喝水、上厕所都很不方便，必须穿纸尿裤。于是，杨晶跑到楼下一 24 小时营业的超市里采购了十多袋纸尿裤、一次性内衣内裤、巧克力等。母亲则为她准备了一双好鞋。

1 月 28 日，是杨晶出征的日子，母亲提出，去送送她，却被杨晶婉拒。杨晶说："还没有确定具体出发时间，大家都在医院待命。"

下午 1 点 40 分，杨晶打电话给母亲，说马上就要去市政府集合，她乘坐的车刚好要经过家门口，要母亲再送一双鞋给她。

母亲准备了鞋，在路口等她。将鞋交到杨晶手中时，母亲再次提出，去送送她。杨晶说："时间很紧迫，集合后马上就要出发。就在这里别过，你这就算是送我了。保重好身体，等我回来！"

后来，我问杨晶，为什么不让妈妈去送？

她说，怕妈妈哭。

女儿是妈妈身上掉下的肉。除了那几年在重庆的军队医院上班外，回到怀化后，母女俩就一直没分开过。如今不但要远行，而且是去同病毒作战，怎么也有些不舍，怎么也得去送送。当杨晶乘车离开后，母亲悄悄地跟上了。好在她们家离集合的市政府不远，母亲赶到时，他们刚好集合了队伍，为他们送行的市政府领导正在致辞。虽然都戴着口罩，但她还是一眼就认出了女儿杨晶。看到杨晶站在出征队伍里，一身红衣，短发齐耳，精神抖擞，她心里一下舒坦了许多。但又想到，女儿马上就要离开，也不知什么时候才能回来，更不知道会不会有危险，能不能回来，泪水突然不听使唤地流了出来，强忍都忍不住。她怕被杨晶看到，悄悄地躲在人群里，独自一个人抹泪。

最终，还是让杨晶发现了。等领导致辞一结束，杨晶就跑了过来，一把抱住母亲："妈，您怎么还是来了？不是叫您别过来的吗？"

"妈舍不得你，就跟过来了。"母亲擦干眼角的泪水说，"我女儿光荣出征，我怎么能不来送呢？"

实际上，是当妈的对女儿此去很不放心，总觉得还有很多话要说。当杨晶跑过来拥抱她时，母亲为杨晶理理昨晚剪短的头发，再一次叮嘱："一定要保护好自己，只有在保护好自己的前提下才能救别人。自己慢一点都没关系，把自己的防护做好。"

"好啦，您就放心啦。"杨晶坚定地说。

多情自古伤离别，更那堪，舍家弃亲赴前线。那天虽然没有下雨，也没有下雪，但气温很低，凛冽的北风挟裹着离情与别意，在大厅里吹拂。整个现场，没有欢声，更无笑语，只有离愁别绪的庄重与沉寂。在连空气都能拧出泪来的氛围里，每一个人都红着一双眼。你执着我的手，我扯着你的袖，似乎有说不尽的告别话，有道不完的叮嘱语，但就是不知从哪说起，正所谓“执手相看泪眼，竟无语凝噎”。

眼里有泪，不让它流出来。母亲狠狠地咬紧牙，强忍着，在心里一遍一遍提醒，千万不能当着女儿面哭。杨晶也和母亲想的一样，不能哭，如果自己一哭，母亲还不知道哭成什么样的泪人。她强迫自己抬头望天，将就要夺眶而出的泪水强忍回去。

上车了。人们依依惜别。走在最后的杨晶，眼神坚毅，步履坚定。

就在她登上车门的瞬间，母亲跟了过去，想再一次抱抱女儿，想再一次对女儿说几句叮嘱的话，车门却已关上。杨晶从车窗里伸出头来：“妈，您放心，我会照顾好自己的。”说完，号啕大哭，强忍了一天的泪水，顿时如决堤之洪水，倾泄而出，肆意横流。

母亲也哭成了泪人，举起的右手，对着远去的车队，扬了又扬：“要好好的，妈等你归来……”

看到这一幕，我的心也早已被泪水浸泡。

离别，并不是孤立存在的一个点，它有它的前言与后续，看到了这一切，看懂了这一切，你便明白，离别其实很动人，也很美丽。

除了杨晶母亲外，前来送行的，还有：

伍沐岚的老公，一位特警帅哥，因伍沐岚无偿献血才一周又要冲往疫情前线，细心的警察丈夫为她默默地整理着衣物。

谢亚平的丈夫，特地从溆浦赶过来，两人紧紧地拥抱在一起。

欧阳文南的妈妈，一个劲地说：“女儿好样的……”

谢丽芬的三岁儿子，没有哭，满满正能量。

许娅鹂的男友，一直握着许娅鹂的手，默默守护。

……

当载着出征战士的车辆驶出政府大院，驶向远方时，突然，不知是谁，起头唱起了这些天到处都在唱响的歌曲《我和我的祖国》。顿时，我泪眼婆娑，望着越驶越远的车辆，望着车窗里不断挥舞的小手和小旗，我也情不自禁地跟着唱了起来：

“袅袅炊烟，小小村落，路上一道辙。”

比起英雄，我只希望你是妈妈

于红缨，怀化市第一人民医院感染病中心主任医师，突然接到通知，迅速出征，前往新的隔离病房——医院D区住院部收治患者。

迅速出征？新的隔离病房？D区住院部？

医院不是已经将整个C区的一栋四层病房200多张床位全部腾出来设置成隔离病房了吗？为何又在D区组建新的隔离病房？

原来，习近平总书记在正月初一主持召开的政治局常委会上强调，要依法科学有序防控，要做好疫情监测、排查、预警等工作，切实做到早发现、早报告、早隔离、早治疗。要全力以赴救治感染患者。要按照“集中患者、集中专家、集中资源、集中救治”的原则，将重症病例集中到综合力量强的定点医疗机构进行救治，及时收治所有确诊患者。

怀化市委在第一时间传达贯彻了习总书记的重要讲话精神和政治局常委会会议精神。为全面贯彻落实好“四早”措施和“四集中”原则，市委决定，再扩充怀化市第一人民医院的隔离病房，将全市范围内的所有确诊、疑似及待查病例集中统一收治。

于是，医院在腾空了C区作为隔离病房后，仅用四个小时，又将住院部D区全部腾空，建成了新的隔离病房。

隔离病房一建成，于红缨便接到了“出征”通知。

出征前夕，正在读高三的女儿张曦文，有些不舍，更多的是担心妈妈。于是，在妈妈收拾出征行李时，悄悄地给妈妈写了一封信。当妈妈提着行李走出家门向她告别时，她将信塞到了妈妈手中。

信是这样写的：

亲爱的于女士：

终于要上前线了！我心里百感交集啊，每天都祈祷不会到这一步，但该来的总会来，能力越大，责任越大，为此，我向你致敬。可再伟大的人终究也是有血有肉的啊，在未来的一个月甚至更久，你也一定会感到疲倦，感到孤独，感到恐惧吧。我不能在你身边陪你，所以我写了这封“文笔超烂”的信，希望它能替我陪着你。

一定一定要记得锻炼啊！我知道忙，一天下来会很累，但没有好身体怎么跟病毒斗！虽然跑不了步，但你可以做仰卧起坐，打太极拳(我觉得这个很可行)，还可以下个健身软件，咱只要练出50%的钟南山的体魄，应该就足够对付病毒了。

除了身体健康，心里也要健康呦。我没有亲身经历过，但我猜想着，你一定会经历很多难关吧。所以，不开心时请务必倾诉给我们听！白天你要在医院里做一个无所不能的超人，但在我和爸爸这儿，你可以不开心，可以闹脾气，有多少委屈都可以说给我们听。我在慢慢长大，而这一次，我会更努力，做个好女儿，像你曾经安慰我、包容我时一样，做你坚实的后盾。我可能不知道你啥时候有空，所以你想我了就给我打电话，我总是有空的。

应该就这些了吧，我会照顾好自己，这个你可以完全放心！(心虚)，但更重要的是你要保护好自己！不仅要防病毒，也要防不太正常的病人啊，不要受伤。

其实，比起抗击疫情的英雄，我更希望你只是我的妈妈。但也正因为如此，我会更加敬佩你，不论怎样，你永远是我的英雄。等你回家！

张曦文

2020年2月1日

出征之际，临别时刻，读到女儿如此情真意切的“信”，于红缨早已泪眼蒙眬。她感觉过去那个总是让她操心的女儿，突然间长大了，长成了一个会体贴、关心妈妈的大人了。“比起抗击疫情的英雄，我更希望你只是我的妈妈。”多么天然，多么亲昵，多么真切，多么淳朴，山泉一样清冽，晨风一样纯美。只有无比干净的灵魂，才能发出如此晶莹通透的心声；只有心里永远怀着爱的人，才能作出如此美丽高洁的比对。于红缨为自己的出征自豪，被女儿的懂事感动。

1998 年毕业于南华大学临床医学专业，2011 年获中南大学医学硕士学位，如今是鼎鼎大名的主任医师的于红缨，本是感染病中心的又一位“铁娘子”，多年的传染病临床救治经历，练就了她坚毅、果敢的性格，很少流泪。可这一次，她被女儿的“出征赠言”感动得泪水长流。

的确，这是一封语言朴实，但感人至深的信。若干日后，我读到这封信时，依然怦然心动。它，纸短情长，牵挂多多，祝福满满，爱意横流。

然而，这只是千千万万儿女“泪送”爸妈出征的一个缩影，在抗击疫情的出征路上，还有许许多多这样的“泪送”。

怀化市鹤城区坨院街道第一社区卫生服务中心医生张颖立的儿子何伟铭，也在妈妈出征一线时写了一封信：

亲爱的妈妈：

见字如面！

作为您儿子的我，十分不舍得您的离开。但我知道，您这么做是为了国家，是为了更多的人更好地团聚。因为您知道自己的职业素养要求您不得有一丝一毫的犹豫，只要有紧急任务，您就要在第一时间全力以赴。只要病毒还在传播，您就会挺身而出。

作为一名中学生，我何尝不知道“国家利益至上，人民利益高于一切”呢？所以我十分理解您，也十分支持您做出的决定，因为您做的是一件为中华民族谋健康的大事。妈妈，我爱您！所谓医者仁心，人间大爱势必属于像您一样的一线医护人员，我为你们的付出致敬！我等着您从一线平安归来。

今天，轮到您负重前行。您选择勇敢出征，与他人并肩，抵御疫情，佑护生命！每一个人的每一个细微贡献，都是抗疫胜利的一块基石。有你们这些广大医护人员的辛勤拼搏，明天我们一定能战胜疫情！

唯有众志成城，才能天佑中华！

永远爱您的儿子：何伟铭

何伟铭，14岁，长沙市雅礼洋湖实验中学初中二年级学生。疫情来袭后，张颖立就主动结束陪儿子的假期，从长沙返回怀化，英勇出征，投身疫情防控第一线。作为儿子，他十分舍不得妈妈离开，但他也知道，妈妈这么做是为了国家，是为了更多的人更好地团聚。于是写下这封信送给妈妈，字里行间透着对妈妈的理解、仰慕与爱戴。

怀化市第一人民医院院前急救司机杨海清，毅然出征，承担风险性很大的接送患者、医护人员的任务。小学六年级的女儿在他出征时，也提笔写下了这样一封信：

我亲爱的爸爸：

您，不是令人敬畏的警察，也不是令人尊敬的医生，而只是一名默默无闻的急救车驾驶员。虽然只是驾驶员，但您总是在第一时间接触病人，第一时间将病人接进医院，在第一时间将医生和护士送到最需要帮助的病人跟前，让病人尽快得到治疗。

这次疫情发生后，为了工作的需要和家人的安全，您和我们不得不分开居住。记得您那天到家里拿个人物品时，您远远地站在离家门口一米开外的地方，不让我们靠近，戴着口罩小声地和妈妈简单交流了几句就转身离开了。

在我心里，那一米犹如长江黄河一般，横在我的面前，爸爸您在河对岸，只能泪眼相望，不能和我们相拥相抱，连好好地说句话都不能，我只好在心里默默祈祷您能平安归来。

爸爸加油，怀化加油，武汉加油，中国加油！我盼望你们早日战胜新冠肺炎，让新冠肺炎远离怀化，远离中国，远离人类！

出征时刻，一封封家书，诉说儿女情怀。

逆行瞬间，一份份挚爱，温暖勇士心灵。

第四章　阻击——迎着亲人的泪水

“充分发挥基层主体作用，加强群众自治，实施社区封闭式、网格化管理，把防控力量、资源、措施向社区下沉，组建专兼结合工作队伍，充分发挥街道（乡镇）和社区（村）干部、基层医疗卫生机构医务人员、家庭医生团队作用，将一个个社区、村庄打造成为严密安全的‘抗疫堡垒’，把防控有效落实到终端和末梢。”

——《抗击新冠肺炎疫情的中国行动》白皮书

我要找到“你”

1 月 23 日，深夜。

怀化市疫情防控指挥部，疫情防控会商会正在紧张进行。

会商会的中心议题：控制传染源、切断传播途径、保护易感人群。

如何才能做到？又该从哪下手最为快捷？

正在大家焦虑万分、挖空心思想办法时，湖南省通信管理部门传来“大数据”：自 1 月 9 日以来，归属于湖南手机号码到达或过境武汉地区后又返回湖南的人达 47. 9 万人，归属于武汉的手机号码到达或过境湖南地区的人达 23. 9 万人，两项合计 71. 8 万人，其中怀化 15847 人。

这些数据清楚地告诉我们，在疫情暴发期，湖南有谁去过武汉地区又返回；有谁从武汉地区来，至今还在湖南活动。理论上讲，这些人都是“有可能”的“传染源”，找到了他们，就找到了“控制传染源、切断传播途径”的捷径。

如获至宝。

可是，当仔细分析如此海量的数据时，又一筹莫展。如此多的并仍在不断流动的人，怎样才能找到他们？他们就像放进汤锅里的一勺盐，早“溶解”得没了踪影。

无异于大海捞针。

但，大疫面前，再难捞的“针”也要捞。

一场“找人”大战，连夜打响。

指挥部立即召集电信、移动、联通三大运营商和公安等部门负责人及技术人员，运用相关平台，将15847人的身份、属地、住址及近期行动轨迹一个一个进行锁定，分县市区、分乡镇街道绘制出一张张完整的“作战图”。

“作战图”已经绘就，“作战”的“兵团”在哪里？指挥部马上决定，市、县、乡、村、组五级人员齐出动，沉入村组和社区，一个小组一个小组地查，一个小区一个小区地挖，一栋楼房一栋楼房地找，在极短的时间内，将这些人一个不漏地找出来。

号令从市指挥部发出，很快传达到市、县、乡、村、组，各级干部被紧急召回，一支由各条战线、各路人马组成的“找人”大军迅速集结到村组和社区。

贺炜城，怀化学院驻沅陵县杜家坪乡松溪村扶贫工作队队长。接到“召回”通知，他毫不犹豫地带上队员蒋磊，一路飞奔赶往村里。当他们顶着寒风、冒着寒雨出现在村口时，迎接他们的村支书眼圈红润，哽咽着说：“可苦了你们了。”是啊，他们于2018年受怀化学院党委委派，进驻边远偏僻的沅陵县杜家坪乡松溪村扶贫，一干就是三年。松溪村是省级深度贫困村，地处大山深处，环境恶劣。村里离怀化市210公里，离县城51公里，进山到村的37公里山路年久失修、坑洼不平。全村7个村民小组分散在平均海拔700米以上的山坡、山湾或山顶上，其中最远的一个组——

飞沙溪组，离村部有12公里。飞沙溪这里的风特别大，曾将工作队为村里新安装的太阳能路灯刮倒。如果是冬天，终日浓雾，且积雪不化，最低温度曾降到零下十几度。三年来，在包括怀化学院领导在内的近两万名师生员工的关怀和支持下，贺炜城带队的工作队累计筹集各类资金1100多万元，为松溪村办了一件件实事，深受村民的称颂。平日，由于离得远，加上扶贫工作任务重，贺炜城很少回家。这个春节，贺炜城将村里的工作安排妥当后，本打算好好地在家陪陪母亲和妻子。母亲只有他一个儿子，五年前父亲病逝后，孤苦的母亲把所有的依靠寄托在他身上。而妻子又有孕在身，也正需要他的照顾。疫情大于天，一声“马上回到工作岗位”的号令传来，他只得满怀愧疚地对母亲和妻子说：“对不起，不能陪你们了!”便和队友返村投入疫情防控的前线。来到村里，他们不但为村民们带来了想方设法从长沙购回的口罩、额温枪、消毒药液等防疫物资，而且还带来了学院党委书记刘望、校长宋克慧为村民写的《致松溪村全体村民的一封信》：“春节以来，新冠病毒来袭，现在疫情形势还相当严重，请你们在当地党委政府的坚强领导下，团结一心，采取措施，科学应对疫情，确保村民身体健康……也请你们对外出务工人员加强防疫知识教育，确保安全。我们相信，有党委政府的坚强领导，有村支两委的辛勤付出，有我校扶贫队员的共同努力，松溪村一定能克服困难，迎难而上，一定能战胜疫情……”村民们读到这样情真意切、温暖如春的信，感动之余，倍受鼓舞，纷纷参与到这一有史以来最严格的巡访和排查之中。村口设立卡点，10名45岁以下的党员，轮流值守。贺炜城则带领村干部，彻夜排查。通过排查，虽然没有查到从武汉回来的村民，但查出了180多名从其他各地陆续赶回村里过年的村民。贺炜城和村干部一起，对这180多名村民进行了防控政策的解读和防疫知识的宣传，并要求他们自觉做好隔离与防护。与此同时，还不忘记关怀困难群众，比如安排专人为村里的7名“五保”老人送饭，一日三餐，从不间断。面对这一切，村民无不感动，他们拉着贺炜城的手说：“大过年的，你们就来了，太关心我们老百姓了，你们真是党派来的好干部啊!”

米长云，辰溪县纪委监委干部，大年二十九才回到该县最偏远的苏木溪瑶族乡田坳村过年。除夕这天，正吃团年饭的他接到通知：返岗。班车已停运，租用私家车未果。他只得摸黑走4公里羊肠小道，赶到乡主干道，最后拦了辆顺风车赶到100公里外的县城，参加战斗。

杨殿碧，芷江土桥镇桃花坪村村主任，62岁，2019年9月被确诊为宫颈细胞癌晚期，接到“召回”通知，马上赶到村部。女儿李奇心疼妈妈：“您都病成这样了，大过年的，就让年轻人去吧。”她说：“妈妈活着的日子也不长了，在职一天，就多干一天。”最后，李奇拧不过妈妈，只得含泪陪着妈妈走向村部。村里口罩紧张，杨殿碧就戴着自己用旧毛巾改制的口罩，而将医用口罩留给年轻人，她说：“我的生命快走到头了，他们的路还很长，他们的生命更珍贵。”

杨运生，通道侗族自治县万佛山镇石壁村党支部书记，慢性胰腺炎发作多日，在医院输液的他接到“召回”令，他催促医生“点滴的速度放快点，再放快点”。最后，点滴没打完，他拔掉针头，赶回村里。他说：“在这个关键时候，如果我不去，我怕有些人不说真话，信息如果不准确，就会给全村、全镇乃至全县的疫情防控工作造成巨大影响。”

李远桂，鹤城区盈口乡团结村窑坪组群众，听到村书记在群里“吆喝”：全体党员、干部迅速投入到排查一线。他马上向村里请缨，主动加入排查队伍。他说：“没有什么可讲的，在这种灾难面前，都是自己的事，大家都应该参与。同一个组的人做工作，比外人强。”

……

就这样，市、县、乡、村、组五级干部织成了一张横向到边、纵向到底的巨大排查网，展开翻江倒海式的排查。据怀化市委组织部统计，全市仅党员干部集结人数就达35364人。比如，怀化市本级就抽调了30名市级领导带头下到村组、社区，督促指导疫情防控工作，还派出65个督导组，由市直单位负责人带队，进驻65个社区。县一级更多，比如沅陵县集结4870名县乡村干部，麻阳组织256支党员先锋队和755支党员宣传小分队……

集结的干部连夜行动，以县市区为单位，以乡镇街道为单元，以社区、村组、小区为网格，深入团寨、庭院、小区、楼栋、单元进行地毯式排查，不留一户，不漏一人，寻找传染源，切断传播途径。

通过各级的昼夜奋战，终于把海量的“大数据”变成了一个个现实中的“人”。他们中有在校大学生，有生意人，有打工者，有走亲访友者，等等。还有更多的人只是路过，或稍作停留。

这时，一些从武汉地区来的人，听说政府在“找”他们，也纷纷主动向政府报告，并非常自觉地在家隔离。

溆浦县葛竹坪镇新桥村张杰、李美玲夫妇，就是主动向政府报告，并提出自愿接受隔离的人。张杰、李美玲夫妇是年前从武汉返乡回到家里过年的。正月初一，“村村响”喇叭正在播放疫情防控指挥部的公告。张杰仔细听了听，才知道政府正在寻找从武汉地区返乡的人员。他没迟疑，马上打电话给村支部书记，并申请一家七人进行十四天的隔离观察。村支部书记很感动，想对他说声谢谢，但被张杰制止了：“政府的这一措施很得人心，既是对自己负责，也是对大家负责!”张杰当然不知道，他们夫妻俩就在大数据“15847”的名单里，正是政府要找的人。为便于大家联系，村里建了个“新桥村守护健康群”，隔离期间有什么困难，在群里提出，村里尽量给予解决。一天，张杰在群里随意说了一句：“原本计划正月初一、初二拜完年就继续出去打工，时间短，家中只备了少量的生活必需品。这突如其来的疫情打乱了计划，现在，连家中烤火用的木炭都快没了。这下可怎么办，现在隔离又不能出去。”张杰的“求助”在群里发出后，新桥村党支部立即向本支部党员发出倡议，号召广大党员伸出援助之手，能帮就帮点。看到倡议后的党员张和生立即向党支部请战：张杰的问题我来解决。随后，他从自己备好过冬的木炭里搬起两件，送到张杰家里。接到木炭的张杰，一时不知说什么好。最后只说出四个字：“太给力了!”这一刻，他看到了党和政府的巨大能量。

沅陵县二酉苗族乡旱湖村，是一个边远的村庄，与邻县泸溪相交，山高路陡，距离县城有近两个小时车程，这里散居着1700余名苗族乡亲。因为贫穷，外出务工人员很多，在湖北的务工者也不少，大潭组的张友（化名）就是其中之一。他回到村里后，出现了头疼、咳嗽等症状。焦急的他，马上通过电话将自己的情况向村主任石丁杨反映。得知情况的石丁杨意识到问题的严重性，立即将情况向上级报告。由于当时情况特殊，无法及时调来救护车。医院反馈回来的信息是，先安排人上门测量体温，做好稳控。当时，他只有一只口罩，其他防护设施一样没有，但情况紧急，不能耽误，石丁杨只得只身前往。石丁杨一边耐心地安抚病人，一边详细地了解情况，一边为张友测量体温……当得知张友连口罩都没有准备时，石丁杨将身上唯一的一只口罩送给了他，并告知他不要外出，在家隔离。张友说：“家中已经没有菜了。”石丁杨安抚他说：“没菜，我可以给你送来。”自此后，他每隔一天就给张友家送一次菜。这些菜都是石丁杨给自己家里人准备的。他说：“非常时期，我们都克服一下，就分着点吃吧。”张友和他的家人过去对村干部不满甚至有些敌意，现在却饱含深情地说了一句：“以前一直对村干部没有好印象，经过这些天，我真要改变看法了，真的感谢你们。”

从武汉回乡过年的武汉大学周教授夫妇，住在鹤城区城中街道斜水塘社区，他们主动找到社区，要求隔离观察。市里派人先后多次探望教授夫妇，并安排好采购生活物资、测量体温、居所消毒等服务，把家乡人民的关怀和温暖送上门。

从武汉返乡回来过年的石先生一家，住在通道侗族自治县菁芜洲村十组。他们主动向村里报告，并要求隔离。最后，当得到村里无微不至的关怀后，激动地说：“每天看着那么多新闻报道，我一直很紧张，是家乡人民的关怀和关心，才使我度过了精神和生活上的难关。感谢政府给我带来的帮助。”

从武汉返乡回来过年的丁先生，住在洪江市双溪镇双溪铺社区。听到村里在找从武汉返乡的人，马上报告，并要求隔离。隔离后，当得到乡村两级的关心后，感激地说：“我从武汉回家过年，村里并没有用异样的眼光看我们，反而经常为我们送米、买菜，心里觉得很温暖，隔离不隔心，我们一定会好好待在家，不给政府添麻烦。”

……

就是靠这种层层宣传，层层排查，层层安顿，最后，大数据中“理论上”的“15847”缩减到了“215”——真正在怀化没有落脚之地的武汉地区来的人。他们也正面临十分尴尬的境地：武汉实行交通管控，无家可归；漂泊在外，心寒意冷。当排查人员将“215”人逐一找到时，他们除了惊诧政府的快速反应外，更是感动：救星来了。

生死阻击在第一道“关口”

“妈妈，我都成村里的‘孤儿’了!”

正月初三，接通女儿的视频，听到女儿的声音后，沅陵县太常乡团枣村村医罗柏兰，转过身去，偷偷摘下眼镜，拭去愧疚的泪水。

自大年二十九晚上八点，匆匆赶回村卫生室后，就没有回过家。

罗柏兰的老家在长沙浏阳，虽是外地人，但她能讲一口地道的沅陵话。二十年前，她嫁来沅陵，与丈夫安家在大山深处的太常乡栗坡村。因为学过医，一嫁过来，便被缺医少药的山村聘为村医。前十年，她就在安家的栗坡村服务。为了不断更新自己的医药知识，提高自己的医疗水平和医治能力，她一边工作，一边学习，先后多次前往各级医院进修。通过自己的不断努力，渐渐地，她成了当地的“名医”。特别是，在她的一手操持下，标准的村级卫生室建了起来，群众看病买药更加方便，大家对她的工作十分满意。正当她在栗坡村干得起劲时，2010 年，太常卫生院一纸调令，将她调到了更加边远且远离她家的团枣村任村医。卫生院院长找她谈话时说，团枣村有 1600 多口人，是一个山区大村，而且离乡卫生院又远，那里的群众缺医少药已经多年，村干部和群众多次到我们这儿申请，要求给他们派一个医生，我们想来想去，你最合适。

她开初还是有些情绪，自己在栗坡村干得好好的，而且离家又近，怎么突然让她去那么远的地方？但一想到那些缺医少药的群众更需要她，她还是接受了。

团枣村位于沅陵县太常乡北部，距县城 15 公里，总面积 15.2 平方公里，辖 8 个村民小组和 18 个自然小组，总人口 409 户 1623 人。全村坐落在一座叫“四方盖”的高山上。从山的名字就可以看出，此地有多么“不同寻常”，它像一个酒瓶盖子，突兀而起，外面的人要进村，必须绕着这个“盖子”转，因此，就有了“通村十八弯，临崖十八拐”的进村路。

罗柏兰向村民“报到”的第一天，是踩着一辆自行车去的，那条“通村十八弯，临崖十八拐”的土路，没有硬化，尘土飞扬，还没到村，她早已经灰头土脸。

越是贫穷，她越是看到了群众的需求。她坚定地留了下来，从村医的一点一滴干起，一干就是十年。

十年光阴，对于罗柏兰来说，说短不短，说长还真长。十年里，她在这条“通村十八弯，临崖十八拐”的路上不知走了多少趟，单车踩烂了三辆，如今摩托车也换了两辆。全村 8 个大组 18 个自然小组 400 多户，都留下了她送医赠药的脚印。有的人家，她去过多次。特别是近年来，为了建健康档案，她起早摸黑，走进每家每户，将每一个人的家庭情况、身体状况、家族病史、基础病、医疗费，等等，摸得一清二楚。正如村民们说的那样，罗医生成了我们健康的大管家，谁有什么病，谁的体质不好，她都了如指掌。

罗柏兰有两个女儿，大女儿已经在外地参加工作，小女儿在读大一。2020 年春节，在广东打工的丈夫，要值班回不了家，母女三人便约好一起过春节。在外地工作难得回来的大女儿及读大一的小女儿如约回到家里，她也按常规开始休假，并置办了一些年货，准备过一个热闹的年。可是，计划永远跟不上变化。腊月二十九晚上，她突然接到乡里通知，让她立即赶往乡卫生院参加紧急会议。之前，通过新闻她知道了一些疫情的情况，但她打死也没有想到会波及她所在的偏僻山村。当她接到参加紧急会议通知时，马上预感到问题的严重性。果然，县里发出号召，所有医务工作者取消休假，当夜返岗，所有村医必须连夜赶到所任职的村里值守。

这对于在本村任职的村医来说没什么，可对于像她这样的在离家十多公里的外村任村医的还真有难度。但在大疫面前，责任心极强的她没有讲任何价钱。当卫生院领导问她有什么困难时，她果断地说，没有。

她决定给自己留两个小时。散会回家的路上，她的大脑飞速运转，快速梳理出两小时内必须要做的事：提前为孩子们做好年夜饭，洗澡洁身

（年三十沐浴更衣是当地传统），洗完一家人换下的衣服、鞋袜，带孩子们敬拜祖先，收拾个人物品……

回到家，她先给两个女儿简单说明了一下情况，两个女儿十分通情达理，她们都认为，在如此大的疫情面前，作为村医的妈妈必须去做她该做的事。她十分高兴有如此理解自己的女儿。

只有两小时，必须争分夺秒。第一件事，为孩子们提前做好年夜饭。孩子们特意赶回来过年，为的就是吃一顿妈妈亲手做的年夜饭。好在鸡、鸭、鱼、肉、豆腐等材料都已事先准备好，只需架锅去炒。她以最快的速度，炒了孩子们最爱吃的六道菜。炒好后，她对孩子们说，明天你们热一下就行。

然后，她洗了澡、洗了衣服，带着孩子们敬了祖宗，再收拾了一些个人物品。最后，她用一个快餐盒为自己包了一点饭菜，与孩子们稍作告别，就出发了。

她看了一下手机，时间刚好过去两个小时。

来到村里，马上与村干部们投入紧张的工作之中。

大年三十晚上，忙完阶段检测排查工作，村里家家户户都沉浸在团圆守岁之中。零零碎碎响起的爆竹声，把她的思绪拉回到了家里独自过年的两个女儿身上。她打开手机，准备给两个女儿打个电话，小女儿的微信留言顿时跳了出来："妈妈，你失约了！"

短短一句话，立马戳中了她的泪点，眼泪顿时涌流而出。

原来，她们母女早约定，大年三十晚上吃过年夜饭，就去城里看电影，而且电影票都已经提前买好了。是啊，自从女儿们长大后，她从来没有带她们看过电影，更不要说是在大年三十晚上了。当她将电影票购回后，两个女儿高兴得手舞足蹈，说，有这样的妈妈真好！

谁知，还在大年二十九，她就连夜赶来了村里，不但电影没看成，就连年夜饭都没有陪她们吃。这么多年来，自己从来没有对孩子们承诺过什么，仅仅许诺这一次，又以失诺、爽约而告终。她觉得是自己对不起孩子们。

她用手拭去眼眶里的泪水，颤抖着双手，给小女儿回了一条微信：

"是妈妈对不起你们。等疫情过去，警戒解除，妈一定陪你们安安心心看一场电影。"

小女儿发来一个拥抱的表情包，说："谢谢妈！不怪你，这不是你的错，是病毒的错，是疫情的错。你也不容易，一定要保护好自己。我们要你安安全全的。"

看到这里，罗柏兰的眼泪再次不听使唤地流了出来。

是啊，她的确不容易。白天，她穿着白大褂上门为村民检测身体，许多村民极不理解，甚至个别人闭门不见。认为，大过年的，她一身素服进门，不吉利。比如，毛坪组从外地回来过年的村民张某，很是抵触，甚至口出不逊。罗柏兰很着急，委屈得掉眼泪，但有什么办法？这是自己的工作，群众抵触，证明自己的宣传、教育还不到位。她收起自己的委屈，动之以情，晓之以理，最后终于说服了张某。

……

几个月后，当疫情缓解，我来到了坐落于"四方盖"大山上的团枣村卫生室，见到了这位令人感动的村医。她从抽屉里拿出已经过期的电影票，说："就是这三张票。"她说，虽然很遗憾没有陪孩子们看电影，但她很高兴，因为她的坚守，因为她的生死守护，"疫情中，全村村民没有一人出现异常状况。"

没有一人出现异常状况。这是第一时间回到自己岗位、生死守护在阵地上的罗柏兰交给团枣村1600多村民的一张最完美的答卷，这是一个默默奉献的村医交给卫生健康事业的一张最完美的答卷。

罗柏兰只是沅陵县358个村卫生室413名村医的一个缩影，只是怀化市2395个村卫生室3405名村医的一个缩影，只是湖南省3.95万个村卫生室4.96万名村医的一个缩影，只是全国61.6万个村卫生室144.6万名村医的一个缩影。

村医，虽然生活在最底层、工作在最基层，但他们守护的是亿万农村居民的健康，支撑的是国家医疗卫生体系的基础，是守护基层人民健康的一支不可或缺、不可多得的医疗卫生队伍。在这次疫情防控中，他们没有隔离服，没有护目镜，只有一只一戴就是很多天的口罩和一张村民熟悉的面孔。他们说，我做不出惊天动地的伟业，只想守好自己的村子，看好自己的村民。

守好自己的村子，看好自己的村民。多么朴实的话语，多么伟大的情怀。他们，就是他们，质朴如泥土的他们，实在如田野的他们，圣洁如山泉的他们，执着如磐石的他们，永恒如大山的他们，在第一时间出现在疫情防控最前沿，在第一道路口，筑起了牢不可破的第一道防线，用生命把守着第一道大门。

难怪有人要说，村医，不但是村级医疗卫生的“放哨者”，更是村民健康的“守门人”。

有一种战术叫“口袋战术”

“战略上藐视敌人，战术上重视敌人。”革命战争年代，我党我军运用毛泽东军事思想，打了一个又一个著名的大胜仗，其中“口袋战术”就是屡试不爽的著名军事战术。

疫情防控到了关键时期、吃劲关头，采取什么样的战略战术方能克敌制胜？这考验着指挥员的勇气和智慧。

怀化的指挥者想到了“口袋战术”：以村居网格为主攻战场，以上户见人为作战方式，以阻断疫情扩散为目的，推动工作重心下移和工作力量下沉到每个村组、每个社区、每个网格、每栋楼房、每家住户、每台车辆、每个店铺、每个食堂、每台电梯、每个车间、每个工地……把好关卡，扎紧口子，以最快速度和最彻底方式围剿病毒。

2 月 6 日上午，怀化市委书记、市委疫情防控工作指挥部第一指挥长在主持召开县市区委书记视频会议调度疫情防控工作时指出，要坚持以点控面、分点包干、各个击破，用“口袋战术”把病毒围剿在最小范围内。他说，所谓“口袋战术”，就是要紧盯具体人、具体村（社区）、具体楼栋甚至单元和住户、具体工厂、具体车间、具体学校、具体机关甚至具体办公室等关键“点”，依托“四级干部集村部（社区）”工作网格，明确每个“点”的疫情排查防控责任人，织密织牢防控包围圈，实行全覆盖排查、口袋式严控，坚决阻断输入性病源进入、本地性病源输出，严防聚集性疫情发生，积极有效遏制疫情蔓延势头，防止以“点”带“面”导致的“点上问题演变为面上问题、个体问题演变为群体问题、群体问题演变为社会问题”。

很快，市疫情防控工作指挥部出台《关于坚持以点控面用“口袋战术”围剿病毒扩散蔓延的紧急通知》，“口袋战术”在怀化市境内全面打响。

雨夜，春寒，城市华灯已上，村落万家灯火。晚上10点，伴随着淅淅沥沥的小雨，借着错落的灯光，踏着有些泥泞的小道，我来到鹤城区盈口乡团结村窑坪组。隔着老远，我便能看到河边一处红光，在烟雨朦胧的舞水河畔，尤为醒目。

循着这一缕红光，我来到了值守“口袋”的卫士贺远波身旁。贺远波坐在一个小马扎上，在村民房屋的屋檐下避着雨，面前燃着一个小火盆，呵呵地对我笑道：“晚上河边还是有点冷，人一直在家，正常，没问题。”

贺远波是团结村窑坪组的会计，“口袋战术”打响之时，他在村民大会上主动请缨，加入抗击疫情志愿者队伍，并留下了平凡朴实的话语：“没有什么可讲的，在这种灾难面前，我们都应该冲在一线。”

行动胜于言语，从参与战斗开始，他就以战士的姿态，会同村组干部，入组入户宣传，逐楼逐人排查。踏霜踩露，披星戴月，不曾感受团聚的喜悦，鲜少品尝可口的饭菜。尤其是在其组里排查出两户从武汉返乡人员，且个别从武汉返乡人员对居家观察工作不理解不配合之时，他再一次站了出来，依然是朴实的话语：“我来做工作，我来守，都是我们组里的人，好沟通，保证不添乱。”

站在小火盆旁，为我带路的村支部书记曾德杰指着前方说道：“前面100米处就是他的家。”

贺远波憨厚一笑：“离家是很近，可我不能走。他（指居家观察对象）父亲有点拧，在这里看着踏实点，万一有点情况，我提个醒也还比较管用。”

听着他朴实的话语，看着他立在嗖嗖寒风中的身影，我心里好一阵感动。多么值得敬佩的人啊，用自己的担当，为村民的安睡护航，为村庄的温暖守夜。

离开时，我再反身回顾，只见贺远波伸出双手在火盆上方烤了烤，火盆的火似乎又旺了些，火光映在贺远波消瘦的面容上，虽有倦意但目光坚定。

贺远波只是“口袋战术”中成千上万个守“口”人之一。

“口袋战术”部署后，鹤城区迅速响应，第一时间发布《关于实施疫情防控“十四条”措施的命令》《进一步加强疫情防控期间小区管理的通告》等，将所有力量下沉到基层一线，将“大规模兵团作战”调整为“特战小分队作战”，全区500个区直机关基层党组织、6000多名党员干部组成128个工作组，成立联合和临时党支部143个，党员突击队263支，党员志愿服务队400多支，深入村、社区一线开展工作，以社区、村庄、楼栋为单元，统一指挥、分片作战。在村、社区、企业、学校、工地等扎起一个个坚实的“口袋”，布下宛若铜墙铁壁的“口袋阵”。每个小区都是一个“战略要点”，均有“战斗员”把守“隘口”，每个“口袋”都有具体责任人守“点”负责，对点上人员有异常的早发现、早隔离，严严扎紧“袋子口”，实现“在家的人不能随意出”。同时，紧盯关键节点、强化联防联控巡逻巡查，通过对人、车、店全面巡逻巡查，落实“在外的人必须严格查”，将病毒赶进“口袋”，彻底围剿，全力以赴确保疫情防控工作无漏洞、无死角、无盲区。

凉亭坳乡位于鹤城区最北端，这里处于全区最偏远、最艰苦的地方。“口袋战术”实施后，参照小区封闭式管理，全乡分成38个片区，扎成38个“口袋”，以点控面，将病毒封锁在口袋外，并以“看得见、听得进、信得过、记得住”的方式展开宣传，确保防疫宣传入眼入耳入脑入心。

城中街道所辖区域为典型的老城区，也是怀化最早的中心商业圈，辖区商户多达3500余家。街道依托“四级干部集村部（社区）”工作机制，用“口袋战术”把病毒围剿在社区内。组织四级干部337人，对敞开式小区与独栋楼房，以社区网格为基础，采取在巷道设立卡点分片管控，共设立卡点 79 个，切实将封闭式管理中的重点难点区域管控到位。

迎丰街道各社区共成立巡逻队 12 支、突击队 13 支、宣传队 15 支、监护队 12 支、服务队 12 支，提供 24 小时“不打烊”服务，告诫全社区居民：“只要你屋里还有一根葱，还有一块肉，还有一粒米，你就待在家里守阵地。”

但是，并不是一“封”一“堵”了之，而是封门不封服务，堵人不堵爱心。家居城南街道仙人桥社区的蒋大哥说：“社区工作人员十分暖心，每天早上都给我打问候电话，每天上午量一次体温，下午量一次体温，比如我家里缺少米啊、油啊，他们都会积极想办法给我送过来。”该社区主任赵仲武说：“今天蒋先生反映家里没有小菜了，水也喝完了，刚才我们给他送去了这些物资，并给他测量了体温，属正常范围，我们对这类人员都是 24 小时待命，有求必应。”

沅陵县接到实施“口袋战术”的命令后，马上行动，率先在沅陵镇管辖的 16 个社区布下“口袋”，将 16 个小区划分成 99 个网格，设卡 85 处，由 16 名县级领导带队，411 人值守；此外，组建 32 支巡逻队上路巡逻，深入社区、楼栋、院落，开展排查、巡查、宣传、消毒、保洁。沅陵县委书记说，“口袋战术”是防控疫情第一大战术，就是下移卡点到村口、巷口、门口，以村、社区为阵地，执行防、查、控、禁、治、备“六件事”，发动干群打“地道战”“游击战”，将疫源关在“口袋”里围歼。居住在黄草尾社区居民杨杰看到“紧扎”的“口袋”后，说：“社区居住 6000 多人，大小巷子有 8 条，四通八达，张家串李家，赵家走王家，病毒极易传播，我们一直提心吊胆。现在可好了，巷口有了‘把门将军’，居家放心!”

中方县县、乡、村 3000 多名志愿者积极响应倡议，第一时间进驻疫情防控志愿服务点，全天候坚守在群众的“家门口”，定点开展防控知识宣传、人员出入登记、体温检测上报、个人防护提醒、居家隔离监管、爱心结对帮扶、文明风尚引导等志愿服务活动，突出“服务引导”理念，既有效控制人员流动，又解决群众实际困难，以网格化志愿服务外防输入、内防扩散，切实筑牢群防群治的严密防线。县委书记说：“在志愿服务点由志愿者对群众进行排查和检测，消除了群众的心理压力，广大群众积极配合，是防止疫情输入和扩散的有效措施。”全县共设立306个疫情防控志愿服务点，吸纳了3500名群众志愿者，服务群众近18万人次，劝导延期或取消各类聚会宴席548场次，劝导婚事新办、丧事简办114场次，赢得了群众支持与点赞。

会同县抽调540余名县直干部下沉社区，在126个小区、院落设“小口袋”，织密织牢防控包围圈。社区以大网格为中心，分布小网格，组成居家隔离监管组。对小区各楼栋每层楼安排一名“网格员”，“人盯人”“户盯户”，守牢一个个“小口袋”。52岁“守袋员”龙晓明，自从“口袋战术”打响后，即便离家只有800米，也没有回家住过一宿，他说：“晚上有紧急行动，随时准备出发。”

靖州县实行社区防疫指挥长制、小区封闭管理制、居住观察楼栋长制、社区定点督查制、居民出入凭证制、每日碰头会商制、无人机实时监测制等“七制”锁“口袋”，将病毒关在口袋之外。

……

大打“口袋战术”，抢占了战疫高地，赢得了温暖民心。

鹤城区凉亭坳乡杨潭村村民夏昌喜、张平建、夏永铁、夏昌兰等，来到村口的防疫卡点，主动申请守卡执勤，他们说：“看到你们忙上忙下，人手不够，我们自愿加入‘扎口袋’。”

鹤城区人民路社区私营业业主刘源了解到社区疫情防控人手吃紧，他主动请缨，在疫情防控监测点给居民量体温。“这个疫情不是某个人的事情，每个国人都应有使命感，知道社区招募志愿者，我就立马到社区报名当志愿者。”

城中街道三角坪社区一位居民，当他得知社区连日排查入户，便主动送来了100个自备口罩。事后了解到，这位居民一共只有110个口罩，给自己家人只留下10个。他坦然地笑道：“我们就留几个买菜用，你们在一线更需要。”

一位叫李长霖的小朋友给社区“口袋战术”一线的工作人员送来了水果、方便面、牛奶等食品，这些食品是他用奶奶奖励给他的钱买的。连同食品送过来的还有他写的两张纸条，分别写着一首古诗和一段祝福语，古诗写的是唐代诗人王昌龄的《从军行》——“青海长云暗雪山，孤城遥望玉门关。黄沙百战穿金甲，不破楼兰终不还”；祝福语写的是：“希望抗战在一线的叔叔阿姨要保护好自己。”稚嫩的笔迹，看得叔叔阿姨们泪眼婆娑。

有一种坚强叫国而忘家

寒潮来势汹汹，2 月 1 日上午，怀化气象台将寒潮蓝色预警升级到了黄色预警。寒雨。冷风。冰凉的世界。

一顶帐篷，一张桌子，一本人员出入登记册，一把体温测量仪。

棉服，棉靴，棉帽，荧光雨衣，口罩，一次性手套。

怀化市辖的洪江市高速路入口，4 人一组的值守人员。他们的外衣被寒风刮得嗖嗖直响，虽交替在帐篷里稍作取暖，但是手脚还是被冻得麻木。值班民警们介绍，这次降温来得十分突然，连测温仪都冷得开始罢工了。他们还说，白天防护服一穿就是一天，夜晚绿大衣一穿就是一夜。但非常时期，作为民警，他们必须冲锋在前，守好了进城的第一道关口，城里就会减少一分危险。

90 后陈伟生，洪江市公安局交通管理中心的一名辅警。大年三十，中心将全体民警、辅警召回，实行轮班制，24 小时坚守全市各路口，阻击病毒。陈伟生就被分在了高速入口值守。

这一天的上午 11 时许，车流量陆续大了起来，路口迎来了出行高峰，入口处排起了长龙，检查工作也开始高效快速运转。等待的群众没有急躁，没有吵闹，大家静静地等待登记信息通过卡口。

“您好，给您测量一下体温，请出示身份证件，并打开车厢。”一辆货车准备上高速，陈伟生为司机测量体温、登记信息、核对通行证、检查货车载物，很快完成了检查工作。

这时，手机突然响起，他看了一眼来电显示，是妈妈打来的，他没时间接。没一会，又打来了，他还是没时间接。打到第三次了，他才一边用脸和肩膀夹住手机，一边继续查验正等他检查的司机的证件，说：“妈，我正忙呢。”说完正准备挂掉电话，妈妈在那头焦急地说：“忙，忙，知道吗？你妻子肚子痛，要生了！”

“肚子痛？要生了？”他一阵惊喜。

“你快回来吧！”妈妈有些生气地催促道。

“我哪回得来啊！”他看看正一辆接一辆驶进路口的车辆，摇摇头，十分无奈地说。

“哪有妻子生孩子都回不来的？又不是离得十万八千里。”

“妈，我真的回不来。求您了，赶快送医院。”之后他又将电话打给妻子，但妻子肚子痛得无法接他的电话。

陈伟生与妻子结婚两年，好不容易怀上小孩。十月怀胎，他们几乎是数着手指头一天天计算着预产期。正当夫妻俩满怀喜悦等待孩子降生那一刻来临时，新冠肺炎疫情突袭，陈伟生作为保卫地方平安的公安干警，理所当然在第一时间奔赴抗疫一线。妻子十分理解他的工作性质，并全力支持他，说：“去吧，我在家等你，等你抗疫成功，我们再共同迎接我们的孩子。”

他们根本没有想到，此次疫情如此严重，而且持续时间如此之长。特别是他值守的高速路口，正值春节，过往车辆很多，人口流动繁杂，成为此次疫情防控的重要关口。他告别妻子走上值守岗位后，就再也无法回家，因为需要 24 小时轮值，每天检查车辆都在 600 辆以上，每天排查人员都在 1300 人以上，任务十分繁重。况且，每天接触了那么多从四面八方来的人，为了家人的安全，单位也不提倡大家回家。他只得在工作间隙，偶尔发一条微信给怀胎十月的妻子加油打气，或是打个电话报个平安。

现在突然接到“要生了”的电话，他心里莫名地高兴，但旋即又紧张焦急起来，不知道没有他在妻子会怎样。

他大脑飞速地转动：请假？离开？去陪在妻子身边？

按常理，他应该这样做。但他明白自己肩上担子的分量，自己值守的这道防线关系着一座城市的安全，自己守的不仅是关卡更是生命。而此时正是路口最忙的时候，所有的人都是一个钉子一个眼，如果他离开，岗位就会空缺，阻击就成空谈……想到这里，他坚定地咬咬牙，面对妻子的方向，含泪说："希望你坚强！"

虽然没能回到妻子身边，但他一直担心着妻子，再三催促家人送去医院。后确认妻子被家人送去医院进入产房，他才稍微安心一些。

14 点 7 分，妈妈再次打来电话："你妻子进手术室了！"

"进手术室了，好。"他在心里念叨，"老婆，辛苦你了。希望你们母子平安。"随即，他又投入到紧张的工作之中。

同事知道情况后，劝他："要不你回去看看？"

"这是我第一个孩子，当然想守着他出生啊。的确，挺对不起老婆的！"他说，"没有人不想回家。可我是警务人员，现在大家都在岗位上，都这么忙，我怎么好意思离岗呢？她还有我的家人们照顾，不会有事的。她是一个通情达理的人，一定会理解我的。守护好我的城市就是保护了我的家人。"

在焦急的等待中，16 点 21 分，妈妈终于又打来了电话："恭喜你当爹了，母女平安，快点回来看看吧！"

母女平安。谢天谢地。他的眼圈顿时红润。

妈妈给他发来视频，看到平安祥和的母女，他一直悬着的心总算落了地。他对着屏幕，深情地说："老婆，辛苦了，等疫情过去，我一定好好陪你们母女！"挂了电话，又回到了工作状态。

一晃，就是 5 天。

2 月 5 日，妻子要出院了，已经错过女儿出生的他，想赶在妻子出院前，去见见妻子和女儿。他利用午休的间隙匆匆来到医院，隔着病房大门与妻女"见面"。

当他出现在病房门口时，妻子首先看到了他。他没有走拢去，而是站在两米开外的门口，看着妻子将正在睡觉的女儿举起，说："快看，这就是我们的女儿。"之后，又对包裹在襁褓里睡得正酣的女儿说："宝宝，快睁开眼睛看看，是谁来了？是你还没有见过的爸爸来看你了。"

襁褓中的女儿，眼睛微闭，在妈妈的一再呼唤声中，鲜红的小舌尖，伸到唇边，轻轻一搅，但只一会，头往后一靠，复又睡了过去。

陈伟生再也无法克制自己的心情，激动地说："我们女儿好漂亮！老婆，谢谢你，你辛苦了。"

说着，将双手抬到胸前，做了一个拥抱妻子和怀抱女儿的动作，说："老婆，因为执勤接触的人比较多，出于对你和女儿的安全考虑，我就不进门去了。请你原谅我仅利用这么一点时间、以这样一种隔着门的方式来看你和女儿，一会我还得过去执勤。"

妻子说："好的，谢谢老公。没事，你去吧。"

他非常遗憾地说："我也好想抱抱我们的女儿，心里直痒痒的。可是特殊时期，没有办法。"

妻子说："今后有的是机会抱，安心去，把工作做好，保护好自己，我和孩子在家里等你。"

他转身离去那一瞬，泪水止不住往外流。

事后，他说："当时心情确实比较激动，第一次看到自己的孩子，真的好想去抱抱，可是我还是克制住了。最对不起的是我的老婆，生孩子那么大的事，都不能在她身边，内心一直充满了愧疚。"

而他的妻子却说："谁叫我是警察的妻子呢？谁让我们母女俩碰到了这场特殊的疫情呢？一家不圆万家圆，只要能阻击住病毒，只要千家万户平安，比什么都值得。"

"只要千家万户平安，比什么都值得。"这就是一个警察妻子的情怀，这同样也是一个普通中国人的情怀。

周香莲，洪江市公安局安江派出所社区民警。翻开她发在微信朋友圈里的日记，我看到了这样一些最原始的记录——

【2020 年 1 月 25 日】

"妈妈，大过年的你到哪里去了？"一大早接到大宝的电话。

"妈妈已经回派出所上班了！"

"过年为什么要上班？还没给你拜年，说新年快乐呢！"孩子有些委屈地嘀咕着。

“因为……工作需要妈妈啊！你跟妹妹好好待在家里，如果出门的话一定要戴上口罩，回家要洗手消毒，一定讲卫生，知道吗?”

孩子听后回答说：“知道了，妈妈你早点回家！”

我想了想，不能跟孩子解释太多，怕8岁的她不理解，也怕她听到疫情的严重程度心里害怕。

早上10点，所里召开了一次会议，要求我们社区民警立即赶到社区，配合居委会干部及医务人员到从湖北特别是武汉返乡人员家中进行走访排查，主要就是询问具体返回时间、所乘交通工具、身体是否不适等情况，宣传疫情防范知识等，并要求他们在家中隔离观察14天，如有不适及时与防疫部门联系。

时值春节，从湖北来洪江市安江镇人员较多，逐个走访排查，马不停蹄！

【2020年1月26日】

昨晚太晚到宿舍就没有打电话回家，望家里一切安好！

早上一起床想给孩子们去个电话，一看时间太早了，还是让她们多睡会吧。

今天的主要任务就是走访辖区麻将馆、棋牌室、酒店等人员聚集性场所，对聚集在麻将馆棋牌室的群众宣传疫情严重程度，让他们马上回家，外出要注意防护。同时要求相关单位和商店老板，疫情期间暂停营业。

一天走下来，还真是个体力活啊！加油，我能行！

【2020年1月27日】

昨晚太累，竟忘记了打电话回家，希望孩子们不要怪我。工作吧，还有很多事情等着我去做。

“周警官，我居住的小区三楼有一个从武汉回来的女孩，请你们上门核查一下！”是辖区群众打来的电话。询问了详细地址后，我马上与居委会干部一起上门走访，确定该人员是在武汉上学的学生，于

1月14日从武汉回安江，目前已在家隔离观察14天，没有异常情况。随即将该情况上报，并反馈给来电群众，群众回答："谢谢你，让我们安心了！"听到群众的感谢，我觉得一切都值得。同时也感谢支持理解和积极配合我们工作的所有人员，大家都很棒！

今晚和孩子通话，最多的一句就是"你什么时候回家?""等这个讨厌鬼走了我就回来！""那它什么时候走?""会很快的！""讨厌鬼为什么要来?""因为……"我不知道疫情为什么要来，但它来了，我们不害怕，众志成城，会将它消灭的！

【2020年1月28日】

接到群众反映、核查相关信息、上报情况、回复情况……每天都在做这样的事情，反映情况要快、行动要快，这几天我脑海里就是一个字——"快"！是的，与时间赛跑，我们全力以赴。

"我家门口停了一辆湖北牌照的车，我都不敢出门了，请你帮忙查看一下！"是辖区群众发来的微信。为了消除群众的恐慌，我马上联系居委会干部及值班组同事，确认该车车主已排查登记，立即微信回复反映情况的群众。群众回答："谢谢，那就放心出去了！"一句简单的谢谢，却无比暖心。

【2020年1月29日至30日】

这两天，我走了很多很多路，说了很多很多话，去每一条街道，每一个巷口张贴通告，去每一户群众家中宣传疫情防护的相关知识，希望通过停止聚集性活动阻断病毒传播的路径，希望群众能因为看到我们走街串巷的身影而感到安心。

其间，有很多人是支持我们，也很理解我们的，愿意配合，我很开心也很感恩，因为我知道不是我一个人在战斗。有时候吧，也会遇到一些不讲道理的大叔大妈，自己还没说几句话就被他们顶了回来，心里也有些委屈。但我知道，这个时候很关键，自己受了委屈也不能放弃任何一个角落，放弃任何一个人。安心的是，通过我苦口婆心地劝说，这些大叔大妈也意识到了自己的不对，由开始的不理解到后来的配合，我还是挺感谢的！

这场抗击疫情的全民行动，让我看到了人性中的真善美！

【2020年2月1日】

今晚接到通知，要对辖区再次开展地毯式检查，降低潜在的安全隐患，我和同事认真执行命令，在辖区对宾馆酒店、网吧茶楼、棋牌室等重点场所开展安全检查，按照疫情的防控禁令相关要求督促关停所有对外娱乐活动场所，坚决取缔所有人员聚集性活动，做到不留盲点和死角。

回到办公室已是深夜。今天和同事交谈，有个同事说："最近二十天都不打算回家了，每天在外走访排查，接触的人员又杂又多，家里老老小小的，为了他们的健康还是不回家了。"还有个同事说："我把小孩送回父母家时他哭着喊妈妈不让走，我硬是忍着没回头，他在我身边我没办法安心工作……"

我想到了我的老公，他此时也在怀化鹤城区某定点医院执勤守护，职责所在！我们俩都在工作岗位上，最对不住的就是家人啊！

疫情当前，工作还在继续。

大家都很累，但必须坚持！因为我们是人民警察！

读完这样的日记，我心潮澎湃。

洪江，这一片美丽的土地，在整个疫情期免遭病毒的侵袭，全市无一例确诊病例。

他们是如何做到的？

我想，因为有一个又一个"陈伟生"们、"周香莲"们的坚守和付出。就是他们，以及更多的他们，作为城市的"守护人"，用实际行动验证了抗疫必胜。

他们在寒风中瑟瑟发抖，却充当了群众的"防护服"；他们在抗疫战线上负重前行，却蹚明了防疫的正确路径；他们顾不上家中的妻儿父母，却为更多的家庭筑牢了坚固的防线。

他们守一卡、护一城，巡一路、安一方，不分昼夜地冲锋在疫情防控的第一线，用拼搏构筑堡垒，用爱心驱散阴霾，用奉献招来阳光，用自己的体温让这个充满阴霾的冬天不再寒冷！

有一种守护，叫通宵达旦！

有一种坚强，叫国而忘家！

第五章　决战——死神尖刀下摆渡生命

“他们与病毒直面战斗，承受难以想象的身体和心理压力，付出巨大牺牲……没有人生而英勇，只是选择了无畏。中国医生的医者仁心和大爱无疆，永远铭刻在中华民族历史上，永远铭刻在中国人民心中。”

——《抗击新冠肺炎疫情的中国行动》白皮书

恶战到底——只为十八岁的生命

1 月 31 日 20 点 26 分。

我突然接到怀化市政府值班室紧急电话，说湖南省政府办公厅来电，需要向国务院办公厅上报我们正在救治的一名贵州女孩的救治情况材料。

向国务院办公厅报材料？什么情况？一名普通新冠肺炎患者何以引起如此高的重视？

我仔细一问才知道，这名患者叫彭志琴，十八岁，贵州省玉屏县田坪镇罗家寨村人。之所以引起如此高的重视，是因为湖南并不因为她是贵州人而放弃对她的收治，是因为中途多次出现病危而怀化人民仍然以生命为重对她不离不弃，是因为她的救治引起了六位省级领导的牵挂。

故事还得从最初说起。

1 月 18 日，在武汉当导游的她返回贵州家中，19 日出现症状。她的老家与湖南新晃县仅一河之隔，离新晃县城也只有 12 公里。而新晃县人民医院，是一所始建于 1935 年的综合医院，历经 85 年风雨，已发展成为怀化市及周边地区一流的县级医院，服务湘黔边界 7 县市区 200 余万人口，在湘黔边界享有一定声誉。很多贵州籍群众纷纷慕名前来看病，已是多年来的历史沿袭。

1 月 22 日，彭志琴来到新晃县人民医院就诊。医院发热门诊结合小彭的病情和有武汉旅居史的出行轨迹，高度怀疑其为新冠肺炎患者，立即将情况上报医院新冠肺炎专家组。

怎么办？患者是贵州人，到底收不收？为了患者能及时得到救治，为了尽可能减少病毒的传播，专家组异口同声地说“留下来”。最终，小彭被收入医院感染科隔离病房进行治疗，同时医院对小彭的情况进行上报。

她本是专程从外地赶回家过年的，听说要“留下来”住院，有些不乐意，求医生道：“能不能就开点药，回家吃？”

医生坚定地说：“不行！”

事后，有人说，如果不是对人民生命安全和疫情防控工作的高度负责，他们完全没有必要如此强留。因为她既不是新晃户口，也不在新晃工作，更不是来新晃走亲访友。如果图省事，他们完全可以遵照她自己的意愿，放她走，再通报她户口所在地就完事。但是，新晃没有这么做，而是强行将她留了下来。

1 月 24 日，核酸检测结果出来，她被确诊为新冠肺炎患者。

湘黔一家亲。对这名贵州患者，新晃县高度重视，县主要领导一线调度，县人民医院调集多学科专家进行会诊，全力进行救治。

然而，1 月 26 日 22 点 30 分，彭志琴病情突变，呼吸衰竭，出现急性呼吸窘迫综合征，成为湖南省出现的第一例危重型新冠肺炎患者，随时有生命危险。

新晃马上向怀化市委疫情防控指挥部求救，请求医疗支援。

生命至上。接到求救电话，怀化指挥部在第一指挥长的调度下，当即决定，派专家迅速前往施救。

专家车刚离开 30 分钟，求救电话再次响起：“患者呼吸严重衰竭！生命垂危！”

时间就是生命，生命重于泰山。指挥部再次果断决策：“再派一组专家前去支援。”

怀化离新晃100余公里，市级专家组成员到达新晃时，已是1月27日凌晨一点。来不及休息，马上进入病房查看。此时，患者已实施了无创插管，但情况仍然十分危急，专家组迅速做出转院怀化治疗的决定。他们一边进行及时的急救治疗，一边与怀化联系，组织好急救的医护团队，准备好ICU病房，等待患者的转入。

怀化方面及时调集了感染、呼吸、内科、急救、影像、院感、护理等各领域专家，组成急救团队，等候患者的到来。与此同时，ICU病房里，各种仪器设备全部调试到位，只等患者一到，便可马上运转。

通过一个通宵的折腾，1月27日早上6点30分，彭志琴被顺利转至怀化市第一人民医院隔离ICU病房。

此时的彭志琴，没有半点意识，血氧饱和度在使用插管后仍只能维持在70%左右，呼吸频率达到每分钟40多次，其他指标也都在“危险区”。

小彭的生命仅靠插满全身的各种管子维持，真正是命悬一线。

生死只在一瞬间。专家们无一不为小彭的生死捏着一把汗。但他们都怀着同一种信念，一定要尽自己最大的努力，帮这个年轻的生命挺过这一关，把她从鬼门关抢回来。

紧张，危急，火速，迫切。

接通急救设备，专家围床会诊，及时靶向用药，特级护理到位。

一系列急救措施迅速跟进。

一场真正从死神滴着血滴的尖刀下抢夺生命的战争打响。

为了更好、更有效地救治这个年轻的生命，医院在极短的时间内，通过各种途径，与国家卫生健康委高级别专家组组长钟南山和复旦大学附属华山医院张文宏教授连线。通过连线，两位顶级专家对病人进行了会诊，给出了具体的救治意见。特别是张文宏教授团队，原本就是怀化市第一人民医院引进的柔性人才团队，有过多年的指导与合作。这次新冠肺炎疫情发生后，张文宏教授从怀化出现的第一例病例开始，就给予了怀化市第一人民医院多次详细的线上指导。彭志琴转入后，更是从诊断、用药、护理、康复等各方面提出十分具体的意见。

一个普通的小生命，在如此紧急的情况下，还惊动了钟南山、张文宏等如此顶级的大专家，谁也无法想象，怀化是怎么做到的。

省委书记、省长、省政协主席、省委副书记、副省长等六位省级领导或电询或通过其他方式，要求全力救治，全程跟踪关注治疗进展。并派出了中南大学湘雅医院重症医学科徐道妙教授、湖南省人民医院呼吸内科张卫东教授、中南大学湘雅医院感染控制中心黄勋教授、省直中医医院刘松林教授等四位专家组成的专家组赶赴怀化，指导救治。

就在彭志琴转入怀化市第一人民医院的当天，即 1 月 27 日，省级专家组于 13 点也抵达了怀化，组长徐道妙教授一到怀化，来不及片刻休息，便说："马上带我去看患者。"

他深入隔离病房，听取汇报，询问病情，查看病历，调阅资料，最后，与省市专家组成员一起，确定了更加具体细致的救治方案。

要知道，徐道妙教授可是湖南 ICU 的"大伽"。他不但是中南大学湘雅医院重症医学科副主任，而且是湖南省 ICU 质量控制中心副主任、湖南省医学会重症控制中心副主任、湖南省医学会重症医学专业委员会副主任委员。从医 25 年，坚持临床第一线，能熟练处理各种危急重症，尤其是各种原因所致的呼吸困难的诊断、鉴别诊断及快速处理，循环功能障碍的监测与调控，重症感染的诊断与治疗，严重创伤的支持治疗等，已使很多三湘重症病人起死回生。近年来主要从事重症病人呼吸支持和肺保护以及感染控制等方面研究，发表论文、出版专著多篇（部）。

此后，以徐道妙教授为首的省级专家组，在怀化驻扎了下来，患者病情一有风吹草动，一有点滴变化，及时进行处理。

2 月 2 日，患者已经上呼吸机 7 天，上呼吸机的时间越长，呼吸道并发症就越多。经过充分的评估、准备后，决定为其脱机拔管。

为新冠肺炎患者拔管，不但是一项技术活，更是一项危险活。新冠肺炎患者气道分泌物携带大量病毒，拔管时会刺激患者气道，一不小心就可能造成分泌物喷溅，操作者感染风险很大。按理说，省里来的专家完全可以在一旁指挥，不必亲自动手。

然而，徐道妙教授把这一危险的任务揽到自己手里，果断地说：“让我来。”

大家被他的身先士卒和责任担当深深打动，同时又无不为他捏着一把汗，他说：“放心吧。这么多天我一直驻守在怀化，几乎全程参与患者的诊疗，熟悉患者病情。”

有人还想劝阻，他接着说：“危险的工作我先做，你们后面跟着规范操作就不会有事！”他觉得，自己在这方面有丰富的临床经验，只有自己冲在前面，整个救治团队才能树立信心。

事后，徐道妙教授在接受新华社记者采访时说：“疫情当前，坚守岗位，是我作为医生的职责；冲上一线，是我作为一名共产党员的初心和本分。党员就是应该冲在最前面！”“医生面对的是鲜活的生命，患者性命相托，我必须全力以赴。我们要做有温度的医生，要让看起来有些神秘和冰冷的 ICU，成为有温度、最温暖的地方。”

拔管十分成功。

接着，省市专家组专门为她建立了定期会诊机制，把不同专业、学科的专家整合成一个强有力的专家团队，专家们一天一会诊一方案，保证救治效果。比如，初拔管后，小彭十分焦虑，病情一度不稳定，肺部感染加重。省市专家组会诊时，考虑到小彭在治疗过程中，除新冠肺炎外，肺部还有可能会被细菌等感染。于是，立即调整抗生素的治疗方案。同时，邀请怀化市第四人民医院的心理专家对其进行心理辅导。

为了护理好她，护士们更是煞费苦心。

小彭病重时，全身插“管”——呼吸导管、中心静脉置管、尿管、胃管，等等。为防止管子脱落，每天需五个护士帮她翻身拍背，一个人扶住头，另外四个人抬四肢，一天两次，每次至少要 30 分钟，累得大家全身都是汗。护理重症病人的工作是个细致活，护士得 24 小时盯着她身上插着的呼吸管道，眼睛一刻也不能离开。为此，医院为小彭一个人准备的护理团队就有 20 人。

为照顾好一个病人，为她准备的护理团队就达 20 人。而这个病人只是一个十八岁的外省姑娘，是一个普通得不能再普通、平凡得不能再平凡的人。这在怀化市第一人民医院的治疗史上绝无仅有。

这是怎么的一种特护？这是怎样的一种大爱？

这一切只能用“人民至上”来解释，只能用“生命至上”来解释。只有在这样的解释面前，一切才理所当然。

重症监护室里，除了急救仪器，就是刺眼的灯光和一片白的病房。洁白的房顶，洁白的墙壁，洁白的床单，洁白的隔离帘，洁白的防护服，甚至连空气都是洁白的……这刺眼的灯光下的白，不是白雪那样的白。白雪的白，总是带着清新的风，吸进去，叫人心旷神怡。眼前的白，是白生生的白，稠，腻，化不开，吸进气管里，让人窒息。在这样的白里，什么时候天亮了，她不知道；什么时候天黑了，她也不知道。

这一切，让每次苏醒过来的小彭特别难受，躁动不安。常常，她会像是从噩梦里惊醒一般，十分害怕地、梦呓般地叫：“姐姐，陪着我。”值班护士见状，立即上前握住她的手，“我在，我一直都在陪着你的！”安抚她，鼓励她，“医院有很多新冠肺炎患者出院了，你只要配合治疗，也会很快痊愈出院的。”并用手机放音乐给她听，直到她又迷迷糊糊地睡去，才松开。

直到 2 月 12 日，一大早，她在护士细细碎碎的护理声里醒来，缓缓睁开一只眼睛，又睁开另一只眼睛。她看见护士穿着厚厚的防护服，洁白、臃肿，正像电影《超能陆战队》里的“大白”。“大白”，一个充气机器人，长身、短腿、大肚子，萌萌的，无论主人让它做什么，只要主人开心，只要不伤害人类，它都会去做。为此，它忠心耿耿地为主人做了许多好事，受到大家的热爱。穿着防护服的护士，正像是“大白”。

想了半天“大白”，她叫了声护士：“姐姐。”

护士见状，马上奔过来，高兴地说：“你醒了？”

她问：“我睡了多久？”

护士看了看床头的住院牌，又想了想：“有十多天吧。”

“这么久啊?！我全不记得了。”

她用手撑着床板想试着坐起来。护士忙过来扶，她摇摇手，说：“我想自己来，看行不行。”

终于，她坐起来了，头虽然晕乎乎，但她相信，那定是睡久了害的。她用手去拿床头柜上的水杯，缓缓地，慢慢地，甚至有些迟钝，但最终还是拿起来了。在没有任何外力的帮助下，喝进了生病以来的“自食其力”的第一口水。

护士呆呆地看着她完成这一切动作，像发现新大陆一样，高兴地叫了起来：“你行了！你可以了！”

她更开心。她盯着护士，坚定地问：“我活了？”

护士姐姐坚定地点头：“是的，是的，你活了，你完全活了。”

说着，两人紧紧地拥抱在一起。

到吃早饭时间，小彭突然有了饿的感觉。自己知道饿了？这是这么久以来的第一次。证明自己一切功能都在恢复，都在往好的方面发展。她对护士说：“今天我要吃一大碗饭。”

护士十分欣喜地向隔离病房外的护士长报告：“小彭可以自己坐了，她说她饿，想吃饭了，而且要一大碗饭。”

得到这一信息的护士长，像接到战争前方传来的捷报，这捷报马上在所有医护人员中传开。大家像打了个大胜仗般兴奋，端起茶杯，举“杯”相庆。

饭从隔离病房外递进来，还真是一大碗饭，而且有鸡汤。小彭在护士的帮助下，一勺一勺地自己吃起来，虽然吃得很缓慢，很艰难，吃一会，就要歇会气，但毕竟是自己吃。自打住进医院来，吃饭都是护士喂的。那时，她对喂到嘴里的东西连咀嚼和吞咽的欲望都没有。医生、护士总是一个劲地在她耳边反复说只有多吃东西，才能好得更快，可是，她根本不能下咽。

吃了饭，靠在床头眯了一会，顿时觉得有了力气。她想做一件更“伟大”的事——下床。

她不知道自己已有多久没下床了，她问护士：“我有多久没下床了？”

护士说：“自从你进到医院后，就一直没有下过床。”

“那么久啊！”她自言自语说。

“是啊。”护士说，“你每天都躺着。为了不让你身上起褥疮，我们每天都要为你翻两次身，你那么胖，那么重，身上又插满了管子，有时几个人都还搞不定你。”

“嘿嘿嘿，辛苦你们了。”彭志琴脸一红，有些歉疚地说。

护士又说：“你还记得吗？你梦里都在说‘怕’，拉着我们的手，不肯松。我们只好空出一只手来，拉着你，用另一只手去做事。”

“我真的一点都不记得了。谢谢你们啊！”彭志琴十分感恩地抱起护士的手，在自己脸上蹭了蹭，可是护士的手戴了双层防护手套，蹭到脸上有些刮痛，她马上调皮地说，“一点都不舒服。”

护士哈哈大笑：“又不是我要去蹭你的，怪你自己。”

与护士短暂“闹”过后，她想下床了。

她先把一只脚放到床沿上，再把另一只脚放到床沿上，在床沿上坐了好一会，才扶着墙试着站立，试了好几次都没有成功。肯定是睡得太久的缘故，她想。护士想过来帮她，被她制止，她说：“我想要自己走，我一定能行的。”

又试了几次，终于，她站稳了。虽有些吃力，但毕竟是生病来的第一次下床站立。站了会，她坐下。坐了会，又站起。来回反复练习了几次，才扶着墙，像小孩学步一样，轻轻迈开一只脚，歇一会，喘口气，再迈开另一只脚，再喘口气。就这样，她走出了生病以来最值得庆幸的碎碎的几小步。别看就这么碎碎的几小步，对于一个从死亡线上挺过来的危重型新冠肺炎患者，是多么的难得！

她想走向病房外的阳台。每一个病房都有一个独立的阳台，用于病人晾晒衣服和休息之用。她已经有十多天没有看到天空了，已经有十多天没有呼吸到病房外的空气了，已经有十多天没有感受过温暖的阳光了，她想看一看天空，想呼吸一口病房外的空气，想晒一晒初春的阳光。

她摸索着走。用了很大的力，才推开阳台与病房之间的那扇门，就在推开门的一刹那，仿佛打开的不是病房与阳台的门，而是另一个世界的门。顿时，一股清新的风吹拂过来，一缕温暖的阳光洒在脸上、手上、脚上，洒在全身每一个部位，缓缓的，柔柔的，暖暖的，轻轻的，仿佛一只母亲的手，在自己身上来回爱抚。

爽啊。她张开大嘴，对着阳光，对着清新的空气，深深吮吸一口，将温暖的阳光和清新的空气一起吸进了肺里，许久都舍不得呼出，她要让它们在她曾经被病毒浸染的肺里多停留一会儿，再多停留一会儿。

在感受了如此美妙的时刻后，她缓步走进阳台，坐下来，让一缕一缕的阳光温暖地照着，让一股一股的柔风轻轻地吹着。那一刻，她觉得自己特别幸福。她深深地感到，人这一生，不要什么荣华富贵，只要每天有阳光照耀，每天有空气呼吸，就足了。

她说，活着真好！

坐了会，她感觉自己头发有些油了、脏了，对护士姐姐说，想洗个头发。护士姐姐马上端来一盆水，给她洗。她坐在凳子上，低着头，将一头清丝浸泡在温水里。护士温柔地为她抹洗发水，温柔地为她抓、揉、洗。她说，她长到十八岁，不知道洗过多少次头，有些是自己洗，有些是别人帮她洗，但都没有这一次有意义，都没有这一次印象深刻。这一次，洗得舒坦，洗得清爽，洗得百感交集，因为，她活过来了。

洗完头的她，天真地笑了。这也是她病倒后十多天时间里，第一次笑，特别灿烂。笑容里，一对小酒窝格外可爱。笑意融融中，她给全副武装、虽天天在一起但从来不知道口罩后面的脸长什么样的护士一个飞吻。

顿时，护士热泪盈眶。

在治疗过程中，治疗者们发现，亲人的爱，是提升新冠肺炎患者特别是危重型患者治疗效果的关键。医护团队马上联系到小彭的父亲。

小彭的父亲在广西承包工程，本来今年不打算回来过年，听说女儿病了后，连夜赶回。小彭在新晃人民医院 ICU 重症监护室的时候，收到病危通知书的父亲在医院的楼下守了一整夜。小彭转至怀化后，父亲随之在怀化市第一人民医院附近的宾馆住下，时时刻刻关注女儿的病情。

当医护团队联系到他时，他正在为病危中的女儿发愁。他与医生见了面，为了增强女儿战胜病魔的自信心，医生建议他为女儿新买一部手机，送进病房，好让她听听音乐，打打电话，同时也让她知道父亲时时陪伴在她身边。

就因为有了这部手机，小彭将活过来的第一个视频电话打给了父亲。视频里，父亲看到女儿，顿时抑制不住情感，号啕大哭。平常都是直呼她的名字，那天，父亲第一次深情地叫了她一声“崽啊——”，并嘱咐她：“不要怕，我就住在你旁边，一直陪着你。”第一次看见父亲流泪，她也哭了。但同时，她感受到了浓浓的父爱，更增添了战胜病魔的信心。

确实，正如父亲所说，他时时都在陪着她。那天她被护士用轮椅推着去照 CT，在推出隔离病房的大门时，隐隐约约听到有人在叫她，她回过头去，一眼看到了父亲，心头一暖，一股热泪涌上眼眶。父亲也顿时流下了热泪。但他不能走近她，只能站在墙角处，用一双泪眼，远远地望着她被慢慢地推走。当她再回过头去时，只见父亲右手握起拳头，用力地举在胸前，朝她不住地示意：“加油！加油！”她也在心里轻轻地对父亲说：“爸爸，我会的。”

小彭在新晃县城还有一个玩得非常好的朋友，从死神手里挣脱回来后的第一天，她也没忘记给朋友打去电话。这个朋友一接到她的电话，也号啕大哭，说：“我一直找你，电话关机，人失踪。我连续好几个晚上都在做噩梦，都说你‘挂了’。我以为你真‘挂了’，天天想为你哭。”

到死亡边上走过一回的人，把友情看得更重。那晚，两人视频了一整晚，累了，睡一会，醒了，再视频，谁也不愿把视频关掉，生怕一关了，彼此又没了。

没几天，小彭发热、咳嗽等症状完全消失，经 CT 检查显示双肺基本恢复，经过间隔 24 小时咽拭子核酸检测为阴性，专家组讨论，符合条件出院。

医生决定，2 月 17 日，出院。

出院时，我特意赶去送她。

10 点 20 分，在医护人员的陪伴下，她迈着欢快的步子，走出隔离病室，一步跨进久违的天地之间。

那天，阳光灿烂。阳光下，面对来接她的人，她喜极而泣，泪水涟涟。这是重获生命的泪水，这更是感恩戴德的泪水。

我对她说：“你知道吗？你这一病，有多少人牵挂着你？”

她摇摇头，说："不知道。"

我告诉她："上至省委书记、国家级专家，中至市委政府领导、省市专家组成员和所有围在你周围的医护人员，下至你的父母、朋友，大家都在为你牵挂。你每一次出现危急情况，大家都为你揪紧了心；你每一次平安挺过，大家都为你欢呼。"

"啊?!"她受宠若惊般大叫一声，感激的泪水再次漫上双眼，深情地说："我的第二次生命是党和政府给的，是湖南人民给的，是怀化人民给的。治疗这么久，我没花一分钱，抢回了一条命，我不知道该怎么报答。我在抖音里看到，说治愈者的血浆对病人有利，等我过了隔离期，就去检查，只要合格，我将献出我的血浆，尽量多抽一些，希望能够救治更多的人。"

说完，她走向县里前来接她的车辆，只将一个活蹦乱跳的背影留给我。这背影，无比生动地告诉我：

一个被新冠肺炎折磨得几近逝去的年轻生命，又焕发出了十八岁青春的风采。

虎口夺命——"弋阳"在行动

2月3日凌晨1点13分。

忙碌了一整天，已经十分疲惫的湖南医药学院第一附属医院院长、呼吸内科主任医师、市级救治专家组组长尹辉明，疲软地瘫靠在沙发上，准备打几分钟盹，眼皮刚刚合上，"嘟嘟——嘟嘟——"微信提示音骤然响起。

他，一个激灵，从沙发上跃起。

微信是"弋阳"发来的。

"弋阳"不是一个人，而是一部放在ICU重症隔离病房里的专用手机，是"隔离区抢救群"的"集体群友"。

因为进入ICU重症隔离病房不允许任何人带手机，医院就买了部专用手机，放在 ICU 重症隔离病房里，专供走进 ICU 重症隔离病房的医生、护士与外界联系之用。他们给它取名“弋阳”。

自这场战疫打响以来，湖南医药学院第一附属医院，从 1 月 16 日至 28 日，短短十余天时间，共收治确诊病例 8 例，其中危重症 1 例，重症 2 例。

1 月 30 日 10 点 30 分，从辰溪县人民医院转来的 75 岁的老年新冠肺炎患者袁彩华，排便后突发胸闷、气促，血氧饱和度突然下降至 50%。必须马上转入 ICU 重症病房。

老人为武汉市洪山区一退休职工，春节前随 78 岁的老伴谢伯友回湖南辰溪老家过年。1 月 22 日，夫妻两人均因不适，赴辰溪县人民医院就诊，两人都被作为新冠肺炎疑似病例收住院。27 日，两位老人经辰溪县人民医院转入湖南医药学院第一附属医院。28 日，两位老人都被确诊为新冠肺炎患者。袁彩华老人患有高血压、冠心病、糖尿病等多种基础病，并做过多次手术，加上年龄偏大，给救治工作带来极大难度。

为了抢救袁彩华老人，院里马上组成两个救治团队：一个在 ICU 病房里，一个在 ICU 病房外。ICU 病房里的团队，由 ICU 室科主任杨宏亮领衔，李亚琴、谌俊业、杨庆奎等多名医师及护士长李晓晓，护理组长唐叶芳，护士姚坤花、石飞飞、毛玲、粟琴、谭艳芳等人参加，负责病房里的现场治疗、护理及一切工作；ICU 病房外的团队，由尹辉明院长亲自挂帅，集多学科专家共同组成，负责会诊、讨论，然后根据会诊、讨论结果，给出治疗方案，向 ICU 重症病房里的现场治疗团队发出指令，并通过视频指导操作。

两个专家团队组成后，为方便工作，马上建立起“隔离区抢救群”，将与救治此病人相关的所有专家和医护人员共 41 人全部拖进群里。他们有一个“集体群友”，即 ICU 隔离病房里的那台手机。

群里的每个群友都有自己的“昵称”，ICU 隔离病房里的这个“集体群友”取什么昵称呢？杨宏亮想了想，就取名“弋阳”吧。在他的记忆里，江西省弋阳县有一种古老戏曲叫“弋阳腔”，亦称“弋腔”，由一人领唱，众人和腔，深受人民喜爱。杨主任取“弋阳”之意，就是表示救治这样一位危重病人，必须依靠大家的合力。于是，每一个进入ICU重症隔离病房、拿着那台工作手机的人都是“弋阳”。

“弋阳”们进入ICU重症隔离病房后，通过对病人予以半卧位、高流量吸氧、激素抗炎、扩冠、强心、利尿、抗凝等处理后，患者症状较前稍有好转，血氧饱和度波动在80%与92%之间，再予以抗病毒、抗感染、增强免疫、激素、控制血糖、营养支持等治疗。但效果仍不明显，经会诊、讨论，试行无创辅助呼吸机，出入水量负平衡策略。

用上无创辅助呼吸机后，患者症状及氧合稍有改善。

然而，令人想不到的是，2月2日夜间开始，患者出现烦躁不安，感觉胸痛、胸闷，特别是对无创呼吸机不能忍受，不住地叫喊：“我好难受。给我拔掉。”护士们一个劲地安慰，为她排解痛苦，直到给她喂下丹参滴丸，改善心肌供血，胸痛才稍有缓解。

马上复查床旁移动CT。CT显示：两肺病变弥漫增多，范围明显增宽，密度增高。持续高流量湿化氧疗，患者逐渐出现呼吸费力、意识障碍，氧合继续下降，眼看就有生命危险。

病房里的“弋阳”，马上向室外专家团队发出急救信号，并将床旁仪器上显示的各种生命体征参数拍照，发出。

2月3日凌晨1时13分，对于普通人来说，只是数万个分分秒秒中的一瞬，但对于袁彩华老人来说，则是命悬一线和复活重生的转换时刻。

从沙发上一跃而起的尹辉明院长，看到急救微信，再仔细核对、观看各种仪器上的参数，果断发出对于一个生命极其重要的指令：“插”。

尹辉明，怀化市内科专业委员会副主任委员、怀化市重症医学专业委员会副主任委员兼秘书长、湖南省重症医学专业委员会委员、湖南省内科专业委员会委员、中国医师协会内镜医师分会呼吸内镜委员，湖南省“121”人才。擅长各种呼吸系统疾病及各种复杂危重疾病的诊治。主持完成湖南省卫生厅立项课题3项、湖南省教育厅立项课题2项，获湖南省科研成果奖1项、怀化市科技进步成果奖6项，参编《急危重病临床救治》等专著3部，发表论文20余篇。新冠肺炎疫情发生后，作为重症医学和呼吸疾病方面的专家，他承担起省级医疗救治组专家和市级专家组组长的重担。

作为专家组组长，作为医院院长，袁彩华老人的病情，一直是他关注的重点，除了多次组织专家会诊外，还多次深入病房现场诊断。虽然他因为身兼省级医疗救治组专家和市级专家组组长等数职，需要指导、参与全市的医疗救治工作，不可能守在袁奶奶的 ICU 病房里，但他无时无刻不在关注老人的病情变化。

2 月 2 日这一夜，他奔波了多地，主持了多场会诊，回到家已经是凌晨，疲惫不堪的他，倒在沙发里，就不想起来。可当听到微信来电提示音后，立马坐起，果断而清晰地向 ICU 病房发出“插”的指令。

插，它只是一个十分简单的汉字，横、竖钩、提、撇、横、竖、撇、竖、横、横折、横、横，共 12 画。但是，在这一刻，短短一个“插”字，掷地有声，既体现了时间的紧急性，又体现了决定的果断性，它力重千钧，可让一个生命起死回生。

守护在 ICU 重症隔离病房里的“弋阳”们马上领会尹院长的指令意图：行有创呼吸机插管术。

有创呼吸机插管，是一项风险极大的手术，不到万不得已，一般不用。因为有创插管，在抢救病人的同时，也会对病人产生创伤，如果病人其他基础病多，还可能带来生命危险。因此，必须慎之又慎，并且一定要选准时机，不能插得太早，也不可插得太迟。太早，会对病人造成过度损伤，太迟又将救不了命，因此必须选在一个十分合适的点上。还有，有创插管对医护人员来说也极具风险。插管时，由于病人受到刺激，含病毒的气溶胶往往会直接喷出，只要稍有不慎，就将被感染。“非典”疫情时，许多医护人员感染，就是插管造成的。

而袁奶奶这一病人对他们来说更是挑战。一是基础病多，体质弱，特别是心肺功能差；二是胖，脖子短，喉咙小，加上病危，看不见喉咙，这给他们插管带来极大的难度。

怎么办?

好在他们在这之前做好了各种预案，并反复进行了模拟练习、操作，直到准确熟练。如果万一插管失败，他们也早做好了 ECMO（体外膜肺氧合，即通常人们所说的人工肺）的准备。总之，要做到万无一失。

一切准备就绪，只等待插的最好时机。

凌晨 1 点 13 分，尹院长总算发出了指令。

但“插”的指令发出不到一分钟，他马上又补充叮嘱：“注意防护，尽量离远一点。”

此时的他，仍然不忘医护人员的感染风险，他们都是自己的同事，都是自己的战友，都是自己的兄弟姐妹，救病人要紧，但他们的安全也要紧。就这么简短的一句话，满含了他对同事的无穷关爱与担忧。

“全副武装”的杨宏亮和其他“弋阳”们，虽然做好了一切准备，甚至连 ECMO 都已经准备好，但因病人特殊，操作还是变得异常艰难。

杨宏亮深吸一口气，对大家说：“必须一次成功，时间一久，护目镜定会起雾，更无法操作。”

气氛骤然紧张。大家屏声敛息，全神贯注，寒毛直立。

一分钟……两分钟……三分钟……插管成功。

三分钟！仅仅三分钟！命悬一线的三分钟，火烧眉毛的三分钟，动魄惊心的三分钟，起死回生的三分钟。他们成功了！

杨宏亮及所有参与插管抢救的医护人员防护服下的单衣已完全湿透。防护面罩后面的杨宏亮深深吸了一口气。

在这一生中，作为湖南省中西医结合学会灾害医学专业委员会委员、湖南省内科学委员会肺栓塞学组委员、怀化市开展 ECMO 技术的第一人的杨宏亮，长年主攻呼吸危重症、脓毒症、MODS 救治，多次参与抢救重症甲流、禽流感危重病例，插管无数，但哪一次也没有像这一次一样让他胆战心惊。插管成功，意味着生命的重生，也将为他们救治组下一阶段工作提供经验，为打赢这场疫情防控阻击战提振信心。

新冠肺炎疫情发生后，怀化市委、市政府将湖南医药学院第一附属医院作为定点救治医院，38 岁的重症医学科负责人、副主任医师杨宏亮，主动请缨，担负起危重症患者救治的任务。从接到任务起，组织全科医护人员在一天之内完成重症医学科 19 名普通重症患者转移工作，重新布局组建了新冠肺炎危重症病房。从收治第一名新冠肺炎重症患者开始，杨宏亮等人就吃住在科室，针对每一名患者的病情制定了详细的诊疗方案，亲自参与每一名患者的查房和病情观察，参加每一次病例讨论和省、市、院级专家组的会诊，认真把握患者诊疗的每一个细节，耐心细致地指导下级医生的具体工作。

1 月 30 日，袁奶奶病情加重，加上基础疾病等因素，出现了急性心肺衰竭，氧合指数骤降，生命垂危。杨宏亮第一时间奔到她床头，同专家组进行紧急抢救，初步稳定病情后，制定严密的救治方案，完成病情评估，采用无创通气及高流量湿化氧疗、控制心衰等多种综合抢救治疗手段，初步稳定病情后亲自护送患者转入新冠肺炎负压 ICU 病房，组织全科最强最精干力量制定了最详细的病情观察与诊疗计划及护理方案，每日都亲自在床旁守护，进行病情评估和检查，参与院内专家组和市级、省级专家组的病例讨论，使袁奶奶的病情一度有所改善。

负压隔离病房的工作是非常辛苦的，穿着厚厚的防护服，戴着护目镜，套着超过双层的手套，任何操作都比往常更加艰难，尤其是做高风险操作的气管插管、纤支镜治疗、中心静脉穿刺等，在戴防护头套、视物都不清楚的情况下，需要扎实高超的技巧才能完成，进去不到 1 小时，就会让人汗流浃背。护理需要每 6 小时换一个班，不能喝水，不能上厕所。而杨宏亮作为科室负责人，需要对危重病人的治疗质量全面把控，有时候不得不一天之内进去工作 2 次，甚至 3 次。在完成病人的床旁病情评估的同时，他特别重视患者的情感需求，耐心与病人交流，给病人鼓劲打气，树立病人与病魔抗争的信心和决心。

插管成功，大家的脸上露出了笑容。

紧随其后，施行纤维支气管镜治疗、镇静镇痛、俯卧位通气、肠内营养支持、感染调控等一系列重症抢救治疗技术和一系列精细化护理服务。

对插管病人来说，护理尤为重要，除了需要常规护理外，必须有人 24 小时不间断地守护。护理团队真是费尽了心血。为了时刻监测老人的出入水量，她们对老人的饮食，喝的水，输进去的液体，排出的痰液、分泌物、尿液、大便，等等，全都用量杯和秤衡量，精确到毫升或克。同时为了能让老人树立战胜疾病的信心，护理团队还不忘给家属打电话录制“加油、鼓励”的视频，在老人床头播放，让老人听到亲人的声音，感受到家的温暖。在得知老人喜欢听歌后，她们用U盘下载了很多二十世纪五六十年代的歌曲，放给老人听，以分散老人的痛苦。还打开老人的手机相册，陪老人一起看照片，陪老人聊天，让老人每天都处于爱意浓浓的包围之中。

插管治疗加上精心护理，袁奶奶的情况一天好似一天，老人的生命体征逐渐平稳。

五天后，经专家组评估，袁奶奶符合撤呼吸机拔除气管插管的条件，医生决定为其撤机拔管。

2月7日下午，杨宏亮带着他的救治团队，为袁奶奶拔管。

拔管成功。

75岁高龄、有着诸多基础病、心肺曾一度衰竭的老人被救活了。

与袁奶奶一起病倒的还有他的老伴，78岁的谢伯友爷爷。

两人结婚50年了，感情非常好，一直定居在武汉。2020年，两人决定回辰溪老家过年。不料，遭遇突如其来的疫情，两人相继染病，同时进入湖南医药学院第一附属医院治疗。

老两口刚住院时，谢爷爷的病比袁奶奶的发病快，发病急，被首先送到了ICU，袁奶奶在普通隔离病房住了三天后，才情况突然恶化被紧急送往ICU。夫妻俩，一个住26床，另一个住29床，两扇封闭的门一关，谁也瞧不见谁。

当时，老爷子咳嗽特别严重，全身乏力，对病魔的恐惧让他生出些绝望的情绪，总觉得自己好不了。他向医护人员要来纸笔，每天喃喃自语，写了划，划了又写。医护人员问询，老爷子沉默了一会儿说：“如果好不了，我也要提前写点东西，向家里人交代一下……”

老人家竟然准备要写遗书了。

“千万不要这样想，您要相信我们，情况会越来越好的，一定能够治愈的!”为了帮老爷子树立信心，医护人员除了常规的治疗外，还积极开展心理疏导，轮番陪老人聊天，给老人听音乐，不断地鼓励他，跟他说病房门外还有家人的等待。

渐渐地，老人收起了纸和笔，脸上有了笑容，时不时还要下床走动走动：“我要争取早点出去，和老太婆一起走出医院！”

面对医护人员的悉心照料，老人竖起大拇指不住地点赞，他告诉医护人员：“等我和老太婆都好了，等武汉也好了，你们一定都要来我家做客，都要来啊！”

谢爷爷在做着这一切的时候，袁奶奶也进入了 ICU。先进 ICU 的谢爷爷，一直以为老伴儿还住在普通隔离病房，症状轻，不打紧，一定能早点出院。实际上，专家组评定袁奶奶为危重型患者，随时有生命危险，并且给她远在武汉的女儿谢芳打了电话，告诉她，母亲的情况很不好，肺全白。身在武汉的被疫情封闭在家里的女儿知道这“肺全白”是什么后果，她电话里哭诉道：“求你们想尽一切办法救她，万一不行，请你们将她的东西收好。我没有别的人相信了，只相信你们了。”

袁奶奶说：“这一切不能告诉老头子，如果老头子知道了，他会更急，不利于他的治疗。老头子原本就患有高血压，性格又敏感多思，容易忧虑。”就在袁奶奶病情加重那一刻，她还念叨着那句话：“……你们一定要帮我保密，我的情况，千万不能跟老头子说，我怕他受不了……”

于是，袁奶奶的情况，医护人员一直没有对谢爷爷说。

“我家老太婆情况怎么样了啊？是不是快出院了啊？怎么视频老是接不通呢？”躺在 ICU 的病床上，谢爷爷眼睛总是紧紧盯住手机屏幕，不时地问医护人员。他急，因为他已经有几天没见到老太婆了。

医生告诉他：“袁奶奶要您注意身体，要加油，不要担心她！”

而此时的袁奶奶正在抢救。

一直等到拔管成功，袁奶奶才与她视频。为了不让谢爷爷起疑心，袁奶奶强行打起精神，坐起身来，大声告诉谢爷爷：“老头子，你要安心治病，我现在情况很好，不要为我担心！”实际上，据守她床旁的护士说，袁奶奶说这话的时候，血氧饱和度仅仅只有 75%，喘气都吃力。但是，在爱的人面前，每个人都是英雄。

2 月 7 日，谢爷爷先于袁奶奶出院，这时，一切再也瞒不住了。

知道了真相的谢爷爷沉默了很久，最终什么也没说，悄悄录视频发给袁奶奶："老太婆，你要加油，我等你出院啊，我们还要一起努力再多活二十年!"就是这些温暖感人的视频，伴随着袁奶奶扛过了一个又一个危险的关卡。

经过 17 天惊心动魄的精心救治，袁奶奶终于可以出院转至当地医院治疗其他疾病。

为此，医护人员脱去防护服，相约来为她送行。

2 月 13 日，正月二十。

雨过天晴，和煦的阳光透过薄薄的云层洒照下来，给正在回暖的大地披上几许温馨。

湖南医药学院第一附属医院住院部前坪，一大群医护人员围着一手捧鲜花的老人，不停地合影，亲切地交谈。这位老人就是袁奶奶。

"小毛呢？我怎么没看到小毛。"袁奶奶一个劲地寻找。

"奶奶，我在这里哩。"仿佛云雀般，一高挑的小女孩，一跃，便来到袁奶奶身边。袁奶奶拉着小毛的手，说："在隔离病房，你穿着防护服，我一直不知道你长什么样，这会我看到你的真模样了，真漂亮。"说着，竖起了大拇指。小毛顿时脸红。

原来，小毛是她的主管护士毛玲。自她住进来，小毛天天陪伴着她。当得到小毛细致入微的护理和照料后，袁奶奶十分感动，不止一次说："好想看看你的脸。"小毛说："等您出院，让您看个够。"因此，小毛今天特意将所有工作服全部脱去，只戴了口罩，来见袁奶奶。袁奶奶像见到久别的亲孙女一样，亲切地抚摸着小毛的手，不住地说："真漂亮。"

之后，袁奶奶转向所有在场的医护人员，一手按住自己的胸口，含着热泪，深情地说："谢谢你们，是你们把我从死亡线上拉了回来，是怀化给了我第二次生命。我感恩你们！感恩怀化！感恩湖南!"

此时，大家已完全没再把她当成曾经的患者，袁奶奶也没再把他们当成治疗自己的医护人员，而只当亲人，彼此间，十分亲切，有说不完的话语，有擦不尽的泪水。

时间一分一秒过去，到了大家不得不说再见的时候。

袁奶奶再一次泪眼婆娑，深情地说："我已经被你们治好了。武汉也会好的。等到春暖花开时，我在武汉等你们，邀你们一起看樱花……”

经过一个多小时的行程，袁奶奶终于与先期出院的谢爷爷见面。谢爷爷手捧鲜花向她走来，见到彼此，两人激动不已，幸福相拥：

“老太婆啊，恭喜你出院！挺过了这一关，我们要一起活过 100 岁！”

顿时，所有人，泪光闪动。

那情景仿佛告诉我们每一个人，说好了一辈子，就是少一年、一个月、一天、一个时辰，都不算。

面对这一对从死神手里抢救回来的幸福老人，尹院长掏出手机，说：“‘弋阳’总算完成了历史使命，‘隔离区抢救群’可以解散了。”

这时，我才看到他手机里那个坚定的“插”字。

我说：“古代，吕不韦，一字千金；今天，你，一字一命。”

尹院长哈哈一笑，说：“当时情况紧急，容不得多说。但是，每一个被抢救过来的生命都是奇迹，都值得尊敬，这也是我们的快乐。”

谁说不是呢？

挺身而出——因为我在和死神抢命

说起自己的爱将——重症医学科主任蒋朝阳，怀化市第一人民医院院长唐斌几度哽咽。

他说，他永远也不会忘记那一幕。

1 月 26 日深夜，唐斌接到怀化市疫情防控指挥部电话，新晃县人民医院一危重病人需要急救，必须马上安排专家前往。

急救？非重症医学科挂帅不可。

唐斌当即安排重症医学科主任蒋朝阳率重症医学科、感染科、呼吸科等方面的专家连夜急驰新晃。

途中，专家接到告急电话：“突发危急情况，恐有生命危险。”

怎么办？

视频“会诊”。

马上打开视频，与新晃县人民医院病房连线。

蒋朝阳神经高度紧张，大脑高速运转，一双猎鹰般犀利的眼睛，死盯着手机屏幕，在一一闪过的画面中，搜寻患者的一切情况，不放过每一个细节。只一两分钟，他有了结论，果断作出决定："给患者呼吸道插管。"

急驰的救护车，顿时成了作战指挥车。新晃县人民医院的医生在蒋朝阳等专家视频指导下，立即实施插管。

几分钟后，新晃传来消息：插管成功。

蒋朝阳等这才稍微松了一口气。

急驰的救护车，一路警报，一路加速，只想以更快的速度赶到病房，赶到患者身边。然而，因路途遥远，当蒋朝阳等一路颠簸到达新晃时，已是 1 月 27 日凌晨一点。

看到一张张紧张而疲惫的脸，新晃人民医院的医生不忍心马上带他们去病房，而是想让他们先喝口水，歇一口气。他们手一扬，来不及了，进病房。

病房里，蒋朝阳迅速查看患者，与当地医护人员沟通病情，调试设备仪器等，并迅速做出决定：转院怀化。为了使转院不出现任何纰漏，甚至连转运路线他都进行了精心设计。他说："我们甚至连使用哪一台电梯都提前设计好，以最大程度降低患者风险，同时保护环境不被污染。因为救治新冠肺炎危重患者，此前并无经验。在重症救治中，保持冷静沉着是必备素质。我们以前在重症病房处理过很多急性呼吸窘迫综合征患者，如果说难的地方，主要在于它的传染性，所以我们必须严格按照传染病防治规程来操作。"

已经奔波了大半夜的蒋朝阳，又马不停蹄地护送病人返回怀化。回怀化的路上，蒋朝阳完全可以乘坐另一辆专为医生们准备的车，然而，他防护服一穿，毅然登上运送患者的车。他说："路途遥远，不知道路上会出什么状况，患者车上多一个人手，多一分安全，就算路上出现什么险情，也好及时处置。"

果然，车到中途，患者突然出现危急情况。因路途颠簸，患者咳出大量血水样痰液，堵塞气道，有窒息的症状。

“停车吸痰。”蒋朝阳当即决定。

这个平时简单的操作，在此时却是高风险的暴露操作。但他毫无畏惧。他说：“我是搞重症医学的，这方面有经验，让我来。”

谁都知道，给普通患者吸痰就是一桩很累很脏且需要细心的活，而给新冠肺炎患者吸痰，特别又是插了管的新冠肺炎患者吸痰，不但脏、累，还很危险。因为插了管的喉道里积存的不止是痰液，更有成千上万的病毒。然而，蒋朝阳根本没想这些，毅然而上。

果然，患者喉管因受到了刺激，一咳，哇——，一股夹带着浓血的痰液，像爆裂水管里的水，带着压力，喷涌而出，喷向蒋朝阳，喷得因专心吸痰而没来得及躲闪的蒋朝阳满头满脸都是。

啊?！坏事了！

现场所有的人都吓得目瞪口呆。

大家的心一下悬了起来。这可不是一般患者的痰液啊，而是极具传染性的新冠肺炎患者的痰液啊。如此多的痰液喷到脸上，这完完全全就是一大把一大把的病毒直接泼向他啊。

我们的蒋主任啊……当时有人吓得哭了起来。

怎么办?

只见蒋朝阳没事一样地轻轻摇了摇头，用纸巾擦了擦被痰液沾污的护目镜，迅即又专心致志地投入到紧张的吸痰之中。

吸痰完成，恢复气道畅通，接着把呼吸机等参数调好。患者危险排除。蒋朝阳这才长长地舒出一口气。

蒋朝阳，1993 年毕业于湖南医科大学医学专业，进修于北京安贞医院，现任怀化市第一人民医院重症医学科主任、怀化市重症医学中心主任，是湖南省医学会重症医学专业委员会委员、怀化市重症医学学术带头人。

重症医学科，也就是我们常说的 ICU，顾名思义，接触的都是命悬一线的危重症患者，是离死亡最近的地方，在这里，生死逆转只是瞬间的事。蒋朝阳带领他的医护团队，在这里牢牢筑起守护生命的最后一道防线，日复一日地组织了无数次惊心动魄的抢救，一次次将生命岌岌可危的患者从死神手中拯救过来。

人们永远记得那一个个动人的瞬间。

辰溪县一名40岁的孕妇在生产过程中突发羊水栓塞，心跳骤停，术中出血量大，弥漫性凝血功能障碍进行性加重，失血性休克，患者命悬一线。是蒋朝阳等人，迅速赶往辰溪，用尽所有办法，将患者生生地从死神手里拉了回来。

一名80多岁的老太太突然出现头晕头痛、乏力气促，最后昏迷不醒，被紧急送入蒋朝阳所在的ICU治疗。患者是因为肠穿孔引起的腹膜炎，发生严重代谢性酸中毒。在手术治疗之后，需要转入ICU继续治疗，也是蒋朝阳将她从死亡线上救了下来。

一名腹部巨大，膨隆如孕足月三胞胎大小的患者，术后，生命垂危，转入ICU。蒋朝阳带领科室团队，密切观察患者病情变化，精确控制输液速度，精密计算输液量，并采取抗休克、气道护理、雾化等系列有效治疗措施后，患者脱离呼吸机，生命体征逐渐平稳，最终安返普通病房。

“努力再努力，多做点事，多救一个患者。”这是蒋朝阳的行医理念。但同时，他还有另一个理念：“仅靠一个人努力还不够，还必须让更多的人努力，那样，才能救更多的患者。”

他所在的重症医学科，有医师10名、呼吸治疗师1名、护士42名。重症医学科不但需要医护人员个人有过硬、全面的专业知识，更需要团队协作。他积极带头钻研业务，积极鼓励医护人员学习、进修。通过带、教，强化业务培训，不断创新，不断运用新技术，集体素质提高很快。

“只想救更多的患者”的他，并不满足“等”在医院里“救”，而是“哪里有患者需要，我们就到哪里”。结合经常接听县市基层医院求助电话、急危重症患者需要、经常下基层医院接诊的实际情况，他在他所“主政”的ICU创新设立了“出诊班”，变在家等患者为主动出门，现场评估急危重症患者抢救方法，同时随同转院，降低转院途中的风险。他带头出诊，除跑遍怀化各县区医院外，还把这一服务延伸到周边的黔东南各县。这一首创，提高了ICU服务的针对性，赢得了基层医院与患者及其家属的好评。此后，怀化第一人民医院ICU“出诊班”逐渐制度化、规范化、常态化，科室实行轮班制，每天安排两个班，随时出诊。

作为重症医学的带头人，他一心扑在救死扶伤的事业上。但是，对于家人，他却很少有时间关心和陪伴。

正如他自己说的，这些年太忙了，谈不上什么生活质量，就是锻炼都没有时间，更不要说出去旅游。而最为亏欠的是自己的家人特别是父母。“百善孝为先”，作为儿子的他，连陪父母出去走走的时间都抽不出。谁曾想，突发的一次情况，竟成为他一辈子的遗憾。

2019 年 7 月 14 日，溆浦县发生突发性伤人事件，多人重伤。怀化市第一人民医院第一时间组织专家赶赴溆浦参与抢救工作。蒋朝阳接到任务后，立即与其他专家一道，紧急赶赴溆浦。两天后，蒋朝阳的父亲在家不慎摔倒，随后神志不清，立即被送入医院重症医学科进行抢救。此时，蒋朝阳正在溆浦抢救 2 名重伤患者，根本不知道他的父亲已危在旦夕。接到家人电话后，他坚持做完重伤员会诊方案后，才于当晚 8 点匆匆赶回怀化，来到重症医学科。第二天凌晨 4 点，父亲没有留下一句话，甚至没有睁开眼看他一眼，就这样走了。蒋朝阳默默伏在父亲的身旁，泪水溢出了指缝，久久没有起身。他把自己奉献给了患者，却在父亲最需要他的时候，没能在身边。作为医生，他无愧无悔；作为儿子，他充满了歉疚。

医者仁心。蒋朝阳把自己的身心奉献给了救死扶伤的事业，用自己的行动，诠释“舍小家为大家”这一至理名言。他无愧于时代，时代也给予他诸多荣誉。先后多次被评为全院、全市、全省优秀工作者，并于 2018 年 8 月荣获“湖南好医生”荣誉称号，2019 年 4 月荣获“湖南省五一劳动奖章”。

这一次疫情发生后，他主动请战，第一时间投身到危重患者抢救的最前沿。他带领科室的 6 名医生、1 名呼吸治疗师、7 名护士集体移住到新冠肺炎患者隔离救治区，住在病房，吃在病房，工作在病房，随时调遣，随时出击。蒋朝阳和妻子见面，也只是在妻子送换洗衣服时，隔着几米的距离、戴着口罩说几句相互鼓励的话。

1 月 23 日，当新晃县出现确诊病例时，他与市救治专家组一道，马上奔赴新晃，与当地医院一起共同会诊、会商，制定详细的治疗方案。两天后的 1 月 26 日深夜，新晃县告急。他二话没说，穿上防护服，就往新晃奔。

停车吸痰后，患者症状稍有缓解。一路疾驰，于 27 日凌晨 5 点，抵达怀化市第一人民医院。

一夜未睡的蒋朝阳，实在困得不行，将患者移交给等候在医院里的同事后，准备脱去外面的防护服，上一趟厕所，喝一口水，顺便休息一下。就在这时，推送患者的担架车在上一个斜坡时，担架车上的患者突然往后一滑。如此重症患者如果滑到地上后果不堪设想。情况十分危急。蒋朝阳一个箭步冲上去，一把将快要掉下的患者抱起。

谁知患者一呛，气管插管内的血水、痰液又喷了蒋朝阳一头一脸。

所有人再次被吓呆。

然而他却像没发生任何事一样，只是自嘲地一笑："今天这是怎么了？喷了我两回。"

焦急的同事们看在眼里，疼在心里。马上给他处理，并进行一系列补救措施，还将他隔离。

值得庆幸的是，他后来并没有出现被感染的症状。

许多天后，我找到他，问他："当时为何会有那么大的勇气？"

他说："根本没有思考的空间，就是一种本能。因为我在和死神抢命。患者命悬一线的时候，你不可能还去考虑一下、评估一下自己有多少风险。比如这次疫情中全国一批又一批支援湖北的医护人员，他们每一个人都很清楚，危险是存在的。为什么还要去？那就是战士上战场，有危险你也得上，这是职责。实际上，在征集第一批支援湖北的志愿者时，我就报名了，但最终被组织留下来，要我镇守在'家中'。"

我又问："你比谁都清楚，这次的病毒传染性极强，你当时就不惧怕？"

他说："我经过的所有训练，我从业 27 年来一直在做的事情，就是如何迅速高效地抢救患者。当然，我们不做无谓的牺牲，但是万一还是碰到那种情况，我死在这个病毒的手上，那就是战士死在战场上，所以我不恐惧，我很平静。要说担心，就是担心传染给家人，传染给同事。"

我被他如此的胸怀和大义而深深感动，心生无限敬佩：“您真的了不起!”

然而，他却轻描淡写地说：“没有什么可大惊小怪的，我们是医生，是医生都热爱生命。”

是医生都热爱生命!

简单的一句话，言简意赅、旗帜鲜明地诠释了一个医者的崇高追求。

临危不惧——只想留住她鲜活的生命

坐在我面前的这位身材瘦小的侗族女孩，叫杨群，湖南省怀化市新晃侗族自治县人民医院感染科护士。

在疫情发生前，她从来没有想到，有一天，自己会成为一场疫情中的逆行英雄。也不会想到，在疫情抗战中，看上去十分弱小的自己，在危急时刻，会有那样决然的勇气。更不会想到，她会以一己之躯，为一名年轻女孩挡住死神。

1 月 22 日，她所在的新晃县人民医院感染科收治了一名新冠肺炎患者，入住隔离病房当天，正好是杨群当班。杨群也成了医院第一名为这名患者进行治疗的医护人员。

23 日至 25 日，患者情况一直比较平稳。

26 日中午后，患者病情突然加重，出现高烧不退、咳嗽剧烈、呼吸困难的紧急情况。该院救治专家组组长、主任医师周志鹰带领救治团队，经过一个多小时紧急救治患者才稍微平静下来。

14 点左右，患者又突然剧烈咳嗽，正在值班、一直观察着患者床头各种生命仪器的杨群，顿时紧张起来。根据自己多年感染病房的护理经验，患者的剧烈咳嗽就是病情变化的信号。果然，在短短的几分钟里，患者的心率和呼吸指标急剧上升，而血氧饱和度在高浓度吸氧的情况下依然由 91% 急剧下降至 85%，情况极其危险。

紧张的杨群马上将危险情况向值班医生报告。值班医生一看情况，也顿时紧张起来。前几分钟还好好的，怎么突然就这样了呢？

原来，患者遭遇了“炎症风暴”。学过医的人都知道，炎症风暴可让任何一个强壮的成年人濒临绝境。

这也正是这场新冠肺炎疫情的可怕之处。

在国务院联防联控机制的一场新闻发布会上，中国科学院党组成员、副秘书长，中国科学院院士周琪表示，“炎症风暴”实际是轻症向重症和危重症转换的一个重要节点，同时也是现在重症和危重症死亡的一个原因。国家卫生健康委发布的《新型冠状病毒肺炎诊疗方案（试行第七版)》，也强调了对新冠肺炎引发的“炎症风暴”的应对。

那么“炎症风暴”到底是个什么东西？为何会对新冠肺炎患者影响如此之大？

我们不妨科普一下。在漫长复杂的生物进化过程中，人体本身形成了一种本能的防御机制——免疫系统，这种免疫系统，时刻抵御着“敌人”的入侵，始终维护着人体的“和平”。一旦有“强敌”——病毒、细菌等的入侵，细胞会将含有病毒、细菌信息的碎片展示在细胞表面，告诉免疫系统：“已有敌人入侵，请速来消灭”，此时人体的免疫系统就会聚集大量的炎症细胞——比如白细胞、淋巴细胞、巨噬细胞，等等，来消灭被入侵的病毒、细菌，以阻止病情的蔓延。通常，正常的免疫是保护，但过度的免疫就是损伤。过度的免疫不仅杀死了病毒、细菌，也损害了正常的细胞。随着病毒的不断蔓延，最终感染了越来越多的人体细胞，而身体开始为了求生“孤注一掷”，在这最后一搏中，细胞启动了“炎症风暴”。炎症风暴使免疫系统“火力全开”，不惜一切代价“背水一战”，为了消灭入侵物产生了更多的细胞因子，不断刺激更多免疫细胞，聚集到产生炎症的部位。“炎症风暴”会造成免疫细胞的过度损伤（自杀式攻击），同时过多的免疫细胞和组织液可能会在炎症部位积聚，比如新冠肺炎就在肺部积聚，阻塞空气进出，使肺部的氧气含量降低，血氧饱和度骤降，最终导致急性呼吸窘迫综合征发生。“炎症风暴”发生后，新冠肺炎患者的病情往往急转直下，不仅导致肺部的损害，还会引起肾脏、肝脏、心肌等的损害。在这次新冠肺炎疫情中，有很多患者就是由“炎症风暴”引起多器官衰竭而导致死亡。

杨群面对的这位患者的紧急情况，既然是“炎症风暴”引发的，那么，必须马上处理，要不然后果将不堪设想。

立刻。马上。

院长、分管副院长、感染科和 ICU 病房主任，迅速集中到隔离病房外面，与病房内值班医生一道组织会诊。来不及过多地讨论，大家一致决定，立即对患者上有创呼吸机。

顿时，病房一片紧张而忙碌的景象。急叫的机器，垂危的生命，焦灼的神情，奔跑的身影，忙碌的人群。

然而，令人预想不到，忙中又出新险情。患者的静脉输液通道突然堵住了。这可怎么办？此时病人的静脉通道，就是生命通道，救治生命的药物和维持生命的液体，都需要从这唯一的通道里补给啊。必须马上寻找新的静脉血管，以建立起新的输液通道。

杨群虽然只有 29 岁，但大学护理专业毕业后，一直在医院的感染科工作，至今已 6 年。6 年里，她经历了各种各样的急救场面，也练就了各种各样应急处置的本领，小小的静脉注射本难不倒她，但是，此时此刻，她穿着厚厚的防护服，手上套着厚厚的防护手套，戴的护目镜偏偏又起了雾，根本看不清患者的血管。但她还是想凭自己的经验，在视线模糊的情况下，摸索着患者手背，想通过“盲探”的方法寻找到可以尽快建立输液新通道的血管。

她深吸一口气，让自己冷静下来，伸出食指和中指，轻触患者手背，在患者手背皮肤上轻轻摩挲，将所有注意力集中到两个手指的指腹上，凭指腹的感觉，终于“找”到一条可以进针的血管。

一针下去，但，没有成功。

她长长地舒一口气，静定了几秒。再探，再摸，再摩挲，再进针。还是没有成功。

接连两次失败。顿时，焦急的汗水，密密麻麻地冒了出来。

一贯话不多，且冷静、沉着的杨群，再也无法冷静。

她十分焦急地向同在值班的护士长吴艳求助：“我的护目镜起雾了，

看不清血管，无法进针。”

吴艳护士长马上赶来，接过杨群的针头。可是，她摸索半天，除了被刺伤过的血管外，同样无法找到可以进针的血管。

吴艳护士长不由得焦急地说：“为患者打了半辈子针，没见过血管这么难找的。”

可是，没多一会儿，护士长的护目镜也起雾了。她焦急地对杨群说：“我也看不清楚了。”

怎么办？怎么办？

患者的情况越来越紧急，心率达到130次/分，呼吸频率已经超过每分钟50次，血氧饱和度令人揪心地下降到80%，随时可能死亡。看到患者因缺氧发紫的圆脸，杨群强忍着泪水。五天五夜与患者的亲密相处，杨群早已把比自己小的患者当成亲妹妹。看到患者痛苦求生的眼神，杨群不忍再看第二眼。

手背上穿刺已很难成功，必须寻找身体其他部位比较突出的血管。她对护士长说：“手上不行，只有找脚上。”

护士长焦急地说：“脚上我也看不清了啊。”

杨群对护士长说：“让我来试一下吧。”

护士长疑虑地看着杨群：“能行吗？”

杨群坚定地说：“我再试试。”

她麻利地掀开患者腿部的被盖，在患者足背找到一条稍微突出的静脉血管。但护目镜上越来越重的雾，使她根本看不清血管，还是无法进针。就在这时，只见杨群将护目镜往头顶一推，一双眼睛顿时暴露在患者面前，患者足背上的血管也显露在杨群的面前。

护士长被眼前这一幕吓呆了。本想制止，已经来不及了。

只见她熟练地用左手卡住足弓，右手轻拍足背，眼盯着凸起的静脉血管，屏息静气，一针下去，针头精准扎进细小的血管。

成功了！

救命的药液又一滴一滴注入了患者体内。

患者脸色渐渐红润，再配以一系列的抢救措施，患者生命体征趋向平稳。

然而，不幸的是，我们的护士——杨群，被感染了。

1 月 29 日上午，正在隔离观察的她，感到浑身乏力、腰酸背痛。

她多么希望自己只是累了，但专业知识丰富的她意识到自己很可能在推开护目镜的瞬间感染了新冠肺炎。果不其然，2 月 1 日，怀化市疾控中心的检测结果出来了，她被确诊为新冠肺炎患者。

好在治疗及时，经过十几天的治疗，她于 2 月 16 日治愈出院。

事后，我来到他们医院，采访了很多人。

医院院长杨世炎对我说，杨群是一个很不错的姑娘。平常在工作中她总是最勤快的一个，什么脏活累活从来都不含糊，任劳任怨，尽职尽责。面对病人，她话虽然不多，但总是用自己的实际行动，精心、细心、耐心地护理每一位病人。她严守操作规程，服从领导的各项安排，参加工作以来从未出现过医疗差错，也从未与病人发生过争执。不论是同事，还是经她护理过的病人，都说喜欢这个身材瘦小的小姑娘。当新冠肺炎疫情来袭后，院领导组织召开打赢疫情防控阻击战动员会，号召广大党员勇当疫情防控先锋队时，不是党员的杨群，当即递上了一份入党申请书，并向医院请战要求前往抗疫前线。殊不知，她在做出如此选择的背后，是一个上有老、下有小的家庭需要她去照顾。当医院决定她成为第一批“特战队员”入住隔离病房时，她马上回家安顿好年仅三岁的幼小女儿，毫无畏惧地走向隔离病房。

和杨群一起参与抢救的护士长吴艳回忆起当时的情景，仍心有余悸。她说：“当时情况非常紧急，她果断推开护目镜，实际上就是冒着自己可能被感染的风险换取患者的生命，真没想到她就不管不顾地那么做了！”

杨群却说：“防控重大疫情就是一场战争，有战争就有牺牲，那一刻，我只想留住她鲜活的生命！”

赴汤蹈火——他们的名字叫“90后”

“哪有什么白衣天使，不过是一群孩子，换了一身衣服，学着前辈的样子，治病救人，和死神抢人罢了。”

自新冠肺炎疫情发生以来，网上流行着这样一段话。

的确，他们不过是一群孩子，他们所做的工作，也就是从死神手里抢人。只是他们穿着防护服，戴着面罩，将人抢回后，谁也不知道他们是谁，长什么模样。

他们却说，不知道我是谁不重要，你若安好，便是晴天。

然而，在英雄的影集里，永远定格了他们年轻的模样。

曾何敏，“95后”男护士。

在疫情来临的第一时间，他向自己所在的怀化市第一人民医院递交了《请战书》。他在《请战书》里这样写道：

> 我是曾何敏，是一名工作了近五年的男护，2019年5月主动申请前往感染科工作。我曾参与过基孔肯雅热、重症甲流等流行疾病的救治护理，也在急诊科工作过，擅长急危患者的救治。目前，新冠肺炎肆虐，作为一名“95后”，我愿主动请缨护理此类病人，我保证：严格遵守各项规章制度，随时做好自我防护，细心护理病人，定期汇报工作进展，在这场与病毒斗争的战役中，不怕苦、不怕累，只流汗、不流泪！

我见到曾何敏时，他穿着深蓝色护士服，戴着厚厚的口罩。虽然看不到他的全貌，但从那双灵慧的眼睛里，我看到了一个年轻人的睿智、勇毅和坚强。

医院宣传科干部曾悦对我说，24岁的曾何敏是个标准的帅哥，1.8米的个子，身材挺拔，相貌英俊。更难得的是，他多才多艺，性情温和，还特别会生活，是个十足的暖男。

曾何敏学的是文科，2012 年高考时，上了本科线，他没报考本科学校。专科上了几所航空学校空乘专业线，而且有几所学校都通过了面试，他也没去。最后，他选定了怀化医专护理系，并表示“不服从调剂”。

为什么就“死盯”上了护理呢？是什么原因促使他做出如此坚定的唯一抉择？在一般人眼里，护理工作不但辛苦，而且没有地位，更何况一个男同志学护理？作为条件如此之好的他，完全有多种比护理更好的专业选择。然而，他只选护理，还“不服从调剂”。也就是说，除了护理专业，其他一概不谈。

原来，促使他“只选护理”的原因十分简单。高考前，母亲生病住院，他去医院陪侍母亲。有一天，一病愈出院的患者，带着一家人，送了一面大大的锦旗给护理过这位患者的一名叫杨佳的护士，锦旗上写着金光闪闪的“白衣天使，人间大美”八个字。他之所以这么多年依然记得这名护士的名字，依然记得锦旗上写的内容，就是因为这件事牢牢地刻进了他的脑海。在一般人看来，患者为医者送面锦旗以表谢意，这是平常得不能再平常的一件事，而锦旗上写的那句话，也是平常得不能再平常的一句话。然而，这一切，让他顿觉眼前一亮。他怎么也想不到，当一名护士会有如此高的“礼遇”。“白衣天使，人间大美”，他反复吟哦锦旗上的几个字，越吟哦越觉得做护士的崇高与伟大。突然间，脑海里冒出一种坚定的念想：学护理，当护士。

命运的改变，往往只在一念之间。

曾何敏的一念之间，为自己的人生目标确定了方向，最后，他如愿以偿学上了护理，也算梦想成真。毕业后，他以优异的成绩，考进了怀化市第一人民医院。

曾何敏最初的岗位在急救医学中心。急救医学中心，抢救生命的重镇，危急重病人多，危险情况频发。如果说医院是一个生与死较量的战场，那么急诊室医生和护士们就是这场战争的先头部队。他们的工作任务十分繁重，工作压力尤其巨大，很多人都望“急”生畏。然而他却干得十分安心。

他说，他之所以如此钟爱这一岗位，是因为看了两部电视连续剧，一部叫《无限生机》，另一部叫《急诊室的故事》，一部国产剧，一部美剧。两部电视剧讲述的都是急诊科医护人员不计个人得失与安危，用自己高超的医术和仁慈的爱心，对每一名患者进行救助的感人故事。两部电视剧对他的冲击很大。他决心也要像电视里的人物一样，珍惜急诊科里的岁月，在这一阵地施展自己的才华。

两年后，他轮岗到脑外科。脑外科是医院最忙碌的科室之一，他照样干得风生水起。其间，他还担任医院操作培训指导，代表医院去参加省级比赛，自学了研究生课程，备考急救护理研究生。此外，他还发表了《淹溺致呼吸窘迫综合征的急救护理》等多篇论文，参与拍摄微电影《天使之“男”》并获得大奖。

2019 年夏天，是他工作历程中的又一个节点。医院举办了“平凡人生”事迹报告会。其中感染病中心主管护士徐红的报告，深深地打动了曾何敏。特别是当徐红说到在抗击埃博拉病毒这一十分危险的流行病时，整个团队紧密协作，最后取得了全面胜利，其表现出来的团队合作精神和协作氛围，更令曾何敏感慨。原来，感染病中心还有这么多感人的故事。

报告会结束后，他向医院护理部领导提出，想去感染病中心工作。护理部领导以为自己听错了。一般而言，有谁会主动提出去感染病中心工作呢？曾何敏再一次重复说：“我想去感染病中心，那个舞台可能更适合我。”领导问他：“你想好了没有？”他坚定地说：“想好了！”

于是，2019 年 5 月 7 日，他在上完脑外科最后一个夜班后，来到了感染病中心报到，成为感染病中心唯一的男护。

全新的岗位，全新的挑战。但有急诊科、脑外科等高强度护理工作的基础，再大的挑战，他也完全能应对。还因为自己是男同志，任何一次战役来临，他都自愿请求向前冲。来到感染病中心不久，便遇上了基孔肯雅热、恶性疟疾、重症甲流等流行病患者的护理，他都冲在前面，顺利完成任务。

1 月 16 日，科室里收治了第一位不明原因肺炎病例后，他就做好了一切准备。他说：“我没有想过这个病毒会有多么严重，只相信我们的防护设备和自我良好的防护习惯一定会使我安全应对这次疫情。回想这几个月以来，护理过基孔肯雅热、恶性疟疾、重症甲流等流行病患者我都安然无恙，我相信这次我也会很安全。”

本来，如果没有这次疫情，他早已计划好，这个春节是准备陪外公度过的。外公病危，这个春节可能是外公人生中最后一个春节。但事与愿违，疫情来了。他只得跟病危的外公通了个电话，通电话时，他流泪了。外公是老红军，听说外孙要留下来战疫情，十分赞同，并互相承诺：坚持到春暖花开，共饮白茶（外公喜欢喝白茶，他也喜欢）。

于是，简单收拾了一下行李，他便来到了感染病中心，成为第一批赴身抗疫第一线的护理人员。在收拾行李的同时，顺便写下《请战书》。他说：“这封请战书的每一个字我都敲得非常认真，也热血激昂，虽然这是第五个年头没有回家过春节，但投身抗疫的确是我这二十多年来做的最勇敢的一件事了。”

当第一次进入隔离病房后，他的第一感受是情况“比想象中严重”，不免有些怯懦。但他突然又想到，“如果不困难不严重，那调我们来干吗”，于是迅速调整心态，投入战斗。

1 月 26 日晚，才换班睡下的他被护士长叫醒：“快起来。”

“怎么了，护士长？”看着护士长带着歉意的眼神，他没有再问，他非常明白又一场苦战即将开始。

原来，他们中心接到电话，一例非常危重的重症新冠肺炎患者将从县里转来。

听到有危重症患者转来，他立马像打了“鸡血”，一跃而起，穿好工作服，奔到隔离病房，准备监护室里的一切物资和设备，比如处理好气管插管脱出而需重新置管的插管车、突然无负压的电动吸痰器，准备好呼吸机连接配件与复苏球囊、动脉置管配件、留置胃管配件、CRRT 配件等，一一准备就绪，脑海飞速运转，计算出到达时间，再没有回休息室，而是就在病房慢慢等待，彻夜未眠。

27 日凌晨 5 时 50 分，病人到达，他迅速协助接诊。

监护提示患者心率 150 次/分、血氧饱和度 60%、呼吸 50 次/分，极度躁动。迅速连接之前准备好的呼吸机，泵入提前备好的镇定药物……终于，患者血氧饱和度逐渐恢复到正常值，躁动状态也在丙泊酚、咪达唑仑和右美的作用下逐渐好转。

鉴于自己是专科护士且擅长急救，患者病情虽危重但还在自己的掌控之中，为避免过多人员接触造成感染，曾何敏主动提出不需要其他人员进来。于是，他，就一个人在里面有条不紊地进行导尿、插胃管、置管有创血压监测等护理工作。

时间一分一秒过去，很快到了下午。他这时才反应过来，从昨晚被护士长叫醒，到现在，将近20小时，不但没有休息，而且早饭、中饭都没有吃。他咽了一口口水，自言自语说，干脆不吃算了，晚饭多吃一点，还能节省一套防护服。

就这样，熬到了下午交接班时间。当他脱去防护服和鞋套时，这才发现防护服里面的衣服全部湿透，鞋套里面积聚了半鞋的汗水。

他自嘲地一笑："难怪一天没想上厕所，原来早已经变成汗流完了。"

正当他在自嘲摇头时，来接班的护士姐姐看到了这一幕，顿时泪目。

1993年出生的唐叶芬，自从2013年参加工作以来，已经连续七年没有回家陪家人吃过年夜饭。本来已经说好，今年无论如何都赶回家，与一家人团聚，谁知，新冠肺炎疫情让一切计划又成为泡影。

1月22日，她所在的医院作为新冠肺炎定点救治医院，全院全员取消休假，全力以赴投入抗击新冠肺炎疫情。

她只得给妈妈打回抱歉的电话："妈，接医院临时通知，取消春节假期，今年我又不能回家陪你们过年了。"

妈妈理解女儿，只说："嗯嗯，无论多么忙也要照顾好自己。"

到了年三十的晚上，牵挂着她的妈妈又打来电话，问："有没有吃饭？吃的什么菜？"

由于春节假期，外卖不送，她只得囤好了泡面作为主食，几乎天天吃泡面，尽管如此，她还是跟家里人说："你们放心，我吃得很好，有时间就回来。"

1 月 30 日，已经连续上了四个晚夜班的唐叶芬拖着疲惫的身体回到家中，本想着可以好好休息补足睡眠，躺到床上还不到 4 个小时，就被电话惊醒，科室护士长蒋玉兰打来电话："医院收治了一名危重症的新冠肺炎患者，需要组建一支个案护理团队，你担任护理组长。由于病情危重，今晚你就得去顶夜班，你这边能克服吗?"

"护士长，没有问题，完全能克服。"她果断地回答。

蒋护士长也知道她连续上了四个晚夜班，本来不想安排她，可本科室硬是找不到比她更合适的人选。只得打电话过来，想先征求一下她的意见。谁也想不到，她竟如此爽快地答应。

唐叶芬立即从家里收拾好洗漱用品和换洗衣物，住进了医院隔离病区。

在隔离区 ICU 病房，有一新冠肺炎患者，由于基础性疾病多以及高龄等因素并发心力衰竭，病情急速恶化。做这种患者的护理工作，开放性操作增多，医护人员的感染几率增大，特别是护理人员必须 24 小时留守在病床旁，带给她们的精神压力和身体压力不言而喻。

压力再大，也要乐观面对。

高流量湿化氧疗—气管插管呼吸机辅助通气—俯卧位—床旁盲插鼻空肠管—脱机训练—拔除气管插管—重症康复，看似简短的治疗过程，都要付出数倍甚至数十倍的心血。为了时刻监测患者出入水量，患者的饮食，喝的水，输进去的液体，排出的痰液、分泌物、尿液、大便等全都要过秤，精确到毫升或克。

突然有一天，老人的病情再次加重，唐叶芬接到上级指示要实施俯卧位通气，接到这个任务的时候她沉默了。为了减少和预防并发症的发生，这项操作要经口鼻腔插一根管道到肠道，以实施肠内的喂养，保证病人的营养。她并不是担心自己暴露感染，而是因为病情特殊，很多辅助的仪器不能使用，只能凭直觉和手感来完成，加上在厚重的隔离服影响下，听诊器完全失去了作用，操作难度极大。当天，唐叶芬是 14 点进的隔离区，等管道插完脱下衣服已经是 22 点 30 分了。第二天给患者做了检查确认管道放进了空肠，唐叶芬才松一口气，也才吃上了那两天内的第一口饭。

为了能让患者树立战胜疾病的信心，唐叶芬和她的团队给家属打电话录制“加油、鼓励”的视频，在患者床头播放，让患者感受到亲人的温暖。

一天，唐叶芬帮老人进行康复训练，与老人聊起天来。她附在老人的耳边，悄悄地问：“奶奶，您最大的爱好是什么？”

老人一字一停地说：“唱……歌。唉，在这里……躺着……好久……没……听到……歌了……”

唐叶芬又问：“您最喜欢什么歌呢？”

老人说：“老歌……”

唐叶芬将老人的话记在心里。完成交接班后，她回到住处，立刻上网查找二十世纪的经典歌曲，一一下载，存在U盘里，又借来一部微型播放机。第二天接班，唐叶芬将微型播放机放在老人的床头，按下播放键，顿时，病房里响起老人熟悉的旋律——

“红岩上红梅开，千里冰霜脚下踩，三九严寒何所惧，一片丹心向阳开……”

病床上，老人微闭双眼，虽然鼻子里插了吸氧导管，但仍能看出，她很享受地听着歌曲，她用微弱的声音说：“这是……《红梅赞》……”

一直半蹲在老人病床边的、一直观察着老人床头仪器上各种参数的唐叶芬高兴地说：“真是太好了，您还记得。”她附在老人耳边轻声问：“音量可以吗？”

老人轻轻地点点头。

继《红梅赞》后，《我的祖国》《九九艳阳天》《敖包相会》等优美的歌曲逐一响起，老人的心情大好。

在音乐的陪伴下，老人病情一日好似一日。

有一天，老人惊诧莫名地问唐叶芬：“妹子，你是怎么做到的？”

唐叶芬没有作答，只是问：“奶奶您喜欢吗？”

老人不住地点头：“喜欢，喜欢。”

她拉着唐叶芬的手，激动地说：“谢谢你，太有心了。”

十几天后，老人康复出院。

出院时，参与救治老人的医护人员前来送行，老人不住地在医护人员中寻找着，大家问她：“还找谁?”

她说：“找一个为我播放音乐的姑娘。”

大家问：“您看我们谁像?”

老人顿时哈哈大笑：“我看你们都像。”

是啊，她们都像。

1996 年出生的萌妹子李立湘，是最早一批进入隔离病房的成员。

1 月 21 日，正在上夜班的她因扁桃体发炎引起了发烧，在当时人员紧缺的情况下，她坚持上完了夜班才告诉护士长。

护士长爱怜有加地抚摸自己的爱将：“你也是，病了怎么不说？这可是护理新冠肺炎患者啊！不但是力气活，是技术活，更是精神活。你病了，抵抗力就降低了，万一有个什么，我怎么向你妈交代？马上休息。”

护士长强行让她离开隔离病房，回隔离宾馆休息。

三天后，烧退了，她立即给护士长发去信息：“护士长，我没发烧了，希望回到隔离病房继续工作。”

护士长马上回信息说：“再好好休息两天。”

再休息两天？休息这三天都仿佛度日如年。如果不是发着烧，如果不是护士长硬让她离开隔离病房，她定然不会离开病房的，定然不会一个人孤独地睡在这宾馆里。她虽然是在休息，但她脑子里呈现的画面，全是病房里兄弟姐妹们奔跑的身影。在这样一个非常时期，她怎么能安心躺在宾馆里休息呢?

她再一次求护士长：“我真的好了，没有问题了。您就开开恩，让我回到病房上班吧，我在宾馆里躺着比生病还难受。再说，现在所有同事都在一线紧张忙碌着，我却当了‘逃兵’，怎么行呢?”

护士长心软了：“你呀……我犟不过你。”

马上，她就出现在了隔离病房里，投入到了紧张的工作之中，完全不像才病过。

1993 年出生的石飞飞，本是计划和未婚夫在 2 月 2 日这一天领结婚证。而这一天，她没能出现在民政局，而是身着厚厚的防护服，在医院的隔离病房里忙碌。

突如其来的新冠肺炎疫情将所有的计划打乱。从正月初一接到通知，被抽调到医院的隔离病房起，她再也没回过家，也没能和自己的未婚夫见上一面。

两个人在电话里商量，决定将领结婚证的日子延后。

“没关系，我都等了你 8 年了，不在乎这几天，以后我们可以选个更好的日子。”面对满心愧疚的石飞飞，未婚夫耐心宽慰。

石飞飞与未婚夫相恋 8 年，感情一直非常好。未婚夫是一名现役军人，由于工作的特殊性，两人一年只能在春节见上一面，平时只能通过电话或微信交流，加上彼此工作都很忙碌，微信的实时对话功能于他们而言更像是个留言功能。

“有时候他发给我信息，我没空看，等到我有空了回过去，他那边又没反应了……”石飞飞说。

即便如此，两个年轻人从未有过埋怨，更多的是相互鼓励支持。

她说：“刚进隔离病房那天，我忙了一整宿。他也跟着整宿都没睡着，我知道他担心我，同时他也很支持我。”

爱人的理解和支持，让石飞飞全身心地投入到了工作中。

抗疫一线的工作繁重危险，每个简单的护理操作都因为厚厚的隔离服以及全副包裹的面罩而变得异常艰难，但她从未有过半句怨言。

同事评价她：“只要岗位有需要，她一定是义无反顾冲在最前面的那一个。”

2 月 2 日深夜，石飞飞发了一条朋友圈，晒出了她老早就填好的那份“申请结婚报告表”，并说：“等到春暖花开，等到我们打赢这场‘仗’，我想去他在的城市看看他！”

还有很多，这里无法一一列举。

正如 1992 年出生的欧阳文南所说：“可能在父母眼里，我还是个孩子，在别人眼里，我的面庞或许稚嫩，但来到了一线，每个人都是战士，跟年纪大小没有关系，因为我是一名护士，哪里需要我，我就要去哪里。我用心化水浇熄您伤口的火焰，用情至真抚平您心灵的创伤。”

据有关部门统计，这次抗疫大战中，“90 后”“00 后”成为主力军，仅驰援武汉的就多达 1.2 万人，占全国驰援武汉人数总数的三分之一，而且遍布各个行业和领域。

很长一段时间，社会上一直对“90 后”“00 后”有太多的诟病。在很多人眼里，他们是被家长“过度溺爱”的一代，是永远也长不大的孩子。什么“卖萌”“佛系”“吃土”“养生”“二次元”“追星”……都是那么“没有斗志”和“不务正业”，有些人甚至悲观地认为“他们是垮掉的一代”。

然而，在这次战疫中，他们用实际行动为自己正了名！

当国家有难，当人民召唤，他们毅然决然，告别亲人，穿上战袍，悉数出征，仿佛瞬间长大，仿佛一夜蜕变，猛一回首，便见他们变成了英勇的“战士”和无畏的“英雄”。

他们说，“非典”肆虐那年，我们还是孩子，受到了别人的保护，现在轮到我们保护别人了。

在此次大战中，他们勇敢地接过接力棒，用自己的勇气、才干和意志，谱写出了专属于他们的“大写的青春”之歌。他们冒着病毒的“枪林弹雨”，冲锋陷阵在隔离病房的“烽火连天”里。他们用金子般纯真的心，用坚强的意志和坚定的信念，用自己的身躯，斗病毒，堵“枪眼”，将一个又一个生命，从死神手上抢夺了回来。

他们的付出，赢得了党和人民的称赞。

3 月 10 日，习近平总书记在武汉考察疫情防控工作时，深有感触地说：“过去有人说他们是娇滴滴的一代，但现在看，他们成了抗疫一线的主力军，不怕苦、不怕牺牲。抗疫一线比其他地方更能考验人。”

他们经受住了考验！

杀出重围——中西医结合“双剑”荡疠气

在古代，中国是一个瘟疫多发国家。据不完全统计，中国历史上曾经暴发过瘟疫1400多次，大规模的就有321次。尽管经历了如此之多的瘟疫之灾，但中华民族依然傲立世界，原因之一就是因为有中医。

是中医药，呵护着一个伟大民族，一次又一次从灾难中挺了过来。

中医药，在本次抗击新冠肺炎的伟大斗争中，做出了不可磨灭的贡献。

有数据显示，仅在2020年4月中旬前，全国范围内的新冠肺炎确诊病例中，有74187人使用了中医药，占91.5%。其中湖北省有61449人使用了中医药，占90.6%。临床疗效观察显示，中医药总有效率达到了90%以上。

怀化共收治确诊病例40例，中医药辨治38例，中药治疗参与率达95%。经中医药辨治的病例无一轻症型和普通型患者病情恶化，重症型患者症状均有明显改善，普通型患者有效改善症状并缩短治疗时间。

中西医结合，怀化开出了一服极具特色的“双剑”荡疠气的“良方”。

疫情暴发之初，怀化便在组建医疗救治“军团”时，成立了中医药专家组，组长由全国人大代表、怀化市中医医院副主任医师杨尚真担任，成员为怀化市第一人民医院副主任医师周新灿、主任中药师杨贤军，怀化市第二人民医院副主任医师刘瑛，怀化市第五人民医院副主任医师张健，怀化市中医医院主任医师付小珍等。

中医药专家第一时间进驻各定点医院，在西医“对症治疗”的基础上，开展中医辨证施治，让中医参与整个过程，全面实现中西医结合。

被任命为中医药专家组组长的杨尚真，首要任务就是火速研制出抗病毒类方剂。他连夜研究，“搜肠刮肚，感觉是在脑海中下‘一盘棋’，要把前30年行医沉淀的东西有机串联”。

他梳理了历代中医前贤抗疫经验，立足《黄帝内经》理论，根据怀化地域、气候及本地人体质，在“温病学说”和“五运六气”理论指导下，提出抗疫“三因制宜，四关防守，五郁化毒”十二字方针。经过一番“折腾”，他选用苍耳子、白芷、僵蚕等12味平价中药，拟定了“宣郁化毒方”。“宣郁化毒方”的精髓是“宣”和“化”，“宣”，即宣郁解毒，“化”，即化湿辟秽。通过一“宣”一“化”，“宣”“化”结合，调理人的体质，调节人体内脏功能，守住口鼻咽喉肺等防线，以适应环境及气候变化，增强抵抗力，诠释所谓“不治人之病，而治病之人”的中医理念。从而起到防御疾病、阻止传播的作用。杨尚真介绍，“该处方主要针对轻症患者和密切接触者等高危人群，能宣郁解毒、化湿辟秽，达到治疗预防双效果”。

“宣郁化毒方”拟出后，怀化市委、市政府主要领导高度重视，要求怀化市市场监督管理局全力做好药品的申报、批准、生产等工作。湖南省药监局特事特办，连夜审查通过，第一时间下发批文，成为湖南省第一种获批的“火线抗疫”中药。

“宣郁化毒方”由怀化市中医院集中生产，组织药剂室工作人员全员上岗，加班加点熬制药汤。制剂室、煎药房每天灯火通明，到处是忙忙碌碌的身影。医院每天生产2.5万瓶，发放给各医院轻症、疑似、隔离人员和参与抗疫的工作人员，以预防轻症变重症、无症变有症，提高全民免疫力，降低感染率。在病毒横行的路上增加了一道有效的“防护栏”。

患者和预防工作人员都反映，“这个汤剂见效快，能够迅速缓解咽痛、胸痛、干咳症状，服用后口鼻肺部清爽，很舒服。不论是对患者，还是对一线的防疫工作人员，既是一种对身体的防护，也是一种心理上的慰藉”。

杨尚真介绍，“如果将疫情比作一场火灾，‘宣郁化毒方’虽然只是一杯‘茶’，救不了大火，但能有效改变人的体质，提高人体免疫力，浇灭火源，遏制病毒‘燎原’之势”。

此后，杨尚真又着手写下另外两个处方，拟定了“龙门牛蒡茶”和“百苓饮”。他说：“这两个处方，不仅能促进恢复期人群机体康复，还能提高群体免疫力，并且可以作为日常保健茶饮。”

除了忙于研究处方，杨尚真作为中医专家组组长，还第一时间参与了确诊患者的中医救治，并多次进入隔离病房对患者“望、闻、问、切”。此外，他还深入县市区隔离观察点对疑似病例进行中医干预，量身定制中医辨证施治方案；先后到多个县市区督导中医治疗工作；对于偏远县城隔离点病例，还进行远程会诊。

比如，在定点救治医院湖南医药学院第一附属医院，1 月 26 日，杨尚真便走进了该院病房。该院此时收治新冠肺炎确诊患者 8 例，危重型 5 例，重型 1 例，普通型 2 例，对 5 例危重型病人均下了病危通知书，情况十分危急。杨尚真会同该院中医科医生李孝天等，根据“杂病看脉，温病看舌”的规律，逐一查看病人舌相，认真研判病人症候，辨证论治，随证变治，按照“一人一时一方”的要求，分别开出药方，让病人按方抓药服用。

最初，有病人因味苦、气浓畏惧中药，不肯喝，他们就耐心地劝说，给病人解释：“中西医结合，对治疗这种病定会收到不一样的效果。中医 + 西医，是在西医的基础上，做加法，就像是 1 + 1 的算术题，原来的一个 1 加了另外的一个 1，得出的结果总不会比原来的 1 还要小，即便 1 + 1 不能大于 2，也不等于 2，或者会小于 2，但它总比原来的 1 要大。西医加上中医，就是这个道理。”

危重患者连水都喝不进，如此气味浓烈的中药，根本无法服用。怎么办？用注射器，先一管一管抽出，再通过鼻饲管，一管一管注入。

功夫不负有心人，平均每人都只服用三五服，便收到效果。咳嗽严重的，咳少了，痰稀了；胸闷气喘的，平缓了，安稳了；吃饭不下的，胃口好了，有食欲了；萎靡不振的，精神好了，状态变了。不但 2 名普通型患者没有转变成重型或危重型患者，而且 5 名危重型和 1 名重型患者，均在较短的时间内转变成普通型患者，并顺利治愈出院，治愈率 100%。

当一个又一个患者怀着感恩的心走出“鬼门关”、走出隔离病房、走进全新生活时，杨尚真脸上荡漾起灿烂的笑容。

专家组成员周新灿，又是另一番情景。

1 月 25 日，他就要求去抗疫一线。凌晨 1 点 6 分，农历庚子年新年钟声刚刚敲过，中央电视台春晚《难忘今宵》的旋律还在回响，他就用微信向院党委书记王平、院长唐斌“请战”：

> 目前，新冠肺炎疫情形势严峻，武汉告急！如果怀化需要支援武汉，我请求加入支援武汉医疗队！国家有难，需要大家众志成城。疫情面前，我作为医生，责无旁贷！我熟悉中医及西医，此次治疗新冠肺炎正需要中西医结合，我强烈请战！请批准！

短短100余字，用了5个叹号。就此，便完全可以体会到，当时的他，是怎样的忧心如焚，怎样的夜不成寐，怎样的急不可耐。

虽然最终他没能如愿加入支援湖北的医疗队，但他第一时间冲锋陷阵在本地战场，为怀化本土救治工作做出了中医贡献。

周新灿，湖南衡南县人，自小身体不好，经常吃中药。高考时，爷爷说他身体不好，建议他去学中医。他去咨询大姑父。大姑父是衡南县中医院的中医医生，学徒出身，没有什么文凭，但中医水平很高，治好过很多疑难杂症，在当地比较有名望。结果姑父说学中医现在不太好找工作，你还是先学西医吧。你成绩比较好，可以先考湖南医科大学，中医你可以跟我来学。就这样，他先学了西医，但是在大一的时候就开始自学中医，放假的时候也经常跑去跟姑父学习。

大学毕业后，他发现在临床工作中单纯用西医，很多病人的治疗效果并不好，于是开始试图摸索用中西医结合的方法进行治疗，结果有一部分疾病取得了非常好的疗效，比如有些顽固性的中枢性呃逆，通过穴位注射，很快就能够让病人不打嗝；还有一些做了手术以后，气血虚，伤口难以愈合，用内服补气托里的中药，外用纯天然蜂蜜涂抹伤口，效果也非常的好。这更加让他对中医产生了浓厚的兴趣。

读硕士研究生的时候，机缘巧合，他有幸拜国家级名老中医、曾担任湖南省中医管理局局长14年的袁长津教授为师，跟随袁老师临证抄方三年，亲眼见证了袁老师用纯中药治疗疑难杂症，创造了很多奇迹。老师鼓励他多读经典，于是他又重新开始学习《黄帝内经》《伤寒杂病论》等。硕士研究生毕业以后，他被分配在怀化市第一人民医院工作。虽然到过多个科室工作，但他一直坚持中西医结合，成功治愈许多疑难杂症，深得病人和医院的好评。

本次疫情发生后，他根据《黄帝内经》《伤寒杂病论》经典，对疫情进行了深深的思考。

他认为，新型冠状病毒虽为这次疫情的直接致病源，但《黄帝内经》对疫病的发生有天、人、邪“三虚致疫”的理论，认为没有相应的运气条件，光有病毒是产生不了大疫情的。中医所讲的气的概念范围很广，不单是指人的气，也包括宇宙时空的天地之气——五运六气，地理环境之气——风水等。中医《黄帝内经》中的五运六气理论，是指导中医预防和治疗瘟疫的行之有效的理论。在中医典籍里面有很多应用中医理论成功治疗瘟疫的医案记载。2003 年“非典”，广州中医药大学第一附属医院邓铁涛教授就是在五运六气理论的指导下开展疫病治疗的，广州中医药大学第一附属医院是那次疫情中全国少有的“病人零死亡、零转院，医护人员零感染、零副作用、零后遗症”的医院。因此，在本次疫情中病人也可以运用五运六气理论来辨证施治。

针对这次疫情，医院成立了专家救治组，他作为中医专家，自始至终参与了院内收治的 32 名确诊病例的会诊、抢救和施治。

在他的记录本里，清晰地记着他参与抢救几位危重病人的情况，从这些带着许多专业术语的文字里，我们完全可以触摸到一个中医医生在这场大战里的“杏林之魂”：

彭××，男，37 岁，入院后刺激性干咳加重，高热，40.2℃，病情恶化，情况十分危急。中医参与会诊。予“清热宣肺，凉血止血”治疗，用金银花、连翘等 15 味药组方，共服 3 服。3 天后，复诊，患者病情明显减轻，组方略作调整，再服 5 服。5 天后，复诊，病情稳定。1 天后，复查肺部 CT，两肺病变较前进一步吸收减少，密度变淡，间隔 24 小时两次核酸检测为阴性，治愈出院。

易××，男，74 岁，既往有高血压等多种病史 20 余年。一度生命垂危。中医会诊时，方用“麻杏石甘汤合藿朴夏苓汤”，服 3 服，复诊，病有缓解。方用“陈夏六君子汤加减”，服 3 服，再复诊，又有缓解。方用“桑贝止嗽散合生脉饮”加减，服5服，后复诊，病情明显好转。方用“生脉饮合六味地黄汤”加减，服5服，5天后再查，病情平稳，间隔24小时两次核酸检测为阴性，达到出院标准，顺利出院。

何××，女，66岁，2月3日入院。2月4日我参与会诊，予以“清热解毒、宣肺止咳”治疗，方用“银翘散”加减，服3服。3天后，复诊，见明显好转，方用“小柴胡汤合华盖散”加减，服5服。此后又多次会诊，多次调整方剂，直至2月26日治愈出院。

……

一个又一个病人的痊愈，让周新灿更加感觉到“西医对症治疗”与“中医辨证施治”之“中西合璧，‘双剑’荡疠气”的妙处。

在抗疫前线用中医药救治病人的何止杨尚真、周新灿？还有很多，他们是：怀化市第一人民医院杨贤军、怀化市第二人民医院刘瑛、湖南医药学院附属第一医院李孝天、怀化市第五人民医院张建、怀化中医医院付小珍……

那段时间，怀化市各定点医院的煎药房内灯火通明，选药、备药、配药、泡药、煎药、过滤、打包，医护人员忙而有序。第二天一早，一批又一批中药汤剂，被源源不断地送到隔离病房、发热门诊……

对症治疗，辨证施治，已病防变，未病先防，治防结合。

中西医结合，“双剑”齐发，荡尽疠气，杀出重围。

舍生忘死——拼杀在千里之外的另一战场

1. 走向黄冈

夜，渐渐浓了。冬日里四野的风，正在呼呼地猛刮。

1月28日晚，从长沙火车站始发的“专列”正飞驰在武深高铁线上的长沙至岳阳路段。

“专列”上搭乘着湖南省第二批援鄂医疗救治队 137 名队员，他们来自怀化、邵阳 18 家医院，其中来自怀化的队员 61 名。

20 时许，车过岳阳。工作人员为每位队员发放了 3 只 N95 口罩。为什么只有 3 只？为何要这时发给大家？正当大家纳闷时，突然，一位身材敦实的中年人从座位上站了起来。他神情凝重，对车厢里所有人说：“同志们，我是湖南医药学院副院长李峰，是你们的领队。刚刚我们已经过了岳阳，前面就是战场。请大家将普通外科口罩换成刚才发给大家的 N95 口罩，因为我们的防护物资有限，目前只能发给大家 3 只，请理解。”

李峰，骨科主任医师，硕士研究生导师，湖南医药学院副院长，湖南省骨科专业委员会常务委员、湖南省康复医学会常务理事、湖南省健康管理学会信息专业委员会副主任委员、怀化市医学会副会长、怀化市骨科专业委员会主任委员、怀化市康复医学会会长，多年从事临床科研、教学及医院管理工作。

1 月 28 日上午 10 时，他作为学院领导前去所属的医院送别一名出征的医生，这名医生作为湖南省第二批援鄂医疗队队员准备出征湖北。就在送别这名医生的几分钟后，他接到了湖南省卫生健康委的电话通知，决定由他担任湖南省第二批援鄂医疗队领队，出征湖北。

多么突然，且多么戏剧化。几分钟前，他还在送援鄂医疗队队员，几分钟后，他就接到电话被任命为援鄂医疗队领队。他完全理解，这是一场战争，是战争，就会有临危受命，就会有紧急出征，这是战争的一种常态。

他迅速回家，简单收拾行李，简单与家人告别，匆匆踏上出征路。

在怀化市政府的欢送仪式上，市领导握着他的手，说：“此去，任务艰巨，拜托了。保护好自己，保护好队员，多少人带过去，你给我多少人带回来。”

在长沙高铁南站，湖南省委、省政府领导前来壮行。

省长说：“大家闻令而动，即将奔赴疫情防控第一线，任务繁重、使命光荣，向大家致敬！为你们壮行！望大家奔赴前线后，发扬湖南人民吃得苦、耐得烦、扎硬寨、打硬仗的优良传统，始终把湖北人民生命安全和身体健康放在首位，全力以赴救治患者，为打好湖北保卫战作出湖南应有的贡献，不负省委、省政府和全省人民的重托。我们等着大家胜利归来!”

“我们等着大家胜利归来!”

这是省长的祝愿，也是省委、省政府的殷切期望，更是全省 6900 万人民的殷殷嘱托。李峰，作为领队，突然感觉到肩上的责任重大。

告别省委、省政府前来壮行的领导，登上驶往湖北的列车，队员们还一直难抑激动。可是，当领队李峰突然站起来告诉大家，过了岳阳，前方就是战场时，车厢立马安静下来，气氛骤然紧张，战争的乌云瞬间笼罩在每个人头上，个个神情严肃，表情凝重。

没多久，列车停在了武汉站。

武汉站是亚洲最大铁路枢纽站，是中国第一个上部大型建筑与下部桥梁共同作用的新型结构火车站，实现了高速铁路、地铁、公路三者的无缝衔接。武汉站的立面造型设计结合了武汉特色，建筑的外观富有多层寓意：车站主站房设计犹如一只展翅飞翔的黄鹤，立面水波状的屋顶寓意着千湖之省，中部高耸隆起的 60 米高的穹顶，象征的是湖北武汉“中部崛起”、蒸蒸日上的势态和趋势。此设计曾荣获“中国百年百项杰出土木工程”“第十届 Brunel 建筑设计大奖”“全球最美建筑”等多项荣誉称号。武汉站是中国最为热闹繁忙的车站之一，曾创下单日发送旅客 13.5 万人次的纪录。

然而，此时的武汉站，冷冷清清，除运送援鄂医疗救治队“专列”外，站内数十条铁轨上没有一列火车。宽阔的站台，空空荡荡，几位穿着“红马甲”的志愿者站在那里，显得格外的孤单和无助。

昔日的雄风荡然无存。

队员列队走出车门，一股冷风迎面打来，所有人都禁不住打了个寒战。这里的夜晚静悄悄，这里的空气冷冰冰。远处，群山如铁，静默无语。近处，高楼林立，孤灯寂火。车站旁，一带寒林，笼在夜的阴影中，像一首哀怨的曲子，从眼前蜿蜒到遥远的夜深不知处。

壮士一去，风萧水寒。在志愿者的引领下，队员走向前来接站的大巴。这时，大家才知道，此去的目的地是黄冈。

黄冈疫情的严重程度仅次于武汉。就在湖南第二批援鄂医疗队抵达黄冈的当天，黄冈新增确诊病例 111 例。

一路颠簸，一路冷雨寒风。23 时许，终于抵达黄冈。

走进黄冈的第一瞬，大家无不被眼前的现状所震住。怎么也不相信，这是一个曾经有 2000 多年建置历史，孕育了宋代活字印刷术发明人毕昇、明代医圣李时珍、现代地质科学巨人李四光、爱国诗人学者闻一多、国学大师黄侃、哲学家熊十力、文学评论家胡风等一大批科学文化巨匠的地方，怎么也不像是一个有着 800 多万人口的地级市。正是春节，街上本该人来车往，广场本该人山人海，小区本该载歌载舞，楼栋本该花天锦地，家家本该喜气洋洋。然而，一条条街道，只有稀疏的几盏路灯发着有气没力的白光；一栋栋楼房，没有灯笼，没有音乐，没有祝福，有的只是一窗窗孤灯伴寒风。整座城市，淋在毛毛细雨里，打着寒战，让人看了，透心地凉。

黄冈，你真的“病”了！

2. 挺进“大别山”

走进黄冈第一“课”——剪发。

“咔嚓”“咔嚓”，随着剪刀的飞舞，一把把秀发从肩膀滑落，一张张美丽的脸庞褪去了原本的娇羞与温婉，展现出干净利落的样子。

看着彼此被剪短的头发，看着一个个崭新的“造型”，大家你一言我一语地议论开了：“长这么大从来没留过短发，刚刚剪短了还真有点不大适应。”“现在的这个新造型挺好看的，很喜欢这个样子，在疫情面前我们都是女汉子。”“剪短头发就是我的请战书！”“我不心疼，这是我们自愿的。”“疫情总会过去，头发总会长的。”……

话语中，有留恋，有不舍，但无后悔，无遗憾，无不甘。

此后的两天，大家十分认真地参加院感培训，反复练习穿脱防护服。

在此基础上，鉴于工作情况复杂，工作任务艰巨，经请示湖南省卫生健康委党组织批准，成立临时党委，并组建护理“尖刀连”，召开战前誓师动员大会……

从内而外的一切准备工作就绪，接到黄冈市疫情防控指挥部指令：1月31日挺进“大别山”。

说起大别山，人们很自然会想到刘邓大军“千里跃进大别山”的伟大壮举。当年，刘伯承、邓小平率领12万大军，经过20多天的艰苦跋涉和激烈战斗，以锐不可当之势，战胜数十万敌人的围追堵截，胜利到达大别山区，揭开了人民解放军全国性战略进攻的序幕。由此，大别山成为中国人民心目中的一座红色名山。

然而，此“大别山”不是彼大别山，而是一座以“大别山”命名的区域医疗中心，位于黄冈市黄州区湖滨大道，是黄冈市中心医院的新院区，主体工程刚刚完工，还来不及装修，原计划在2020年5月整体搬迁。新冠肺炎疫情来袭，面对发热患者就诊排长队、留观床位紧张等态势，1月24日晚，黄冈市委、市政府果断决策，征用大别山区域医疗中心作为集中收治点，外界称之为黄冈版“小汤山”医院。与时间赛跑，500名工人、3000多名志愿者，鏖战三天三夜，于1月27日抢建出一个拥有1000个床位、上万台设备的集中收治点，1月28日晚启用。

湖南第二批援鄂医疗队就被分配在大别山区域医疗中心一栋六楼，分东西两区，共110张床位。

1月29日下午，当得知自己即将走进的战场在大别山区域医疗中心时，心急如焚且忧心忡忡的李峰队长，恨不得马上去看一看。那是一个什么样的所在？那里的条件、设备怎么样？那可是我的队员拼杀的战场啊！

30日上午9点30分，李峰队长和曾普华副队长带着5位专家，驱车6公里，第一次走进他们即将恶战的阵地——大别山区域医疗中心。越看，心里越沉重，越看，心里越发毛。

就是几个月过去，说起这段经历，李峰仍心有余悸。

他说，我看到的一切，让我十分惊吓。我们才到停车点，看到一辆接一辆负压救护车，载着满车的病人，从不同的救治点集中到这里，我顿时就感到，疫情该有多严重！我们的救治压力该有多大！走进我们医疗队即将拼杀的核心战区——医疗中心大楼，我的心凉了。当我看到，我们医护人员的通道和病人的通道相距不到10米，成群的病人从车上下来，走进通道的时候，我突然感到，病人离我们有多近啊！病毒离我们有多近啊！我们一起去的5个专家，顿时全哑了，没有一个人作声了。我知道他们心里在想什么，难道这就是我们即将拼杀的战场吗？难道“敌人”离我们就这么近了吗？我看到了他们脸上的恐惧。

我们进了病区，到了我们的六楼，也就是我们湖南二队即将拼杀的战场。病房是新的，但是是临时装修的，设施是有的，但是是不全的，病床也是有的，但是有缺腿的。在此次传染病防治中特别强调的“三区”的设置，我没有看到隔离区的规范标志，也没有看到隔离区和清洁区绝对的分隔制度，我在担心冬天的风会把隔离区的病毒吹进清洁区。

从那一刻起，我就对我的队员们的身体防护担忧了，我真的好担忧。我带去的队员，是党和人民交给我的，是每一个单位、每一个家庭、每一个亲人交给我的，让我带到这恶劣的战场上来拼杀的，我有责任带着他们打赢这场战役，但我更有责任完好无损地把他们带回去，交还给党和人民，交还给他们的单位，交还给他们的家庭，交还给他们的亲人。此种情景下，我能做到吗？

但是，这是战争，是一场艰苦卓绝的战争，条件再艰苦，我们也必须上。再说，怎么样也没有当年刘邓大军挺进大别山时艰苦。我们迅速平复心情，迅速调整心态，用有限的时间，尽可能快速地熟悉各方面的环境。有人还录下一段段视频，发给在酒店里焦急等待着的每一位队员。

16点30分，根据上午在医院里看到的情况，我主持召开了临时党委会和专家团队会议，布置了开科分区的各类临床医疗、护理、院感职责岗位、制度和人员配置等具体工作，要求每位主管必须遵循医疗核心制度，参照指南和规范，进行个体化积极救治，以保证隔离病区的有效运行。

晚饭后，医疗队组织全体队员召开誓师大会。再过一晚，就要正式走上战场。大家摩拳擦掌，情绪激昂，每一个队员都恨不得马上走上战场，去拼杀，去阻击。最后，大家举起握拳的右手，庄严宣誓：

我已做好一切准备，听候党和人民的召唤，义无反顾，勇往直前，驰援黄冈，挺进“大别山”，攻坚克难，战胜新冠肺炎疫情，向人民交上满意的答卷！

宣誓后，临时党委又举行了以“千里奔赴大别山，坚决打赢抗疫战”为主题的主题党日活动。李峰队长对大家说：“湖北湖南一家亲，生命重于泰山，疫情就是命令，防控就是责任，时间就是生命，黄冈已是十万火急，每一个共产党员都必须冲锋在前，多流汗，不流泪，希望大家团结一致，坚决打赢这场恶战。”

1 月 31 日 15 点，第一组医生救治组和第一拨护理“尖刀班”队员进入了病区。送他们进去的李峰队长，在与隔离病房一墙之隔的“清洁区”，隔着防护窗玻璃，通过电话，下了第一道命令：15 点 10 分准时收治病人。

命令一出，迅速出击。

李峰死死地盯着隔离窗那一边的一切。

他担心啊！

他看到了，电话打出去不到两分钟，第一个病人进入病区，一米七八的个子，穿着居家服，戴着口罩，三十五六岁的样子。

让李峰欣慰的是，我们的医生、我们的护士，就从这个病人开始，立马进入了角色。李峰看到了他们的担当，看到了他们的履行职责，看到了他们不遗余力地把自己的身手在这里展现出来。第一个病人很顺当地安排到位，接受治疗。不到半小时，整个病区就收治了 17 个病人，其中病危型 1 人，病重型 5 人。

半小时前，隔着隔离窗在看的李峰一直在担心，一直在忧虑，一直在替自己的战友捏着一把汗。半小时后，看到一切出乎意料地到位，他放心了。他对病区总主任贺兼斌说：“我放心啦，这里交给你了，我要去院部找毛院长去了。”

因为他知道第二个困难又来了——装备。他们接手大别山区域医疗中心六楼病区以后，医院留给他们的防护用品，仅仅只有一天的量。李峰不敢跟队员们说。只有一天的防护物品啊！李峰问从怀化各医院来的队员，带了防护用品没有？他们告诉李峰，准备了一点点。李峰说：“不行，防护用品是战士们最基本的装备啊。”他跑到医院院部里去说，跑到前方指挥部的医疗工作会议上去说。他说：“我的队员没有防护、没有装备，我是不准他们进病区去的。”

他后来对我说，他在为队员们争取的最重要的一点就是他们生命的保障权利。令人感动的是，黄冈同仁把他们医院所有的装备和防护用品全部集中了起来，优先给驰援的医疗队，从一天的储备，到三天的储备，到七天的储备。他后来才知道，为了保证他们的防护用品，黄冈中心医院自己的医生、护士们却几乎在“裸奔”着工作。李峰也看到，黄冈中心医院的护士们在进入病区查房，在进行相关业务工作和医疗交流过程中没有穿防护服。为此，每当说起这段时，李峰眼里总是噙满了泪水。黄冈人民的大义让他深受感动。

由此也可见，挺进“大别山”最初的时光是何等的艰难。

第一批进入阵地的医生张田慧日后对我说：“当时特别紧张，病人源源不断地送来。当医生 10 多年还是第一次见到这样的场面，让人终生难忘。看到这一切，我脑海里突然闪现电影里的镜头：炮火连天，手忙脚乱，奔跑呼喊，一个又一个伤员被抬下火线，送到我们面前。我向窗外一望，心里更是一紧，一辆辆转送病人的救护车闪着揪心的警灯，不断地驶来。我在心里想，这什么时候是个头啊。”

也是第一批进入阵地的被临时任命为总护士长的杨晶对我说：“说不担心是假的。进病房前，我们激动又紧张。可一接触病人，就立即进入了角色。只想着速度快一点，再快一点，只想让更多的病人更快更好地收进来，能更快更好地接受治疗。”

只想让更多的病人更快更好地收进来。所有的队员不吃不喝，不停歇，连轴转。第一组人员连续工作 8 小时，下班时间到了，尚不得休息，第二组人员马上又补了进来。

整个病区，只见奔忙的身影。

很快，110 张床位，除了几张缺胳膊缺腿的，全部住满。

可是，谁都知道，挺进“大别山”的恶战，才刚刚开始。

3. 生死“尖刀连”

在很多战役的战斗中，都有一支特别的队伍——“尖刀连”。

顾名思义，“尖刀连”就是要像尖刀一样插入敌人心脏，是一支始终冲锋在最前面、时刻面临死亡考验的队伍。

“抗疫”也是一场战争，也必须要组建“尖刀连”。

于是，临时党委决定组建护理“尖刀连”。

让谁去？

先自愿报名。

不一会，10 个名额马上报满，再增加 10 个名额，又马上报满。还有大量的人想加入，怎么办？临时党委决定，再增加 10 个名额，作为第二梯队，很快又报满。

30 人的“尖刀连”队伍，就此组成。

负责组建这支队伍的总护士长杨晶说：“大家争先恐后的那种劲头，叫人永生难忘。自告奋勇、临危不惧、舍生忘死、视死如归……即便穷尽了所有美丽的词汇也都无法形容当时的情景。特别感动。”

朱湘就是其中之一。

朱湘，怀化市第五人民医院手足创伤外科护士长，一名曾经的癌症患者。24 岁那年，命运和她开了一个巨大的玩笑，癌症——这让人谈虎色变的疾病居然找上了她，也让她体验了一次当病人的角色。刚上手术台时，她还在有说有笑，觉得就是一个小小的肿瘤切除手术，可是当手术中途被院领导叫醒的时候，听到的却是“癌症”这两个可怕的字眼。时间凝固在那一刻。她说当时都不知道自己是怎样在手术台上签下的手术同意书。手术恢复后，接下来的化疗才是真正的考验。化疗中的呕吐难以让人忍受，乌黑的头发大把掉落。化疗药的毒副反应让她真正体验到了什么叫“生不如死”。这次“特殊经历”让她倍加珍惜这来之不易的重生。化疗结束后，她以崭新的面貌又回到临床一线护理岗位，把更多的时间和爱奉献给病人。

“救死扶伤，实行革命的人道主义。”“解除患者痛苦，挽救病人生命。”朱湘谨记这些教诲，把爱心献给每一位患者，以高尚的医德、优质的服务和勇于吃苦、忘我工作的精神赢得了患者的信赖、同行的赞许。她先后多次被评为“怀化市十佳护士”“全市创先争优优秀共产党员”“全院优秀共产党员”“医院优秀护士”，并被怀化市委、市政府荣记三等功。

当得知医院要组建医疗队出征湖北抗击疫情时，她毫不犹豫，第一时间报名。领导有些犹豫，谁都知道，此去面对的是病毒横行的战场，打的是一场恶战，目前已经有一些医护人员被感染，甚至死亡。等待他们的是什么，谁都说不清，而她曾经是一个癌症患者，家里还有 13 岁的女儿和老父老母。她看出了领导的犹疑，十分恳切地说：“我是党员，没有理由不冲锋在前！我是护士长，出征队伍有我这样的姐姐陪着，大家会安心些。”领导最终被她说通了，同意了她的请求，并交给她一项任务，担任本医院 12 名出征队员的队长。她毅然受命。1 月 28 日，医院为他们举行了简单的出征仪式。朱湘带着她的队员，向送行的全院干部职工宣誓：“健康所系，性命相托！我志愿献身医学，热爱祖国，忠于人民……”并在鲜红的院旗上郑重地签上了自己的名字。

出征时，她的爸妈、妹妹、女儿都来送行。在这之前，她一直没有告诉他们，不是怕他们不同意，而是怕他们担心。一家人都知道，凡是碰到紧急、危险的事，她都会冲锋在前。当她妹妹听朋友说怀化市五医院要派医护人员前往湖北时，她的第一反应是“姐姐肯定会去”。一问姐姐，果然不出所料。她的父母知道前往湖北是一次冒着生命危险的逆行，强忍泪水对朱湘说：“细心点，保护好自己。”朱湘的女儿深知妈妈此行的意义。朱湘长久以来的言传身教和潜移默化，在孩子心中种下了“爱国、奉献”的种子。女儿理解并接受妈妈此次的远行，满脸的泪水释放出孩子心里的害怕、恐惧，虽有万般不舍，却默默承受。临行前一个深深的拥抱，只想牢牢记住妈妈温暖的怀抱！

在挺进“大别山”之前，组建“尖刀连”的信息一传出，她马上报名：“算上我一个。”于是，“尖刀连”里有了一个曾经的“癌症患者”，有了一段段感人至深的救治故事。

张圆，怀化市第二人民医院护士，也是在关键时刻挺身而出。当在医院工作群看到驰援湖北的消息，她立即向领导申请，终于如愿成为一名援鄂队员。入住“大别山”的前一天，队里需要组建“尖刀连”，她再一次踊跃报名，最终如愿成为“尖刀连”的一分子。

成为“尖刀连”一分子的还有：蔡良其、王叶玲、柳鑫城、海磊、阳娟、田倩、熊爱、胡莉、熊明华、蒋玉莲、向佳佳、刘晓琴、金霞、李秋月、王菲菲、许霞美、戴怡勰、欧阳文南、伍沐岚、李书杨、全慧敏、田湘君、张琳、邹镇、朱湘、罗达香、陈丽艳、封敏、许依、李秋月。

1 月 31 日下午，打响“挺进大别山”第一枪，“尖刀连”冲锋在前，第一批 10 名护理战士昂然前行，走进属于他们的战场。

这是一个兵临城下的战场，一个生死攸关的战场，一个险象环生的战场。情况多变，危机四伏。既挑战医护人员的技术，也挑战群体的耐力，更挑战人性的德行。

他们说，穿防护服在隔离区进行工作，在层层防护用品的包裹之下，行动能力明显受限，做任何动作都要比平时付出更多努力，尤其是呼吸，戴着 N95 口罩，总感觉喘不上气来，只能张口呼吸，真的很不容易。穿上层层防护用品，每一项操作都比想象中要更困难，每次戴着护目镜采血，抽血气分析，雾气下可视度直线下降，戴两层手套的手手感也很差……而且还会遇到各种突发情况。几乎所有“尖刀连”战士都“遭遇”过这种突发情况。

张圆在进入病房不久，就遇到了一个十分难缠的患者，极其不配合。关于这段经历，她在她的日记里写道：

> 那是一个“无名氏”。在这里，由于患者都是从各地转来的，身边又没有亲人，有很多患者没有任何基础信息，我们通常将这些“基础信息为零”的患者统称为“无名氏”。他是一位“脾气超级大”的 80 来岁的老爷爷。一入院就跟接诊的我们闹得不行。不肯吃药，不肯打针，不肯回答任何问题，甚至连测个体温都极不配合，讲尽好话，做尽工作，也不理我们。心烦气躁，横眉怒目，仇视一切。我们接近他，他便大喊大叫，甚至来撕扯我们的防护服，甚是危险。但每一个

生命都值得尊重，每一个生命都必须尊重。只要是送进了我们的病房，我们就必须想尽一切办法去救治。而老爷爷如此大的年龄，如果不马上用药治疗，说不定有什么情况出现。怎么办？经过大家商量，在保护好自己的前提下，强行用药。我们抓的抓手，按的按脚，最后硬是将吊瓶挂上。又一天，我去接班。看见爷爷睡着了，整个身子蜷缩在被窝里，醒来后也很安静地躺在床上不出声。到了发早餐时间，我微笑着捧着一碗粥向他走去，叫了一声“爷爷，吃早餐了”时，他马上发脾气，好像谁“侵犯”了他似的无比愤怒，直嚷嚷，但我一个字也听不懂，问隔床的小伙子也摇头。我没有办法，只得默默地离开。之后的时间里，除非饿得受不了吃一点点东西外，其他时候爷爷不吃不喝，也不让任何人靠近。由于一直不让人靠近，整个人显得脏兮兮。看到这一切，我心里特别难受，只想去帮他洗一洗。有一天，我接班后，打了一盆温水，比划着、试探性地走向爷爷。他没动，也不出声，我慢慢地放下盆子，轻轻地靠近他的床旁，只见他目不转睛地看着我，目光很是柔和。我大胆地接近他，先试探着给他洗手，轻声地嘘寒问暖，边擦拭边给他按摩肌肉，这时，曾经倔强的爷爷不再抗拒，也不出声，而是积极地配合着我的护理。尽管他不与我交流，但我还是感觉到了他内心的那份柔软，看到了他眼角的湿润。我坚信，只要我们通过坚持不懈地用真情、善意、温暖去感化他，去驱散他内心的焦虑与恐惧，他定会改变他之前的“嚣张气焰”的。当然，更多的患者都十分配合我们，都感恩我们。有个老爷爷行动不便，我扶着他去厕所解大便，我一直守候在爷爷身旁，等爷爷解完大便，再小心翼翼地扶爷爷上床躺好。爷爷感觉到很不好意思，说：“这个病传染性那么强，你们还这么近距离照顾我，真的是太感谢你们啦！”我笑着说：“爷爷，只要你能快点好起来，我们什么都不怕！”

黄湘开展工作的第一天，也碰到了一件“棘手”事。她说，1 月 31 日 23 时 30 分，转来一位 78 岁的老人，陪同老人来的还有他的女儿。按照医院规定，传染病房内除医护人员外，其余人都必须离开。老人的女儿百般请求留下来照顾父亲。这位女儿说："父亲多年卧床，生活不能自理，一直是我在照顾。现在，老人被确诊了新冠肺炎，你们医生那么忙，不能再给你们添麻烦。再说，我已经照顾这么久了，要传染也被传染上了，与病人直接接触过，出去了也会被隔离，还不如让我留下来照顾父亲。"虽然不符合规定，但在这特殊时期，我还是为她这份孝心感动。经过请示上级领导，最后同意了老人的女儿留守病房。在有限的物资条件下，来自邵阳的同队医生曾光，马上为患者的女儿找来一件防护服，并手把手地教她如何穿戴。队员们从教她"七步洗手法"，再教她如何戴手套、口罩和帽子，全方位为患者家属做好安全防护措施，令父女俩感动得不知说什么好。

戴怡漶在给一位危重症患者护理时，突然间就出现了紧急情况。她说："我像往常一样给患者更换液体、翻身拍背……突然，16 床的中年男性患者出现呼吸困难，血氧饱和度快速下降。时间就是生命。我放下手中的活，飞奔到 16 床边，遵医嘱快速动脉采血行血气分析，结果显示患者 I 型呼吸衰竭合并代谢性酸中毒。我立即将患者改为端坐位、高流量面罩给氧，同时守在患者身旁安抚他焦虑的情绪。经过相关治疗后，患者症状逐步缓解，血氧饱和度明显上升……我长长地舒了一口气，才转身投入到其他患者的诊疗中。"

伍沐岚在护理一位近 80 岁的老爷爷时，印象格外深刻。老爷爷生活完全不能自理，身上置有 PICC 管、胃管、导尿管，医护人员不仅要完成治疗工作，还要照顾他的日常生活，包括 2 至 3 小时定时翻身拍背一次、喂鼻饲（药物、营养液）、清理大便、床上擦浴、口腔护理等工作。有一天，他突然拉了大便在身，异味难闻，明知道有可能粪口传播，但她不能退缩，慢慢细细地上前给这位爷爷清理干净。

……

当然，在遭遇一些突发、紧急情况的同时，他们也不断地收获着感动。

刘晓琴护理的 17 床患者曾叔叔，从他入院来就让她印象深刻。

曾叔叔瘦瘦高高的体型，虽然是 60 岁的年纪，但看起来精神抖擞，腰杆笔直。作为他的责任护士，刘晓琴每次去病房做治疗或者查房，他都是笑容满面，从他的身上看不到恐惧。相反，看到的是一种积极、乐观向上的心态。2 月 14 日那天是曾叔叔出院的日子，她拿着出院记录进入病房。曾叔叔正一如既往在床边活动，“恭喜您，曾叔叔，今天可以出院了。”听到她的话后，曾叔叔脸上的笑容比平日里更灿烂。“哇！太好了，太好了！”曾叔叔说完，像个小孩子一样手舞足蹈了起来。他收拾好自己的物品，还不忘给床头柜上喷洒上随身携带的消毒液，并和她说道：“小刘，你看我把床头柜都消毒好了，你们也不用太辛苦了。”听到这里，刘晓琴内心满满的感动。因为患者都是在隔离病房，隔离病房里是没有专门的清洁阿姨的，病房的清洁、医疗垃圾的处理都是护理人员的事情。刘晓琴说：“看到你们出院，我们打心里为你们高兴，这些都是我们应该做的。”这时，曾叔叔特别激动地对她说：“我不会忘记你们湖南医疗支援队，更不会忘记你——刘晓琴，不会忘记你们给我的帮助，你们一定要好好的。”说完，曾叔叔非常严肃地向她鞠了一躬。她连忙扶起曾叔叔，心里万般滋味。不久后，曾叔叔告诉她：“社区工作人员来接我了，我要回去了，回去之前，想向你们表示感谢。”说完又来到护士站前，对所有的护士表示感谢，最后站在走廊上又给大家深深地鞠了个躬。曾叔叔朝电梯口走去，边走边回头朝大家挥手。这时，同病房的患者也走了出来给曾叔叔鼓掌，并与他告别。看到这一场景，刘晓琴眼里的泪水不自觉地流了出来。她说，自 1 月 31 日开科以来，医护人员与患者建立了深厚的“战斗”友谊，这些“战友”们出院后，都会通过电话、微信的形式叮嘱我们要好好地照顾自己。温言细语总使我们感动，我们也总是回复：“勿念，我们一切安好！”

4. 去治愈，去帮助，去安慰

贺兼斌永远记着妈妈在他临行前的叮嘱：“不管有没有危险，国家需要你的时候，你就去把该做的事情做好。”

他怀揣母亲这一叮嘱，亮剑“大别山”。

医疗队成立临时党委，贺兼斌被选为党委委员；大别山区域医疗中心六楼开科，他被任命为总主任，负责东西两个病区全部的医疗工作，主持各类职责、制度的制定和人员配置工作，保证隔离病区有效运行。纵使事务再繁多，他也始终做到忙而不乱、高效有序。

1 月 31 日，战斗打响，贺兼斌带着他的团队第一个进入隔离病区，迅速进入战斗状态。虽实行的是 4 小时轮班制，但他作为病区医疗技术总负责人，每天工作时间都在 10 小时以上。

在隔离病房，他穿着厚而闷热的防护服忘我工作，一遍遍查看病人，一次次安抚患者，处理急重症病人，收治新病人，问症状、看病历、阅胶片、做体查……每天忙于工作，少有时间和家里打电话，常常是早上 7 点去上班的时候，给他们发个信息说上班去了，晚上很晚回到宾馆休息，告诉他们平安回来了。

六病区有 100 余名患者，他作为总主任，根据情况每周查房一至两次。在每周大查房时，需要对百余名患者全部查房，整个查房完成需 5 个小时左右。对于病重病危患者的治疗，还要对管床医生的治疗方案进行细致指导和确定。除了负责日常治疗工作外，还负责调配床旁血液滤过机、床旁纤支镜，安排好防护物资的供应与贮备等医疗相关事宜。

面对治疗危重患者的气管插管，他总是毫不犹豫，迎着暴露的气道，顾不上痰液飞沫，和时间赛跑，从死神手里抢夺出一个又一个生命。

一名 83 岁老人，在凌晨病情突然恶化，心跳骤停，他与医疗团队立即对其进行心肺复苏、气管插管、呼吸机辅助呼吸等抢救治疗。特别是气道插管，他让其他人只当他的助手，并且要求他们离得尽量远一些，更远一些，而他自己，只想离患者打开的气道近点，再近点……经过一个通宵的抢救，他们终于将患者从死神手里抢夺了回来。第二天早上，患者病情趋于平稳。平稳了的患者，眼角流出两滴浑浊的眼泪，顺着脸颊滚落到枕头上，用感激的眼神久久地看着贺兼斌，想说话，只是说不出来。贺兼斌握住他的手，他的手微微动了动，虽然很轻，但贺兼斌完全可以感受到一个生命的热度和一种死而复生的温暖与幸福。

一名有糖尿病、肾病和肾功能不全的 79 岁患者需长期进行透析治疗，入院时，患者呼吸困难，只能端坐呼吸，听诊肺部有大量的干湿性啰音。贺兼斌结合临床表现和病史综合考虑，患者有严重的尿毒症、心衰、呼吸衰竭，随时有生命危险。他立刻给予强心利尿治疗，调配床旁血滤机，在床旁守护了6个小时，直到患者的症状逐渐好转。

6个小时的床旁守护？一个主任医师，一个三甲医院大科室主任，一个在自己医院几乎不需要上晚夜班的专家，在这里，在他人的医院，在这特殊的战场，他不但与大家一样地轮晚夜班，一样地抢救病人，一样地查房，一样地开医嘱、写病志，而且还要带领医疗组进行大查房，对危重病人的治疗进行详细指导，组织病例的科内大讨论，如此之忙，他还坚持床旁守护6小时。我不知道，他是怎么做到的。

他说，隔离病房里没有电视，没有亲人的陪伴，医护人员便成了患者最亲近的人。我们的医疗团队除了抢救生命、尽心治疗、精心护理外，还必须注重与患者的沟通，有效缓解患者的恐惧和焦虑，再给予无微不至的照顾和关怀，病人康复得才更快。

正是因为如此，他总觉得时间不够，每天总要到深夜才能下班，才能拖着疲惫的身体，回到宾馆吃上一口饭。放下碗筷，躺在床上，便酣然睡去。

他太累了！

米允仕，54岁，是整个团队中年龄最大的一位。

虽然过了知天命的年龄，但他，在疫情来临时，仍然把自己当成30岁的人，向病毒亮剑。

在来黄冈前，他所在的医院已经被确定为定点救治医院，作为ICU副主任医师的他，自然而然地投入到抗疫第一线。除夕夜，团年饭才吃了一口，一个紧急电话将他“截走”——“辰溪县人民医院收治一例重症肺炎患者，请速去会诊。”

一去就是一夜。

正月初三，他接到出征通知——驰援湖北，初四出发。他还没来得及和已返回老家过年的妻子、孩子见上一面，就踏上了远赴黄冈的征途。

一到黄冈，他才真正意识到什么是疫情，什么叫打仗。

特别是病区刚开始收治患者那段时间，患者来得多、来得急，往往一次同时送来几个甚至十几个患者。同时，因开初的防护服短缺，限量供应，每个班次安排进病区的医护人员都不多，因此，上班的同志就更忙、更累。

但忙而不乱，累而不怨。正如他在他的工作日记中写的那样：

> 因患者在同一时间来，医生分 4 班，每班 6 小时不间断轮班。我们第一组最先收治患者，很快就收了 104 个患者，病区满负荷运转，最多时危重患者达 33 名。好在大家都做好了充分思想准备，忙而不乱，进隔离区的医护人员都垫了尿不湿，工作有条不紊，总算不负重托，开了个好头。

穿着防护服、戴着口罩和护目镜，走进隔离病房，一呆就是近 10 个小时。既要全面负责六病区危急重症患者管理，又要指导下级医师工作，参与、指导危急重症患者的抢救处理，等等。每天的神经都绷得很紧。

白天在隔离病房抢救患者，晚上还要开会。因为他除了是一位 ICU 重症专业医生外，还是临时党委委员和六病区重症主任。作为医生，走出隔离病房，可以轮休，但作为党委委员，作为重症主任，他还要参加党委会议和疑难病例讨论及会诊。

他说："那个时候，每一分钟都很珍贵，真正是在与时间赛跑。"

当忙过一段时间终于想起与家里联系时，已经过去了许多天。

许多天的"失联"，让在怀化的妻子彻夜难眠。她说："过去他出差，都会知道他去哪儿，什么时候回来，可这次是真的不知道归期。"

可第一次视频连线，老米却始终不愿给妻子看自己的脸，他说："不想你害怕。"

妻子回应道："你不给我看，我才更害怕。"

视频里，妻子看到老米因长时间佩戴防护设备，鼻子被勒破了，肿得跟馒头似的，心里酸酸的。

而妻子也向老米隐瞒了一个事实，此时她的健康也出了问题，住进了医院。她怕影响他工作，一直没告诉他，还嘱咐女儿也别说。

家人的支持，更给了他无尽的动力。

他说："哪怕忙到凌晨三四点，也没有一个人喊累。"

一个 54 岁的人，还有这样的一种拼杀劲头，让人无不心生敬佩。

姚绍富，是进入黄冈最先接触到当地患者的人，也是第一个在黄冈向病毒亮剑的怀化医人。

由于黄冈市所辖县城疫情告急，作为湖南二队专家组成员，1 月 31 日上午，姚绍富就被黄冈市卫生健康委委派到所属的红安县支援危重症新冠肺炎患者的抢救工作。在这里，他第一时间接触到了患者。县城情况，出乎意料，患者多得让医护人员忙不过来。指定的定点医院很快住满，不得不马上开办第二家、第三家……定点医院的医护人员都不回家，就住在医院办公室里，十分艰苦。一是因为工作任务重，没时间回家；二是因为他们不知道自己是否已经被感染，怕回家传染给家人。虽然面对高负荷高风险的工作，但是大家都兢兢业业，不惧被感染的风险，时刻冲在最前线，姚绍富一次又一次被他们深深感动。

那天，他与他的搭档——另一名医生，在定点医院完成会诊后，已经是晚上 7 点多，医院领导留他们吃完晚饭后再走。他们不忍心给医院增添麻烦，悄悄地走了。回到宾馆用开水泡了一包方便面，他们已经很满足，因为这是战时。

返回黄冈后，立即奔赴"大别山"，参与紧张的救治工作。

他清楚地记得，有天夜班，危重症患者比较多，60 床的老奶奶出现呼吸衰竭、憋气，睡下去过不了多久就要坐起来。他一直守在老人床旁，给她上了无创呼吸机后症状缓解了很多，血氧饱和度和心率也有了好转。但是他还是会每隔半小时就过去看她一次，每次老人都会拉着他的手不让他走。虽然她上着呼吸机不能说话，但从她的眼神里，他感觉到了她对他的依赖与感激。

那天晚上抢救室也住满了危重症患者，都上了呼吸机，他们都有基础疾病，医护人员都是寸步不离守在床旁，每一步操作都很细心。

他说，像这样的事情每天都会发生，我们的衣服经常被汗水湿透，然后靠自己的体温"烘"干，然后又湿透，又"烘干"。因为没有时间换衣服，我们也不愿意浪费珍贵的防护服。

让他永远难忘的，是2月8日（元宵节）零时。他准时接班，开始这一班的常规工作。当他在隔离区查房查到一半时，抢救室传来护士的呼救声。赶紧跑过去一看，22床的老爷爷呼吸极度费力，呼之不应了。他马上意识到“患者呼吸衰竭，赶紧准备气管插管上呼吸机”。

医护团队迅速做好抢救准备，吸痰、推药、插管、上呼吸机……一气呵成。有了呼吸机的支持，患者各项生命体征慢慢接近正常，大家长长地嘘了一口气。两个多小时的查房，接着开医嘱、写病志，完成明天出院患者的病历……

忙完这一切，天色已经发白，终于可以在椅子上躺会了。

以椅当床，倒头就睡。这就有了那张后来被到处传播的“著名”照片。他说，实在太累了，当时如果是一棵树，靠上去，也会睡着的。

当完成了交接班，已是9点多钟，他心想今天终于可以好好休息一下。回到宾馆还没来得及上床，就接到黄冈市抗疫指挥部的紧急任务——浠水县疫情紧急，要马上动身前往支援。

疫情就是命令！他和一名呼吸科专家、一名院感专家立即赶往几十公里外的浠水县。来到浠水县人民医院，正赶上全院大会诊，讨论危重症患者的病情。他作为重症医学科副主任医师，根据自身的专业特长和最近在大别山区域医疗中心的工作经验，给出了一些指导性建议。讨论完所有的病例，已经到了吃晚饭时间，大家一起吃了元宵节“团圆饭”——盒饭，虽然简单，但是他吃得特别香，因为自己的努力可以让更多的家庭团圆。

2月14日，湖南省医疗队成立“湖南ICU”。谁都知道ICU是工作强度最大、被感染风险最大的地方，但是姚绍富第一时间报名，第一时间走进了“湖南ICU”。在这里，度过了他这一生中最为紧张而激烈的时光。

他管理的一对父子，他们一家5口人全部被感染。他陪同这对父子在ICU度过了最艰难的时光。后来他们病情稳定转入普通病房，最后痊愈出院。这一家人对他甚是感恩，在医疗队离开黄冈那一天，发来微信：“我们出院后还要被医学隔离14天，不能亲自来送你们，已经安排好所有的亲戚和朋友来送。”

读到这样温暖的文字，姚绍富顿时泪目。

让他泪目的还有很多。记得有一位70多岁的老人，癌症晚期，感染新冠肺炎后，病程发展很快，姚绍富等想尽了一切办法，都无法挽留他的生命。姚绍富通过当地疫情防控指挥部门，联系到老人的孩子。老人共有4个孩子，有的确诊在医院治疗，有的未确诊但在隔离。孩子们都无法来看爸爸最后一眼。姚绍富想到自己也有父母，自己也是儿子，没有孩子不想在爸爸临终时看爸爸最后一眼的，只是这种特殊时期，条件不允许。他想到了录视频——将老人的视频录了下来，以便发给老人的孩子们，留一份纪念。当姚绍富与他们连线，将这些视频发过去时，电话那头的儿女们，齐声痛哭，说这些视频太珍贵了，自从父亲被送进医院后，他们再也没有见到过父亲，是姚医生让他们又“见”到了还“活着”的父亲。黄冈能迎来如此心怀大爱的医生，是黄冈人民的福。说得电话这头的姚绍富也泪水涟涟。

张田慧医生在查房时，58床爷爷说胃口不好，因为他平时不吃辣椒，而医院食堂的菜都放了点辣椒，所以这几天都吃不下饭。与他同住在一个病房的他的儿子提醒道：“如果有榨菜的话，我爸可以吃下两碗饭，可惜现在我们都被隔离了，不能出去，买不到榨菜哦。”

张田慧马上向护理队队长杨晶作了汇报。杨晶有把握地说：“这个问题能解决，我们酒店早餐时有榨菜供应，我们可以从酒店拿点榨菜带过来给爷爷呀！”

这天早上，张田慧去餐厅稍微晚了点，早餐的榨菜已经收了，便着急地问餐厅阿姨：“我有个患者胃口不好，想吃榨菜，能否帮忙带点？”阿姨二话不说，就给她装了半碗，还叮嘱道：“这个榨菜虽然有一点辣椒，但不辣，先拿点去给爷爷试试吧，如果不够再来取。”

张田慧开心地将榨菜交到爷爷手上，爷爷非常感动，不停地说着：“谢谢！我没有胃口，吃不下饭，正是想吃点榨菜了。你们湖南医疗队的医护人员事事都替我们想到了，真心感谢你们呀！”

果然，当天中午爷爷胃口大开，吃了两碗饭。

有了能量的补充，他的精力也恢复了很多，脸上露出了久违的笑容。

这样的故事还有很多，我们无需全部展示。

发生在千里之外生死战场的这些故事，让我很自然地想到了长眠在纽约东北部撒拉纳克湖畔的特鲁多医生的墓志铭——“有时去治愈，常常去帮助，总是去安慰。”

这不正是战斗在大别山区域医疗中心医护人员的真实写照吗?

5. 照进心灵的一束光

俗话说，身病好医，心病难治。

每次大灾大难后，心理疾病总是相伴相随。

心病终须心药治。

心药在哪?

在心理医生和精神科专家手里。

2 月 21 日，怀化市第四人民医院派出申秀云、王小华、左琴晶、方进、罗燕华、邓思瑞、宗华丽、杨霖、张胜雄、金先秀等 10 名心理医生和精神科专家出征湖北。

他们清楚地记得，去武汉的当天，偌大一个武汉城，街上除了运送物资的车和接送医护人员的车，看不到任何其他的车，也看不到行人。

来接他们的一个姑娘大概 20 岁出头，她说：“武汉从来没有这么安静过，想要武汉大街热闹起来，武汉人民需要你们。”

当时在场的所有人都哽咽了。大家异口同声地说：“我们来了!”

我们来了！如一声洪钟，如一声巨吼，坚定而自信。

他们立刻走进定点医院，开辟了抗疫的另一战场，将一束束温暖的阳光，照进一个个受伤的心灵。

这一切，被原汁原味地写进了他们的日记里。

申秀云——

一大早起床的我，突然接到病区护士长电话，说她那里有一个新冠肺炎的患者，怀孕四个月。她的肺炎已经好得差不多，但因为治疗新冠肺炎，吃了很多药，准备将四个月的宝宝引产。这几天患者基本没有说过一句话，头对着墙，谁也不理，护士长很着急。

我和湘雅医院的张燕教授马上进到病房。通过细心的询问，才发现这位女性患者非常地内疚，因为她认为自己在得新冠肺炎的早期服用了一些药，而现在看来那些是没有必要服用的。她非常后悔当初的选择，如果不用药，孩子就不会受影响。她非常内疚自责。

我们在做了一些简单的认知、共情、陪伴的干预后，让她认识到当时的选择是最好的。

接下来，我们给她做了一个催眠治疗。在催眠状态下给她讲了一个隐喻性的故事：

一棵大树根深叶茂。一天大树萌发了一个小小的嫩芽。大树非常爱这个嫩芽，细心呵护这个嫩芽，把所有的营养都给了这个嫩芽，嫩芽健康地成长着。但是有一天刮了一场很大很大的风，下了一场很大很大的雨，电闪雷鸣，狂风骤雨，嫩芽在狂风中颤抖。大树很想去保护这个嫩芽，但是风太大了，雨太大了，嫩芽慢慢地从大树上落下，掉到了大树脚下的土壤里。大树非常地悲痛，非常地不舍。但是有一天，她发现了嫩芽慢慢地和大树底下的土壤融合在一起。在第二年的春天，树根从土壤里吸收更多的营养。树枝上萌发出更多的新的嫩芽，大树就知道，新的希望，新的生命又诞生了。

听完这个故事以后，这位女性患者说了一句话：“这不是我的错。这是新冠肺炎的错。”

我就知道她已经从痛苦中走出来了。

还有一位年轻的新冠肺炎女性患者，治疗20多天后，效果不错，血氧饱和度已经达到正常，CT显示肺部的炎症逐步吸收，但患者非常紧张焦虑，不敢断氧，稍一活动就心慌气喘，不停按压床头铃，自认为新冠肺炎没有治好，身体症状没有缓解，心理压力特别大，担心自己好不了了。

我去到病房，患者对我说：“我也不想老是按铃子，但是一阵阵心慌，喘不过气来，太难受了。”

我说：“嗯，心慌，喘不过气来，让你特别害怕，我们理解你，你并不想麻烦医护人员。”

患者说：“你们能告诉我是怎么回事吗？医生说我好多了，但我就是害怕。”

我说：“嗯，你前段时间经历了可怕的疾病，身体还处于紧张戒备状态……”

接着，告诉她很多关于新冠肺炎的知识，做了一些宣教，讲述焦虑是怎么来的，然后教她做催眠放松，还教她很多安全稳定技术。并提供内在力量的音频给她，激发其内在自我疗愈。主动与她的焦虑、不安去共情，去陪伴。

通过几次治疗，患者的焦虑明显缓解。

有一天，她突然对我说：“嗯，我现在好多了，虽然有时候还会有心慌，不舒服，但我没有以前那么害怕了，按你的方法做一些深呼吸，去想象一些舒服美好的情景，现在睡眠好多了，基本没有喘不过气来了。我明天就要出院去隔离点了，谢谢你们。”

“你们是最可爱的人。”出院前夕，患者又一次热泪盈眶地说，“待来年春暖花开时，欢迎你们来武汉看樱花，吃热干面。”

罗燕华——

一天晚上 8 点多，武汉市七院五病区负责人王医生发来了求救信息：“罗老师好！我们病区病人需要心理援助，每天晚上都能听到他的哭声，很凄凉，能帮帮他吗?”

后来通过联络会诊，我和患者的心灵接触开始了。

患者为 41 岁的男性，受过高等教育，在疫情期间全家大人都被感染，包括其岳父岳母、母亲、妹妹、妻子，不幸的是岳母及妻子相继死亡，其父亲前年也因病去世。其余家人在别的医院治疗，病情已经控制好，准备出院。万幸的是其两个女儿没有被感染，大女 10 岁，懂事，小女 3 月 1 日满周岁，也很乖，分别住在亲戚家。目前患者身体情况已达到出院标准。但心里很难受，晚上总是哭泣。

了解情况后初步考虑为“居丧反应”，遂与申主任一同给患者拟定治疗方案：早期共情、倾听、鼓励宣泄情绪、安全岛稳定化技术、陪伴等支持治疗为主，建立咨询关系；中期调整认知、利用空椅子技术、保险箱技术缓解居丧反应，帮助患者情绪正常化，接纳现实；后期激发内在力量，寻找有效资源，回归现实生活。

通过一个多月里 8 次一对一线上干预以及一次心理查房，患者情绪逐渐平稳，哭泣减少，愿意与人交流。我们一直陪伴着他，不论是住院，还是在隔离点，即便是回到了家里，我们的陪伴依然在。

终于有一天，从“居丧反应”里走出来的他对我说：“罗医生，我一定会加油，谢谢您在我人生最低迷无助的时候，给予关心和帮助。我会把自己身体养好，化悲痛为力量，更要照顾好老人和两个孩子，打理好公司的事，将来生活一定不会比别人差，请您放心。”

王小华——

“有心理医生吗？能救救我奶奶吗？”2 月 27 日，我打开微信，群里就弹出这样的话语。

小周的奶奶 80 多岁了，住在紫荆医院，情绪特别差，不肯吃东西，不肯喝水。我进一步了解，奶奶听力不好，视力也不是很好，沟通起来特别费力。不过老人有文化，认得字。虽然视力不是很好，但字写大一些，还是行的。

大家集思广益，一致认为，既然老人认得字，而且只要写大一点就看见，不如就将心理干预的内容写在纸上，通过视频与奶奶交流。

说干就干，可是，非常时期，我们住的宾馆哪来写字的纸啊。

正在大家急得团团转时，突然发现了卫生间里雪白的卫生纸。

行，就用卫生纸写。

我们如获至宝地把一卷卷卫生纸展开，将交谈的内容用大大的字，逐一写在上面：“你有一个好孙子！”“相信医生护士”……

再通过视频与奶奶慢慢交流。

一个个讯息通过一张张卫生纸清晰地传递，一份份劝慰通过一个个大字真诚地表达。

卫生间里的卫生纸，在此特殊的时期，在此特殊的地方，发挥了特殊的作用。

有一天，小周发来信息，奶奶终于肯吃东西了，也肯配合医生治疗了，并坚定了信心，一定要把病治好。

左琴晶——

来到武汉已有十多天了，通过线上评估、下病房会诊等方式，我们已经了解各病区患者基本情况，把需要心理援助的患者的信息采集全面，制定出援助方案，为他们进行一对一心理干预或者团体辅导。

一位住院患者张先生说道，疫情发生之初，一家人都先后被确诊了，三个人被分别安排在不同的医院，但每天都担心妻子和女儿的病况，每次联系不上她们的时候，或者医院打来电话时，总担心是不是她们的病情加重了。这么严重的疫情，自己不能在她们身边照顾，他心里很内疚、自责，有时辗转反侧，整夜难眠，心情非常烦躁。

张先生说："前两天听说国家派了心理援助医疗队来了，我就想着和专家聊聊。"

我们的到来给病区里像张先生这样的患者打开了一扇倾诉的窗。我们鼓励他们把所有的担心、忧虑、不安统统倾诉一番，帮助他们进行心理疏导，通过倾听、共情、反馈，给予充分的安慰、鼓励，只要他们的信心开始增长，紧张的心情开始一点点缓解，我们的目标就完成了。

每次干预后张先生都会说："医生，下次我们还是在线上谈吧，我们是感染的病人，你们还是不要在病房待太长时间。全国人民捐给武汉人民的物资，我们消耗了，以后还能再生产，但是支援我们的人，一定要健健康康地还回去。"

听到这话，我心里滚过一股热浪，泪水盈满眼眶。多么善良、慈爱的人啊！

经过几次干预后，张先生反映：“倾诉一下我心里的烦恼，现在感觉就好多了，我希望这次疫情能尽快控制，你们也能早日回家。”

离开武汉时，他发来短信：“虽然没法看到你们的模样，但我能听到你们的声音，能看懂你们的眼神！”

这是对我们最大的鼓励。

……

采访中，此次心理援助医疗队队长申秀云告诉我：“心理危机干预医疗服务队给焦虑不安、不配合治疗的患者床头干预；安抚睡眠不好、整天闹着要出院的老爷爷；抚慰陪伴在疫情中痛失亲人的患者；聆听有了心理障碍的医护人员的灵魂倾诉……手机就是我们的武器，病房、马路边、宾馆都是我们的战场，语言则是我们安抚每一个受伤心灵的良药……”

心理服务队给患者打开了一扇倾诉的窗，就像一束光，不但驱散黑暗，更带来希望。

第六章　凯旋——回家路上的泪花与远方

“经过艰苦卓绝的努力，中国付出巨大代价和牺牲，有力扭转了疫情局势……疫情防控阻击战取得重大战略成果，维护了人民生命安全和身体健康，为维护地区和世界公共卫生安全作出了重要贡献。”

——《抗击新冠肺炎疫情的中国行动》白皮书

感恩，在千里之外

2 月 20 日上午，湖南医药学院第一附属医院办公室突然来了两名陌生人，一进门，便气喘吁吁地说：“我们是来感恩的。”

说着，将一封沉甸甸的信，递给医院领导。

来者说，他们是一对武汉老年夫妇在辰溪的亲属。

他们说，两位老人先后于 2 月 7 日和 2 月 13 日出院后，并于 2 月 18 日顺利回到武汉。为了感谢医生、护士们的救命之恩，老人的儿子、女儿在第一时间写下了这封感谢信，并希望在第一时间送达。本来，老人的儿子、女儿是应该亲自来的，怎奈，武汉还没有解除交通管控，他们出不来，只好通过电子邮件发给辰溪这边的亲属，委托他们转交，并一再交代，要他们当面致谢。救命之恩不能忘，感恩不能迟到。于是，他们一接到信便马不停蹄地赶来了。

通过电话，我联系到了写信者之一——这对老人的女儿谢芳。

接通电话的时候，我说“我是怀化的”，她立马激动万分。她说，怀化是我们一家人的福地，怀化人都是我们的恩人。接着她跟我说起了整个事情的经过：

1 月 18 日，爸妈老两口在家中张罗了一大桌菜，把我和哥哥两家都叫了过去，一大家子齐聚一堂，其乐融融。吃完饭，老爸说过两天要带老妈去自己的老家怀化市辰溪县过年，正月初二就回来。那时候，谁也没有想到新冠肺炎会闹得这么凶。

1 月 20 日一大早，爸妈便坐上了去怀化市辰溪县的车。到辰溪的当晚，妈妈就头晕、腹泻，不舒服。第二天两位老人去辰溪县人民医院求诊，妈妈被确诊为新冠肺炎，紧接着爸爸也确诊。

那段时间，武汉发生了太多的事情，各种信息、新闻、传闻，甚至谣言，从四面八方传来，这让我的心一下子悬了起来。我不仅担心爸妈，也担心自己和哥哥一家。

1 月 28 日，老两口被统一转移到当地定点医院——湖南医药学院第一附属医院治疗。当晚，爸爸因呼吸困难转入 ICU。听到消息，我一夜未眠，各种坏的可能一股脑地向我袭来，想到远离我们、远离亲情的爸爸，孤独地躺在异地的病床上，在死亡线上挣扎，我就忍不住哭泣。可又有什么办法呢？只有在心里不断地祈祷。

好在第二天医生打来电话告诉我，说：“你爸总算撑住了血氧，熬过了危险期，肺部有所好转。”谢天谢地！我如释重负般，长舒了一口气。

然而，30 日半夜，医生打来电话，说：“你妈又突发急性心衰。”

天啊，我再度焦急起来。昨天还好好的，怎么这么突然就心衰了呢？可是，我远在武汉，即便我在她身边，也无计可施。当时的武汉有人无法住进医院，又有人由轻症变成重症、危重症，还有人在不甘心中死去。我只得在慌张中与妈妈连线，不断地重复：“妈妈，您一定要坚强，一定要尽力，一定要加油，一定要撑住，加油……”

又是一夜难眠的折磨和祈祷。

2 月 1 日上午，在医生的抢救下，妈妈的病情小有好转，我欣喜万分，赶紧打视频电话想看看妈妈。电话里，妈妈还安慰我，并跟我开玩笑说：“昨晚差点死过去。”

看着妈妈的气色好转，焦急的一家人有了些许笑容。

然而，两天后，情况再度急转直下。2 月 3 日凌晨 1 点过 7 分，医院给我打来电话，说：“你妈双肺全白，已经下了病危通知书，准备后事吧。”

那一瞬间，我大脑一片空白，手握着电话，说不出一句话。眼泪像决堤的洪水，止不住地往外涌。整个人都要崩溃了，那种无力、无助的感觉，无法形容。

我想到爸妈那么恩爱，要是爸爸知道肯定承受不住打击。因此，我一个劲儿拜托医院，说：“麻烦你们先保管好我妈妈的物品，千万不要告诉我爸爸，求求你们尽全力，一定要加油。我们没人可以相信，没人可以依靠，只能相信你们……”

又是三天三夜的抢救。短短几天，我的头发突然白了好多，人也消瘦了不少。我顾不得太多，心里始终想着，妈妈一定要挺住，一定要平安回来。

我度日如年，最后终于盼来了好消息：妈妈总算扛过了危险期！

之后，经过一系列精准治疗，2 月 7 日，爸爸治愈出院；2 月 13 日，妈妈也治愈出院。

两位老人双双闯过“鬼门关”。

由于我妈妈自身还有多种心血管等基础性疾病，新冠肺炎虽然已经治愈，但还需要 24 小时吸氧和专人照料。怎么把二老接回武汉的家？我和我哥都十分焦急。我们去接，不可能，因为我们根本出不去。那就只有求辰溪那边送了。可是，他们愿意送吗？

让我们特别感动的是，2 月 18 日，在武汉和辰溪两地政府的协调下，辰溪县人民医院将我爸妈双双送回了武汉。

那天，他们从早上八点半出发，下午五点半才到家。当时有些高速封路，但是导航没提示，他们一路上绕了不少路，很不容易。

考虑到武汉特殊时期不便购药，辰溪县人民医院还为我们送来制氧机和足够我妈妈吃三个月的药。

如今爸爸已经完全恢复，妈妈也恢复得较好，不再需要 24 小时吸氧。我心里的石头终于落了地。

感谢湖南！感谢怀化！感谢辰溪！多亏了你们在第一时间隔离治疗，敏锐性很高，如果慢一点都不行。

感谢医生的精心治疗，特别是中西医结合治疗，效果很好。

感谢护士的24 小时照料！我永远也不会忘记，我妈妈病危那几日，我在武汉这边干着急，却无能为力。有个美女护士，我不知道她叫什么名字，她每天都跟我视频，让我给妈妈加油打气，真的非常感动！他们医术精湛，医德高尚！

谢芳和我视频连线，让我看看到家后的二老。

谢爷爷、袁奶奶双双坐在沙发上，满面笑容，不住地招手，向视频里的我打着招呼："谢谢你们！我们现在已经康复了，已经回到了武汉，回到我们现在的居住地。在怀化是你们救了我们的命，你们是我们的救命恩人。我们全家感恩你们！"

谢芳最后说："以后，我们要到你们医院去，当面拜谢你们！拜谢救命恩人！"

此刻，我竟然哭了

我是在已经回到怀化市第一人民医院呼吸与危急重症医学综合科岗位上的贺兼斌那里见到锦旗的，见到它时，心头不觉一热。

贺兼斌说："别看这只是一面普通的锦旗，这面锦旗里藏着感人的故事呢。"

于是，我马上联系到接受锦旗的杨宇林医生和赠送锦旗的龙海锋先生。

杨宇林，女，34 岁，本科学历，沅陵县人民医院呼吸与危重症医学科主治医师。

龙海锋，男，38 岁，退伍军人，黄冈某机关干部。

说起这面锦旗的故事，两人都非常激动。从他们激动的讲述里，我理清了这面锦旗的来龙去脉。

在撤离黄冈的前一天下午，杨宇林正在收拾回家的行李，同一“战壕”里的“战友”告诉她：“有人到处找你。”

“谁?”她问。

“不认识，好像是一个黄冈人，男的，在下面酒店的大厅里，指名道姓要找你。”

黄冈人?男的?还指名道姓?除了这次救治的病人，我没任何熟人在黄冈啊?杨宇林想。可病人找我干什么呢?我一直穿着防护服，戴着面罩，也没有谁认得我啊。

她放下正在收拾的行李，疑惑地来到酒店大厅。

来人不认得她，因为她一直穿着防护服、戴着面罩。但她一眼就认出了他，是她经治的一个病人，只是太突然，一下子叫不上名字。

她走到他跟前，他疑惑地望着她，也许是从她的目光中看到了“熟悉的感觉”，他问：“你是杨宇林医生?”

她说：“我是。你在找我?”

他一下激动万分，膝盖一弯，蹲下身，马上就有要下跪的意思，她立马制止。顿时，泪水从他眼里奔涌而出：“我可找到你了。”

接着，他说：“我叫龙海峰，是你们开科接收第一批病人中的一个。因为您的精心治疗，我成为最早出院的病人。”

她终于记起来了。

1 月 31 日下午，大别山区域医疗中心六楼病区开科接收病人，她作为呼吸与危重症医学科的医生，第一批进入病区。进病区没多久，一名年龄与她相仿的体质健壮的男士成为她的病人。他叫龙海峰，38 岁，是一名退伍军人，强健结实，身体一直很棒，长这么大没打过什么针，没吃过什么药。谁知道，这次新冠肺炎找上了他。

龙海锋说，他是 1 月 14 日去了趟武汉，是带女儿去武汉的同济医院看病，之前根本不知道这病，因此大意了。当时家中只有一只口罩，就给女儿戴了。女儿戴也不是为防这个病，因为去医院，怕给孩子传染上其他病。当天他们就返回黄冈了。

20 日上午将妻子和女儿送上去河北保定的车，下午他就开始发低烧，还以为只是感冒了。晚上一看网上的各种新闻，吓了一大跳，武汉已被新冠肺炎闹得满城风雨。

21 日天一亮，他就跑到黄冈中心医院去检查，验血、拍片，医生告诉他，不是新冠肺炎，心里的石头总算落了地。开了些药回家吃，但吃了两天，一点也不管用。

23 日，病情愈发严重，他紧张了起来。因为几天时间，不吃不喝，人很难受，更怕脱水，他跑去离家比较近的黄冈市惠民医院输液，谁知医院已经封了，不对外营业。

马不停蹄转到黄州区人民医院，那里已经排了好长的队伍。排再长的队伍，也得排啊。好不容易排到了，被告知没床位。他百般哀求，说："不住院也行，给输点液吧。"可哪来的液给你输啊？他们根本没有人，没有场地，也没有什么药。

如此情况下，他只得马上又跑到黄冈市中心医院——市里唯一一家具有救治能力的三甲医院。这里更是人满为患，根本进不去。他四处打电话找同学、找熟人、托关系，还是进不去。此时，他既不希望自己确诊，确诊了肯定麻烦大了，但同时又希望自己确诊，因为听说只有确诊了才能住院。他想确诊也难，医院根本没有人、没有时间给他检查，仿佛世界末日来临。

不知道该往哪里去，也不知道该怎么办，就在医院门口徘徊。突然，一眼看到有人在不远处搭台子，一打听，才知是专门做核酸检测的。他跑过去要求检测，采了咽拭子，只想快点得到结果。他对取咽拭子的医生说："我就在这里等结果吧。"谁知，那位医生告诉他："我也是才培训的，还不知道怎么做呢，哪有结果？"

啊?！天啊，原来如此啊！顿时又被打回十八层地狱。

那医生说："你回家去等吧，结果出来，我们会通知你的。"

他只得离开。可他实在支持不住了，有几天时间粒米未进，如果再不想办法，会晕死过去。

他十分艰难地寻到了一间小诊所，只求医生给吊一瓶葡萄糖水，补充点能量。医生说："没有时间了，我要去吃年夜饭了。"他只得苦苦哀求："您就快速地给我吊一瓶吧，将滴速放到最快。"

医生被打动了，为他补了一瓶葡萄糖水，他顿觉得好受一些。

第二天，即 1 月 24 日，一早又赶过去，想继续补水。谁知，小小诊所早已被挤得水泄不通，20 多平方米的房子，已经挤了六七十人，他心里一阵悲凉。连小诊所都这样了，如何得了！但有这么一个能给打针补水的地方也不错了，他决定排队等。

就在他排队等待的时候，黄冈市中心医院打来电话，说："核酸检测结果已经出来，你确诊了，赶快过去住院。"

他跑到中心医院，医院本部已没有床位。他按照医院指引，来到一个破破烂烂的房子里，这里摆了一些床，算是新开辟的"病房"。

他心里想，有个地方住就不错了，选了张床躺下来。没多久，"病房"就住满了。

住进来不久，就有人去世，哭的哭，喊的喊，他心里很不是滋味。住了两天，死了三个人，其中有一个与他住同一病房，比他入院晚，进来时情况比他还好，可是两天后，说走就走了。这对他的心灵产生了巨大的冲击。

他想，这回肯定是没救了，而妻子女儿都远在保定，必须给她们一些交代，于是想到了写遗书。问护士要纸，护士说："这哪来的纸?"只有在手机里写。一笔一划，一字一句，写了 6 个多小时，终于写完。

如释重负般，打电话给妻子，告诉她，一定要保存好手机，很多东西都在手机里……

妻子知道情况很不妙，在电话那头直落泪。她想马上飞回他身边，但又回不来，只得一边哭泣，一边在电话里安慰他、鼓励他，他也直听得泪流满面。

龙海锋说："那时的黄冈，真的是很乱，缺物资，缺床位，缺医生。"

杨宇林也说："我们到达黄冈后，黄冈市中心医院院感科汪主任在给我们培训穿脱防护服时，曾说：‘苦和累都不哭，不能回家不哭，防护装备不够也不哭，但听说湖南、山东的来支援时失声痛哭了。’然后边说边培训边流泪。这是承受了多少心理压力，才让一个参与过抗击埃博拉病毒的主任泪流满面啊。”

终于熬到了月底，支援黄冈的山东、湖南医疗队来了，进驻大别山区域医疗中心收治病人。1 月 31 日，龙海峰有幸被转运到大别山区域医疗中心。他住进了六楼病区，成为杨宇林医生管床的病人。

看到杨医生的第一眼，就觉得她很和善、很亲切。杨医生一接治他，便给他上了监护仪，这在前几天的求医中是想都不敢想的事情。有了这监护仪，他一下踏实了许多，立马觉得自己有救了。

医疗队对每一个病人都制定了“一对一”的治疗方案，治疗效果十分明显，龙海锋感觉到自己一天比一天好。作为他管床医生的杨宇林，除了给他以药物治疗外，还常常以病人之心为心，听他诉说，陪他聊天，慢慢化解他心里的恐惧、焦虑等情绪，并不时鼓励他，提振信心，拿出军人的坚强来，用毅力和意志与病毒斗争到底。

龙海锋说：“很庆幸遇到他们，以前对生与死从来没有什么特别的思考和感受，总认为那只是书上的东西，离自己很远，根本不去想，谁知这一回在现实中自己真切地体验了一把。生与死，就隔了那么薄薄的一层纸，随时都可以被任何一件东西捅破。一切就在身边，而且是那样地具体，那样地令人窒息般无助。能够住进医院，真有一种劫后余生的感觉。”

龙海锋清楚地看到，这些医护人员为了抢救别人的生命，是多么的辛苦。他看到他们常常累得靠在走廊的墙壁上就睡着了。他们戴的护目镜会起雾，视物不清，打针全凭感觉，但一打一个准，水平十分了得。他对他们崇敬有加。

杨宇林医生逆行前做了两次手术，最近一次手术距离支援黄冈仅仅半年。由于在大别山区域医疗中心高强度的工作和精神压力，杨宇林旧疾复发，为了不影响工作，她只得靠服用大量的激素药物来维持。当龙海锋知道这些的时候，他特别感动。

尽管旧疾复发，杨宇林医生对每一位患者依然像亲人一般照顾。比如有一位老奶奶，一直不停地找人诉说，言辞里全是恐惧和焦虑。对疾病的害怕，对家人的担忧，导致老奶奶失眠，晚上在走廊里走来走去。杨宇林就陪着这位老奶奶聊天，直到老奶奶平静下来。她将老奶奶扶进病房，侍候老奶奶躺下，才离开。

由于医疗队的精心治疗，加上他自己的积极配合，龙海锋恢复得很快。2 月 8 日，元宵节，龙海锋治愈出院，成为杨宇林经治的第一位出院患者。因为是第一位，她特意把他的出院小结拍下照，写在当天的日记中："今天，我的第一位患者出院了。除了开心，还是开心。有大家一起努力，我坚信一定能抗疫成功。"

出院时，他说："非常感谢你们！如果不是你们的到来，如果不是您的精心治疗，我不敢想象会是什么结果。感谢您在如此之快的时间里帮我捡回了一条生命。通过这一次遭遇，让我真正体会到了医生职业的伟大，我一定要让我的孩子也去学医。"

短短几句话，令杨宇林无比感动。虽然一直以来，忙，苦，累，脏，汗水在隔离服里流了一身又一身，脸被护目镜压出印痕一道又一道，耳朵被口罩带子勒得变了形，但是听到这样的言语，想到自己能利用所学的专业知识去救治患者，去帮助他们驱除病痛，她便倍感欣慰。

龙海锋出院后，在家隔离休息时一直在想，一定要感谢一下自己的管床医生——杨宇林。

但怎么能够找到她呢？病房，他肯定是进不去。只有去酒店找，可怎么才能找到他们住的酒店呢？突然，他想到了自己的一位朋友在酒店上班，因为大多数酒店与酒店之间都有联系，通过他也许能够找到。于是，他将要找杨宇林医生的信息发给这位朋友，让朋友在酒店群里转发。酒店群听说有人在寻找抗疫英雄，都参与了进来。大家各显神通，各尽所能，并采用"接龙"的形式寻找，都在尽最大的努力为龙海锋寻找杨医生提供帮助。功夫不负有心人，通过酒店与酒店之间的一场独一无二的"集体寻找"，杨宇林医生居住的酒店终于被找到。

就在龙海锋还没有想好拿什么去当面感谢杨宇林医生时，3 月 20 日晚上，突然听说医疗队明天就要走，焦急的龙海锋思来想去，最后想到：制作一面锦旗送给她。

当他将这一面鲜艳的锦旗交到杨宇林医生手上时，杨宇林再也忍不住涌流的泪水。

杨宇林说："这是怎样的一种荣耀？这是怎样的一种恩德？这是怎样的一种良善？这是怎样的一种感动？在黄冈 50 多天里，我没哭过，此时，我竟然哭了。"

有一种感动叫"清零"

2 月 26 日，2020 年的第 57 天。

这一天，一条小小的地方新闻《湖南怀化喜提"清零"》，通过媒体传遍网络。新闻说，40 例确诊患者全部治愈出院，治愈率 100%。

这天上午，我来到怀化市第一人民医院感染病中心一楼大厅，来到了这一新闻发生的现场，亲眼见证了这一新闻的发生和发展。

一个多月来，我曾多次走进这一大厅。在这里迎接过多位被送进医院的确诊患者，也送走过多位治愈出院的患者。

自从这里作为定点救治医院的隔离病区后，所有其他病种的患者被全部撤离转移，四周用铁板和栅栏围得水泄不通，除了医护人员和确诊患者，其他人不得进入。每一次我凭着怀化市卫生健康委"指挥部工作人员"证件入内，每一次均见一楼大厅一派寂寥和清冷，唯有几台遗弃在一旁平日里用于导诊的机器，发着清冷的光。整个厅内，除了两位被防护服包裹得严严实实的把守厅门的工作人员外，再无他人。

然而，2 月 26 日这一天，当我再一次走进大厅时，给我的感觉已完全不一样。多位医护人员齐聚在这里，大家脸带笑容，相互攀谈。大厅中央的电子显示屏，跳跃着极为醒目的字幕："怀化市最后一例新冠肺炎确诊患者在怀化市第一人民医院治愈出院，治愈出院率 100%。"红色字体闪烁着火一样的光芒，给整个大厅带来一片喜庆。

上午 9 时，最后一位治愈患者——何大姐，迎着初升的太阳走出病房，迈着矫健的步子，来到一楼大厅。院长唐斌、重症医学科主任蒋朝阳、感染病中心主任李勇忠、感染病中心副主任周建亮，以及感染科多位医生，一起迎了上去。他们一一与何大姐握手，护士们则与她深情拥抱。

何大姐眼含热泪，说："辛苦你们了，感谢你们，是你们给我了第二次生命。如果没有你们，我不知道我现在成了什么。"

是啊，何大姐的病十分顽固，1 月 28 日发病住院，2 月 1 日确诊，差不多在医院住了一个月，其间病情多次反复，比她后入院的很多患者都出院了，只留下她一人。尽管发热、咳嗽等症状消失，肺部 CT 影像情况也比较好，但就是间隔 24 小时两次核酸检测总转不了阴。她自己急，家人急，医生更急，不知道是什么情况。最后通过医院耐心地对症支持治疗，多次集合多路专家会诊，并采用中西医结合等多种方法施治，终于彻底治愈。

2 月 26 日，是她出院的日子。院领导和医生、护士都前来为她送行。

大家眉头舒展，笑容满面。不论是医生、护士，还是何大姐自己，都精神抖擞，仿佛刚刚打完一场胜仗。

唐斌院长为何大姐送上一捧鲜花，对她的出院表示祝贺。

蒋朝阳主任则叮嘱她："您还有其他一些基础病，出院后记得按时吃药，按我们教你的方法做康复锻炼。"

李勇忠主任则告诉她："注意检测体温，随时跟我们联系。"

何大姐则忍不住感恩，一直动情地说："谢谢，谢谢你们！我永远记得你们的救命之恩！"

为了让历史记住这一难忘的时刻，大家站在电子显示屏那幅标语前合影留念。在快门按下的那一刻，所有人举起右手，握紧拳头，齐声喊出一声"加油"。

加油！怀化加油！中国加油！

怀化累计确诊病例 40 例，其中重型 6 例，危重型 3 例，确诊病例和重型、危重型病例均一度"领先"全省。特别是当全省绝大多数地区都是"0"报告时，怀化一次性报告确诊病例 3 例，让全省惊愕。

然而，自 2 月 14 日第 40 例病例确诊后，便再没有新增确诊病例，而且在2月26日这一天，所有确诊病例全部治愈出院，实现确诊病例“清零”，治愈率100%。是继张家界（确诊病例5例）、湘西自治州（确诊病例8例）实现“清零”后，全省第三个实现“清零”的市，也是第一个确诊病例在10例以上“清零”的市。

怀化的成绩得到了湖南省委、省政府的高度肯定。

在“全省决战脱贫攻坚暨防控新冠肺炎阻击战动员大会”上，省委书记说，怀化的优秀在于做到了“五个超常规”（超常规指挥体系、超常规防控措施、超常规诊疗方式、超常规“口袋战术”、超常规社会治理），在全省第一个实现了“四个集中”，第一个进行筛查前移、治疗关口前移、隔离关口前移、发热病人管理关口前移。事实证明，只要按照中央和省委的既定部署，一切行动听指挥，以扎实的作风采取果断措施和坚决行动，就一定会有成效。怀化的经验做法，值得各地学习借鉴。

有一种感动叫“清零”。

有一种笑容叫“胜利”。

怀化在极短时间内，取得了抗击新冠肺炎疫情斗争重大战略成果。

在“清零”的感动里，我们看到：公园晨练的人们多了起来，电影院有序开放，各大景区游玩的人们乐在其中……

怀化迎来了这个春天里第一缕灿烂的阳光，广袤大地一步步回暖，山川田野焕发出应有生机。

复工，复产，复业，怀化在第一时间按下“加速键”。

“疫情难挡春风暖，专列送我去上班”，汽笛长鸣。2月22日，湖南省首趟定制农民工返岗复工就业高铁专列G4132从怀化高铁南站发出，来自怀化地区的791名务工人员乘坐专列，直达浙江义乌返岗复工。在这一开往“春天的专列”上，来自麻阳苗族自治县谭家寨乡楠木桥村的黄猛对我说：“病例零新增了，疫情缓解了，让人安心了，我们也可以放心地出去赚钱了！”

在湖南圆梦医疗器械公司生产车间，来自溆浦县低庄镇连山村的黄家盛对我说：“政府想得很周到，为我们提供‘家门到车门、车门到厂门’的点对点服务，让我们平安返工，我感到很幸福！”

在佳惠农产品（冷链）物流产业园二期项目施工现场，工程负责人对我说："你看这些工程车、运料车穿梭不止，搅拌机、升降机运转不停，我们正在加班加点推进工程建设，争取早日完成二期全部建设并投入运行。"

没有一个冬天不可逾越，没有一个春天不会来临。

我们已经走出了黑夜，正在走向一个瑰丽的清晨。

在这样一个瑰丽的清晨里，我欣喜地看到，雪松上的霜花在第一缕阳光的照射下悄悄融化，远方的列车轰然驶过湿润的枕木，大地轻轻颤抖，村庄上空飘起了炊烟，城镇巷道传来了笑声。

一个个乡村正在醒来。

一座座城市正在醒来。

一个个你我正在醒来。

用一座城市的泪水来送你

3 月 18 日，千里之外的另一战场——湖南医疗队支援的黄冈大别山区域医疗中心，也传来捷报：确诊病例"清零"。

这天上午，最后一位患者杨阿姨在医护人员的陪同下，满面春风地走出病人通道。

50 多岁的杨阿姨，扎了一对长长的麻花辫，面对前来接她的人说："辫子是护士们一大早帮我扎的，身上的秋衣秋裤也是她们送给我的，她们就像闺女般贴心。"

接着，她一口气报出十多个医疗队员的名字。在住院治疗的 50 多天里，她早已和医疗队员们成了亲人。

杨阿姨说："全依托他们，救了我两次命，第一次因为呼吸困难，我以为自己完了，但上了呼吸机后被救回来了。第二次因为肝功能衰竭，我又以为自己这回死定了，幸运的是又被救回来了。"

"清零"的成果确实来之不易，其背后是众志成城、协同作战的付出。

50 多天时间里，怀化医护人员所在的湖南医疗二队共收治确诊病例 235 例，其中重型 29 例，危重型 8 例，治愈出院 231 例，治愈率 98.30%，收治人数、治愈人数、治愈率、中医药介入治疗覆盖率均排名大别山区域医疗中心第一位。

为此，黄冈市中心医院党委书记、院长夏又春，在确诊病例“清零”仪式上动情地说：“曾记得，严寒下的病房，简陋的设备条件，紧缺的防护物资，你们心连心、肩并肩，一起顽强走过；曾记得，高强度的救治，连轴转的看护，超负荷的运转，精疲力尽的你们，一起坚强承受；曾记得，你们与时间赛跑，与病魔较量，为拯救每一位危重病人，急如星火，鼎力配合……你们是最好的兄弟姐妹，你们是最美的逆行者，你们是最可爱的人，黄冈人民永远感谢和铭记你们。”

白潭湖畔，油菜花、桃花开得正艳。湛蓝的天空里，雁阵飞出了胜利的“V”字队形。沐浴着春风，白衣天使们在大别山区域医疗中心前的广场上合影留念。口罩遮住了他们的笑脸，却遮不住满眼的喜悦。

病人“清零”了，我们也该回家了。

然而，令所有人意想不到的是，他们的回家，惊艳了一座城市。

刚刚从灾难中走出来的黄冈，用倾城的感动和眼泪相送。整个现场，成了眼泪的海洋。

十里长街送英雄，万人空巷话感恩。

3 月 22 日，医疗队回家的日子。

大清早，黄冈市民自发聚集在一起，从医疗队驻扎的酒店到举行送别仪式的黄梅戏大剧院广场，从所有他们要经过的街道到高速公路入口，站成人墙，用鲜艳的国旗和标语，用声声呐喊，用深深鞠躬，送别湖南亲人。

上午 9 点，昔日沉寂的黄梅戏大剧院前坪广场，彩旗飞舞，锣鼓喧天。剧院正中的大楼上，巨幅横幅“热烈欢送湖南省支援黄冈医疗队返程”格外醒目。前坪广场上，人山人海，一个个拥抱，一束束鲜花，诉说着感激与不舍。他们当中，有并肩作战的医务工作者，有治愈出院的新冠肺炎患者，有患者亲属，有患者同事，有公安民警，有社区工作者，有各行业代表，有普通市民……一张张口罩后面的脸上写满感激，一双双口罩上面的眼睛噙满泪水。

每一滴对视后留下的泪水，每一声拥抱后喊出的谢谢，都是这个春天里最深刻的记忆。

9 点 30 分，在一声“出发”的号令中，黄冈市委、市政府举行的隆重欢送仪式结束，车队出发，送别的人群马上让出一条大道。

17 辆摩托开道护航，17 辆大巴缓缓驶出。顿时，欢呼声，呐喊声，声声震天：“谢谢你们!”“感恩你们!”“你们辛苦了!”

十里长街，十里人墙。

十里人墙里，他来了，她来了，他们都来了。

他，医疗队驻地酒店的经理，为了照顾医疗队员，50 多天没回家，当看着完成使命的医疗队员坐上大巴车，即将驶离酒店时，他跑出酒店大堂，站得笔直，然后 90 度深深鞠躬。车辆离开后，他回到大堂，再也控制不住情绪，埋头大哭。此时，他又站在送别的人群里，挥舞着国旗，高唱着《我和我的祖国》。

她，病区救治的最小患者，一个 5 岁的小女孩，一身红装，站在马路边上，稚嫩的双手举过头顶，弯出一个大写的“心”形图案，口中不住地大声说着四个字：“谢谢你们!”

他，一个环卫工人，穿着黄色的环卫服，站在人群里，昔日扶扫把的那双粗糙的大手，高高举着在废纸箱上写下的一句话：“这些天，把你们拖累了！谢谢!”

她，一位白发苍苍的老人，站在人群里，一只布满青筋的手，颤颤巍巍地拄着拐杖，另一只手，不住地向车队招手致意，用微弱的声音喊着三个字：“恩人啦!”

他和她，一对父女，父亲骑着摩托车，小女儿坐在摩托车后架上，高举着“感谢”标语牌，一路跟随着车队，一直送到高速公路的入口。

她们，一群白衣战士，用手语舞“唱”出了最动人的歌——《听我说，谢谢你》：“送给你小心心，送你花一朵，你在我生命中，太多的感动，你是我的天使，一路指引我，无论岁月变幻，爱你唱成歌……”

他们，交警特骑队、出租车队、私家车队、摩托车队纷纷鸣笛，一路护航，送英雄们来到高速入口。

“大家都很激动，早上7点多就到了。”志愿者司机说，头天晚上，从群里得知英雄们第二天离开黄冈，司机们提议开上各自的出租车到黄冈大道集合，以自己特有的形式表达对逆行者最崇高的敬意。

还有没有来的他和她，但他们发来了微信，说：“出院后，还在医学观察隔离期，不能亲自来到现场，但都已经安排了所有亲戚和朋友，前来代为送行。”

所有赶路的行人，也都停下了脚步；所有疾驶的车辆，也都踩下了刹车；所有……所有……集体向逆行的英雄们致敬！

十里长街，十里横幅。

横幅一条接一条排成长龙，直排到路的尽头：“最艰难的路因您鼎力相助　我们走过风雨”“您为黄冈拼过命，再来就是一家人”“我未谋您面　但我记得您”“让历史记住英雄的名字　让城市记住英雄的样子”“危难时刻驰援千里　平安凯旋倾城送您”……

十里长街，十里欢呼。

“向英雄致敬！”“感恩有您！”“春风十里，只为送你！”你到哪里，欢呼声就响到哪里。多送一步，多欢呼一声，只想多看一会你们离去的背影。不舍你走，又不忍你留，扯破喉咙喊出的一声声“辛苦”“谢谢”，都不足以表达这55个日日夜夜在生死线上结下的情谊。

是谁在人群里起了个头，其他人跟着齐声高唱：“要分离，我眼泪就掉下去。我会牢牢记住你的脸，我会珍惜你给的思恋。这些日子在我心中永远都不会抹去……”

这是张震岳的《再见》，此时此地，最为应景。

还有人高声朗读起诗来：“你们以大德拯救千万条生命，以大爱挽救无数个家庭，用恩德和仁爱复活了黄冈……黄冈人民永远不会忘记，这个春天里，你救人时最美的样子！”

……

车窗外的欢送一浪高过一浪，车窗里的感动一波接着一波。

队长李峰说：“大家忍不住不哭，我们想可能他们会来送别，但从没想过有这样的场景。”

病区总主任贺兼斌说：“来黄冈做的工作是我们职责内的事情，但是黄冈市民把我们看成英雄，这份感谢太重了。”

总护士长杨晶说：“泪目，爆哭，三十多年来流过的所有泪水都没有这一天多。”

姚绍富医师说：“太感动。在这片热土上，我流下了一个男人的不轻易流出的泪水。我无法不爱这座城市，无法不爱这里的人民。”

更有人说：“一辈子有此一次值了。”

为了感激送行的黄冈人民，他们朝车外喊话，用手比出“心”形图形。并临时动议，将一张张写了“谢谢，我爱黄冈！”“英雄的城市，英雄的人民！”等字体的白纸，举到车窗上，以此答谢。

这个冬天，病毒将我们隔离。

这个春天，抗疫把彼此拉近。

来时迎风冒雪，街上空无一人。

去时春暖花开，万人空巷相送。

这一程凯旋路，走得刻骨铭心！走得感激涕零！

这一幕“跪谢”，让人热泪盈眶

3 月 22 日 22 点。

怀化北高速出口，锣鼓喧天，人声鼎沸，自发而来的上万市民，手捧鲜花，在道路两旁排出长龙，目光所及之处，皆是“欢迎英雄回家”“家乡人们爱你们”的横幅，耳里所闻之声，全是兴高采烈的欢呼。

22 点 32 分，载着医疗队队员的大巴车驶出高速路口，一踏上家乡土地，人群里掌声雷动，欢呼声起；车窗里，一位位身着红色队服的医疗队员，向欢迎的人群挥手致意。

在潮水般欢呼的人群里，我练习了无数次的那句“欢迎回家”，只说到一半，便忍不住哽咽，“他们全都平安回来了”。

这一时刻期待已久，这一时刻恍若如梦。

58 天前，我与他们的亲人一起，为他们送行。58 天后，我与自发而来的近万名群众迎候他们的归来。去时，大家都为他们捏着一把汗，摆在他们面前的，除了病毒，还有死亡，谁也不敢保证，此一去，谁能回。回时，大家欢欣鼓舞，齐聚路口，以最热烈的方式，欢迎他们回家。

车窗里的队员们一路招手，一路呼喊，眼中满是泪花，脸上满是笑容，即便戴着口罩也能感受到他们的雀跃心情：“我们终于回来了!”“想你们!”看到欢迎人群里多日未见的亲人，医疗队队员伸出一双双手臂，隔空拥抱……

“五星红旗迎风飘扬，胜利歌声多么嘹亮，歌唱我们亲爱的祖国，从今走向繁荣富强……”顿时，欢迎人群齐声高歌，大家激情澎湃，情绪高涨。

沿着宽广的金色大道，一路铁骑开道，一路荣光相随，一路车辆鸣笛致敬，满城市民夹道相迎，“欢迎我们的英雄回家!”简单的一句话，被千万个不同声音重复上百遍。

怀化，用一座城的温暖，用最高礼遇、最深敬意，接战士回家。

当车队驶到一 50 多岁的人面前时，一直欢呼不断的他扑通一声跪在地上，深深地向车里的英雄们鞠躬，口里大声喊出：“谢谢你们！谢谢你们!”

直到车队全部从他身前走完，站在旁边的年轻人才将他扶起。

路灯下，他泪流满面。流过脸庞的泪水，在深夜的灯火里泛着一点一点温暖的光。

老人叫周友山，57 岁，湖北黄冈人。4 年前，他和家人来到怀化做起了售卖保险柜的生意，生意做得很不错，不但有了自己的公司，还在当地小有名气。扶他的年轻人就是他的儿子，叫周科伟。

因为商定 2 月 3 日在老家给儿子周科伟办婚宴，所以全家人计划 1 月 26 日回黄冈。没想到疫情突发，1 月 23 日武汉实行交通管控，1 月 25 日黄冈实行交通管控，他们只好留在了怀化。

尽管留在怀化，周友山一家却时刻关注着家乡抗疫的新闻。从新闻中得知，包括怀化抗疫战士在内的湖南医疗队支援黄冈，接管了大别山区域医疗中心病房。医疗队员们出生入死，忘我工作，从死亡线上救下了家乡的一位又一位危重型病人，并把他们当成亲人，悉心照料和百般呵护，直到他们痊愈出院。周友山一家深受感动。

3 月 22 日上午，周友山接到儿子周科伟电话，得知驰援黄冈的队员们当天将返回怀化。他内心非常激动，当即对儿子说："我们一定去迎接，去代表在怀化的黄冈人，对他们说声谢谢。"

当天下午 4 点，周友山便关了店门，早早吃了晚饭，和儿子一起来到高速路口迎接英雄凯旋。那时还下了点小雨，天气也比较寒冷，他们在斜雨寒风里等了 5 个多小时，才终于等来满载医护人员的大巴车。当大巴车出现在人们的视线里时，夹杂在人群中的周友山立马热血沸腾。他挥舞着小国旗，跟着现场激动万分的人群齐声高喊："欢迎我们的英雄回家!"当大巴快驶到自己眼前时，他抑制不住内心的激动，"扑通"一声跪在地上，深深地鞠躬，深深地磕头，动情地说着："谢谢你们!"

所有在场的人，都被他这深深的一跪感动得热泪盈眶。

事后，我问他："俗话说，男儿膝下有黄金，不到万不得已，是不会给人下跪的，您为何要行如此大礼?"

他说："他们在万家团圆之时，告别家人，去到我的家乡，为我家乡拼命，这份恩情，只有用这种方式才能表达。"

儿子周科伟则说："我爸这一跪，我虽然也感到很震撼，没想到平日里很严肃的父亲，会用这样一种方式表达感谢。但我爸这样做，完全正确。感恩怀化，感恩在我家乡拼命的白衣天使！也感恩在怀化保护着我们生命的白衣天使!"

车队在开路摩托和警车的引领下，驶离高速路口欢迎的人群，直接抵达怀化市委、市政府为他们准备的欢迎仪式现场——鹤城区黄岩管理处。在这里，所有在家的市领导身着正装，带领干部群众，为他们举行隆重的欢迎仪式。

欢迎仪式上，市委书记代表市委、人大、政府、政协、军分区及全市

525 万人民发表了热情洋溢的讲话，他说——

> 有一种感动，叫人泪流满面；有一种崇高，令人奋斗不止。怀化的今宵，必定是难以入眠之宵，必定是“今宵难忘，难忘今宵”。因为，就在今天晚上驰援湖北的英雄战士凯旋。我代表怀化市委、市人大、市政府、市政协、怀化军分区和全市 525 万各族人民，向大家的凯旋表示热烈祝贺并致以崇高的敬意！你们在湖北战斗，我们在怀化战斗，你们非常英勇，我们也同样英勇非常。借此机会，我同样要代表市委、市人大、市政府、市政协、怀化军分区以及全市 525 万各族人民，向英勇奋斗在怀化的全体白衣战士表示衷心感谢和崇高敬意！
>
> “从来不需要想起，但永远不会忘记”！在湖北人民最需要支援的时候，我们在座的各位响应习近平总书记的号令，响应党中央的号召，闻令即行、主动请缨、奔赴前线，夜以继日，奋力拼搏，用生命演奏了拯救生命的英雄凯歌，用生命谱写了担当使命的壮丽华章。怀化人民将永远铭记！历史将永远铭记！
>
> 新时代是需要英雄的时代，是呼唤英雄的时代，是英雄辈出的时代，你们是新时代的英雄。市委、市政府特意给大家安排在这里（鹤城区黄岩管理处）休养一段时间，我们也进行了精心组织，希望大家在这里休养好身体，调整好心情，总结好收获，积蓄好力量，回到岗位上，发扬英雄气概、大显英雄本色，用我们的精神、用我们的故事、用我们的业绩，来激励怀化人民奋力拼搏，为把怀化这座“五省通衢”的城市建设成为“西南明珠”，做出新的更大的贡献。

去时无悔，归来无恙。
让历史牢记这次最美的逆行！
让未来铭刻这段最暖的凯旋！

凝望远方：阳光总在风雨后

经历了苦难之后，我们不应选择遗忘。新冠肺炎是纠偏者，它是为了提醒我们已经忘却的重要教训。我们必须铭记灾难，心怀忧虑，深刻反思，更正错误，改正方法，总结经验，指导未来。

新冠肺炎疫情让14亿华夏儿女在一只只口罩里呼吸；一个千万级人口规模的城市实行严格封闭的交通管控；30个省区市启动重大突发公共卫生事件一级应急响应；8万多人确诊、4千多人死亡、3千多名医护人员感染、4.2万名医护人员驰援湖北；高铁停运、飞机停飞、商店停业、工厂停产、经济停摆；为等一张床位，武汉各医院门口曾经排起长队；防疫物资告急，全国各地抢购口罩，一只小小的口罩曾成战略物资；医护人员为节省一套防护服，穿上纸尿裤，8小时甚至更长时间不吃不喝……

人类历史告诉我们，有人类便有病毒。过去是，现在是，今后还是。而且，有史以来，人类还从未真正战胜过病毒。某些领域、某些时间，人类也许可以取得一时的“胜利”，但却无法彻底消灭“敌人”。人类与病毒之间，是一个此消彼长的往复过程，矛盾一直存在，就看两者之间的矛盾会不会激化。

虽然今天的科学技术已十分发达，但在病毒面前，我们总是后知后觉。2002年11月，首例“非典”病人在广东佛山被发现，一直到2003年2月1日，人们才发现“非典”具有极强的传染性。本次新冠肺炎疫情，在2019年12月27日武汉疾控部门便收到了“不明原因肺炎”病例报告，直到2020年1月19日深夜，高级别专家组经认真研判，才明确新冠病毒存在人传人现象。“后知后觉”的我们就在想，如果我们在病例一出现，就知道人传人，那该多好。即便到今天，我们都还没完全弄清楚，它们真正的宿主到底是谁？又是怎么传染给了人类？它们自始至终处于人类的未知范畴。对于它们，人类总是处于被动应对的地位。

最近，读了美国作家皮特·布鲁克史密斯的《未来的灾难——瘟疫复活与人类生存之战》一书，该书在20世纪末一出版，就被中国文坛及评论界评价为“震惊世界的科学前沿报告”。

该书告诉我们：“人类的生活史一直有瘟疫、流行病和传染病伴随始终，甚至可以说，在瘟疫疾病的围攻下，有时人类只是苟且偷生……高枕无忧的时候远未到来……一个瘟病流行的时代是否会卷土重来？这实在是人类需要正视的一个问题。否则，最终摧毁我们的，不是天陨星，不是地球爆炸，而是人类自身滋养出的病菌。”

这并非危言耸听，“人类自身滋养出的病菌”一直都在，瘟疫“卷土重来”的威胁一直都在。

虽然随着时代的进步，随着科学技术的发展，随着公共卫生的改善，随着抗生素和疫苗及新药的发明和推广，很多灾难性的瘟疫被遏制，人类似乎已经战胜了这种最古老的敌人。然而，凶残的瘟疫又岂会如此轻易就范？一系列全新的、毁灭性的疾病正迅速流行，并且由于现代交通的快速与普遍，这些疾病中的任意一种都有可能变成全面发作的灾难。与此同时，自然界也在推波助澜，环境污染、野生动植物濒危、全球升温，等等，沉寂多年的瘟疫又已在人类的疏忽中渐渐复苏。

那么，人类该如何幸免于这“未来的灾难”？答案是现成的，除了医学与医药上的突破外，重要的还是：未雨绸缪，预防为先。

那么，我们未雨绸缪了吗？预防为先了吗？

2020 年 2 月 23 日，习近平总书记在统筹推进新冠肺炎疫情防控和经济社会发展工作部署会议上明确指出：“在这次应对疫情中，暴露出我国在重大疫情防控体制机制、公共卫生应急管理体系等方面存在的明显短板。"

总书记的话语提纲挈领，切中要害，振聋发聩。

是啊，我们在重大疫情防控体制机制、公共卫生应急管理体系等方面都存在明显短板。虽然现在国家也有传染病防治相关机构，但缺少一套完善的公共卫生体系、传染病防范体系、ICU 重症隔离资源管理体系，一般性医院往往不具备控制传染的基础设施。

中国国际经济交流中心副理事长黄奇帆，在《新冠肺炎疫情下对中国公共卫生防疫体系改革的建议》一文中指出，从宏观上来看，公共卫生与传染病防治领域是中国经济供给侧结构性改革的落后领域，甚至是盲点。从 2003 年的“非典”到 2020 年的新冠肺炎，中国公共卫生体系的短板始终没有很好补上，整个公共卫生系统在人员、技术、设备各方面都远远落后，这才是导致我们缺乏防控大疫能力的根本性的原因。他列举了几组数据，中国 GDP 从 1978 年的 3679 亿元增长到 2018 年的 90 万亿元，四十年增长了 240 倍，而全国医院数量只从 1978 年的 9293 个增加到 2018 年的 33009 个，仅增长了 3.55 倍。2018 年，中国卫生领域政府财政支出 1.6 万亿元，占 GDP 比重不到 1.7%。医护人员的配置也远远不够，很多医院医生和护士普遍缺员，一般医院编外医生和护士相当于编内的 50%，也就是说一座医院里面医护人员三分之二是编内的，三分之一是编外的。

疫情防控重要部门——疾控（CDC）部门也是如此。

疫情期间，钟南山院士曾表示我国 CDC 地位太低，只是卫生健康委领导下的技术部门，“这是需要改变的，CDC 的地位要提高，要有一定的行政权。”国家卫生健康委卫生发展研究中心副主任张毓辉研究员在接受媒体采访时表示，2017 年，我国以疾病预防为主的公共卫生服务费用占经常性卫生费用的比重只有 6.9%，其中 51% 依靠各级政府投入，15% 需要机构自筹资金开展相关服务活动。2017 年，OECD（经合组织）国家财政公共卫生投入占 GDP 比重平均水平为 0.26%。同口径下，2017 年我国财政公共卫生投入占 GDP 比重为 0.19%。另外，还存在公共卫生服务体系和公共卫生应急体系技术储备不足、人员队伍建设薄弱、应对能力弱等问题。怀化的疾控部门也反映，经费投入少，基础设施差，工作人员薪酬水平低，职业荣誉感不强，疾控机构职责不明确，权责脱钩，在医疗改革中不受重视，公共卫生被边缘化，等等。

如此情况，当重大疫情袭来时，呈现出来的必定是手忙脚乱、无所适从、惊慌失措等一片乱象。

习近平总书记在统筹推进新冠肺炎疫情防控和经济社会发展工作部署会议上作出了重要指示：“要总结经验、吸取教训，深入研究如何强化公共卫生法治保障、改革完善疾病预防控制体系、改革完善重大疫情防控救治体系、健全重大疾病医疗保险和救助制度、健全统一的应急物资保障体系等重大问题，抓紧补短板、堵漏洞、强弱项，提高应对突发重大公共卫生事件的能力和水平。”

李克强总理在第十三届全国人民代表大会第三次会议上所作的《政府工作报告》中也十分恳切地说：“坚持生命至上，改革疾病预防控制体制，完善传染病直报和预警系统，坚持及时公开透明发布疫情信息。用好抗疫特别国债，加大疫苗、药物和快速检测技术研发投入，增加防疫救治医疗设施，增加移动实验室，强化应急物资保障，强化基层卫生防疫。深入开展爱国卫生运动。要大幅提升防控能力，坚决防止疫情反弹，坚决守护人民健康。”

好在，我们欣喜地看到——

很快，中央下达456.6亿元预算内投资，加强公共卫生防控救治能力建设。湖南省也下达6.67亿元补助资金，用于公共卫生体系建设和重大疫情防控救治体系建设。在极短的时间内，全省14个市州及121个县市区共启动公共卫生和重大疫情防控救治项目135个。一时间，一大批项目如雨后春笋，在三湘大地涌现。

新冠肺炎核酸检测能力建设，也得到全面加强。全国范围内，每个县市区至少建成1所核酸检测实验室，实现县市区核酸检测实验室全覆盖，切实提升了核酸检测能力，并力争推进“应检尽检”“愿检尽检”。截至2020年年底，怀化市具有核酸检测能力的单位从原来的1家发展到44家，日最大检测量达到3.9万份，如果采用1∶10混检，日最大检测量可达39万份。

救治能力也得到全面提升。以怀化市为例，全市确定定点救治医院18家，后备定点医院11家，拥有感染科和呼吸科病床3960张，ICU病床274张，ICU多功能病床228张，负压病房5间，负压救护车6辆。这与2020年疫情初来时相比，不可同日而语。特别是运作多年都未能实现的怀化市疾控中心整体搬迁工作再次启动，并顺利开工，不久的将来，一个设计更加合理、设备更加先进、功能更加完善、服务更加优良的更加适应疾病防控的全新的疾控中心将呈现在我们面前。

岁月更替，秋冬来临，为了切实做好新一轮疫情防控工作，各地分级、分区域，一波紧接一波地举行了前所未有的，由当地党政主要领导指挥、所有单位一把手参加、疾控和医护人员全员参战的疫情防控实战演练。各演练现场，发出了一声声振奋人心的呼号：“人民至上，生命至上”“保护人们健康”“确保百姓平安”。

恩格斯说，“一个聪明的民族，从灾难的错误中学到的东西会比平时多得多”。中华民族历史上经历过很多磨难，但从来没有被压垮过，而是愈挫愈勇，不断在磨难中成长、从磨难中奋起。

灾难磨练意志，灾难塑造人格。这样一场巨大的疫情，最终没有摧垮我们，反而又一次重塑了我们这个民族的风骨！

凝望远方，否极泰来，阳光总在风雨后！

但愿，人类终将能战胜一切灾难！

后记：从“小我”出发

2020年，对于全世界，对于全中国，对于每一个民族，对于每一个家庭，对于每一个人，对于我，都只有一个主题——疫情。

新冠肺炎，让整个世界为之震荡。在如此一场旷日持久的灾难中，拥有世界近五分之一人口的中国，以巨大的勇气、惊人的毅力、果断的措施，在极短的时间内，切断了病毒传播途径，及时阻止了疫情的进一步蔓延，令世界瞩目。

我作为这一重大事件中最基层的一名参与者、见证者和记录者，每天奔走在疫情防控第一线，为疫情的蔓延而焦虑，为人们的恐慌而忧心，为有效的防控而激动，为医护的付出而流泪。

这场疫情，是新中国成立以来的一场非常战役，病毒来势之凶、疫情传播之烈、范围扩散之广、全社会所面临的挑战之大，堪称前所未有。战火烧起，狼烟遍地。英勇善战的中华儿女，以顽强的生命力、深厚的凝聚力、坚韧的忍耐力、巨大的创造力，在第一时间，以各种方式，快速地、坚定地、无畏地铸就强大的力量，迅速投入刀光剑影的抗疫大战之中。960万平方公里的土地，顿时成为金鼓齐鸣的巨大战场，14亿人民顿时成为奋起抗疫的英勇战士。

相对于这场巨大的战役，怀化只是千百个鏖战“战场”中很小的一个。但，战场再小，也有惊心动魄的战斗，也有豪壮激越的战士，也有前仆后继的身影。我每天就奔跑在战场上，目睹了那激动人心、催人泪下的一幕幕。这一幕幕都因“生命”而存在，都因“生命”而上演，都因“生命”而展开它的各种情节。于是，我在本子上悄然写下脑海里萦绕多日的五个字——生命大决战。

生命大决战。医院，小区，村庄，车站，码头，交通路口，都是决战第一现场。在这里，每一个人都成了勇士，每一个人都以顽强坚定的毅力、赴汤蹈火的气概、舍生忘死的面貌、义无反顾的风范，投身到这一决战里，消杀病毒，阻击疫情，将一个又一个濒临死亡的生命从死神滴着鲜血的尖刀下抢救出来。巍巍大人类，上下数千年，凡历史与记忆所能追溯到的历次灾难和瘟疫中，还从来没有像今天这样，每个普通人，都能做到如此大义凛然，都能做到如此从容不迫，在病毒危险诡异的威胁里，在一片冰凉的恐怖中，在整个不确定的险境里，国家一声呼喊，顷刻之间，所有人都释放出内在潜能和精神血性，集结而出，投身烽火，在脚下的每一寸土地上，焕发出巨大的集体力量，使每一个生命都得到全力护佑，使每一个普通人作为人的价值、人的尊严都得到悉心呵护，使中华民族“人命关天”的道德准则得到彻彻底底的彰显，使中华文明“敬仰生命”的文化精髓得到无与伦比的发扬光大。

作为卫生健康系统的一员，作为一个业余写作者，我亲历了人类历史上如此惊天动地的一场大战疫，每天奔波在不一样的战场里，每天被不一样的场景震撼着，每天被不一样的瞬间感动着，每天被不一样的生命激励着。而且，这场战疫本就是作为卫生健康系统的一员的我的“分内事”，不写下点什么，感觉永远对不起自己的这份职业，永远对不起自己的爱好与追求。于是，奔波变成了追问，震撼变成了责任，感动变成了良心，激励变成了动力——我决定去写。

但是，在这样一场历史罕见的疫情灾难里和这样一场气势磅礴的生命决战面前，我一个业余的小小写作者的笔显得是多么的孱弱。这场战疫里，有太多的政治勇气，有太多的果断决策，有太多的挺身而出，有太多的慷慨前行，有太多的道义担当，有太多的人间大爱，有太多的生死考验，有太多的牺牲贡献……仅凭我的亲历、我的认知和水平，无法、也不可能写出一场疫情的全部历史。虽然我每天奔波其中，但我所到之处，仅限于怀化——全国三百多个地级市中的一个，所捕捉到的也只是一些瞬间、一些碎片，一些声音、一些表情。它们，相对于这场大战疫，实在微不足道。通过这些细小的瞬间和碎片，这些微弱的声音和表情，虽然无法窥全整“豹”，但也还是可以从怀化这一个侧面，为这场疫情的回顾提供一些证词，为这场抗疫的回忆留下最原始、最基层的记忆。

于是，我选择从“小我”出发，采用“以小见大”的方式来表达，通过怀化抗疫战斗中的“小战场”“小现场”“小故事”“小人物”“小感悟”等的讲述，呈现“战火”“集结”“出征”“阻击”“决战”“凯旋”的战斗历程，凸显“人民至上”“生命至上”的价值理念，彰显生命的顽强与壮阔，让更多的人甚至世界看到，中国的子民，他们用自己的爱心、行动和生命，塑造起了一个民族不容质疑的尊严。

我也不知道我的书写能否达到这种目的，但我的态度是诚恳的，书写是认真的，心境是坦荡的，写出的每一个字是诚实的。不知道其他写作者是否有这种感觉，对于这场疫情的写作，写作者所面临的就是一场考试，病毒是出题人，读者是阅卷人，而写作者仅仅是那个有点小紧张的答题者，最后的“成绩”，只能交由“阅卷人”去评判。不过，据我所知，我的这本书是目前第一部反映湖南本土抗疫的长篇报告文学作品。既然是“第一”，那便总有它的价值所在，哪怕作为本土抗疫的一本“流水账”、本土抗疫的一本“资料集”，为日后研究本土抗疫的专家学者们留下一个小小的“标本”，也就够了。这样想时，当我写完最后一个字，打上最后一个句号，便也释然了。

按照常规，写后记，一定要感谢很多人。的确，这次写作，我有很多人要感谢。第一，我要感谢的是在这次疫情中表现突出的各级党委政府、各战线、各单位、乡村社区的工作人员，以及医疗卫生部门的所有逆行的抗疫战士，是他们为我提供了一个个鲜活的现场，使我有话可说，有书可写。第二，我要感谢中国作家协会。选题一确定，中国作家协会就将它作为 2020 年重点作品扶持项目，给予扶持。第三，我要感谢湖南省卫生健康委和怀化市委宣传部。作品初稿一出来，他们就组织专人对文稿进行认真审读，并提出了很好的修改意见，让我深受鼓舞。第四，我要感谢我单位的领导和同事以及各医院，他们给我采访及写作提供了诸多的方便，使我得以顺利完成写作任务。第五，我要感谢湖南日报社湘江副刊主编龚旭东老师和鲁迅文学奖得主纪红建老师。两位老师在疫情袭来之初，见我天天奔波在战疫第一线，就不断地给我鼓励，使我一开始便有了一边工作、一边写作的冲动与激情。第六，我要感谢湘潭大学出版社。出版社出于对这场疫情的高度的政治敏感和责任担当，在闻知我亲历了这场战疫后，便及时与我联系，在我还没写一个字时，便邀请我前往出版社，与社领导一起，共商书稿的撰写及出版事宜。随后，出版社党总支书记刘波、副社长蒋海文、责任编辑李志红先后两次，专程来到怀化，就书稿相关事宜进行商议。他们说，作为出版人，他们唯一的愿望，就是只想为这场惊天动地的抗疫做出他们出版人应有的响应和支持。我被他们的真诚、务实的责任担当深深打动。就是因为有了这一路的信任、鼓励和支持，我才有勇气慢慢写了下来。

感恩时代，感恩每一位逆行者，感恩所有的信任、鼓励与支持。

愿山河无恙，人间无疾，岁月静好！

版权所有 侵权必究

图书在版编目（CIP）数据

生命大决战 / 韩生学著. -- 湘潭 : 湘潭大学出版社, 2021.3

ISBN 978-7-5687-0505-9

Ⅰ. ①生… Ⅱ. ①韩… Ⅲ. ①报告文学—作品集—中国—当代 Ⅳ. ① I25

中国版本图书馆 CIP 数据核字（2021）第 027171 号

生命大决战

SHENGMING DA JUEZHAN

韩生学 著

策　　划：蒋海文
责任编辑：李志红
封面设计：李　平
出版发行：湘潭大学出版社
社　　址：湖南省湘潭大学工程训练大楼
电　　话：0731-58298960 0731-58298966（传真）
邮　　编：411105
网　　址：http://press.xtu.edu.cn/
印　　刷：长沙鸿和印务有限公司
经　　销：湖南省新华书店
开　　本：710 mm×1000 mm 1/16
印　　张：13
字　　数：206 千字
版　　次：2021 年 3 月第 1 版
印　　次：2021 年 3 月第 1 次印刷
书　　号：ISBN 978-7-5687-0505-9
定　　价：39.00 元